勇者になれなかった
鹿トリオは、
飯を拵《こしら》える。
SANBAKA TRIO'S OTOKO-MESHI!
著 くろぬか
画 TAPI岡

東《あずま》 裕《ゆう》也《や》
エル

西《にし》田《だ》 純《じゅん》
柴《しば》田《た》 優《ゆう》
神《かん》崎《ざき》 望《のぞみ》

シルフィエット
「なんで、給仕ごっこ
なんかやってるんだ？
お姫様」

SANBAKA
TRIO's OTOKO-MESHI!
勇者になれなかった
三馬鹿トリオは、
今日も男飯を拵《こしら》える。
4
著 くろぬか
画 TAPI岡
YU-SHA NI NARENAKATTA
SANBAKA TORIO HA
KYOU MO OTOKOMESHI WO
KOSHIRAERU.

CONTENTS

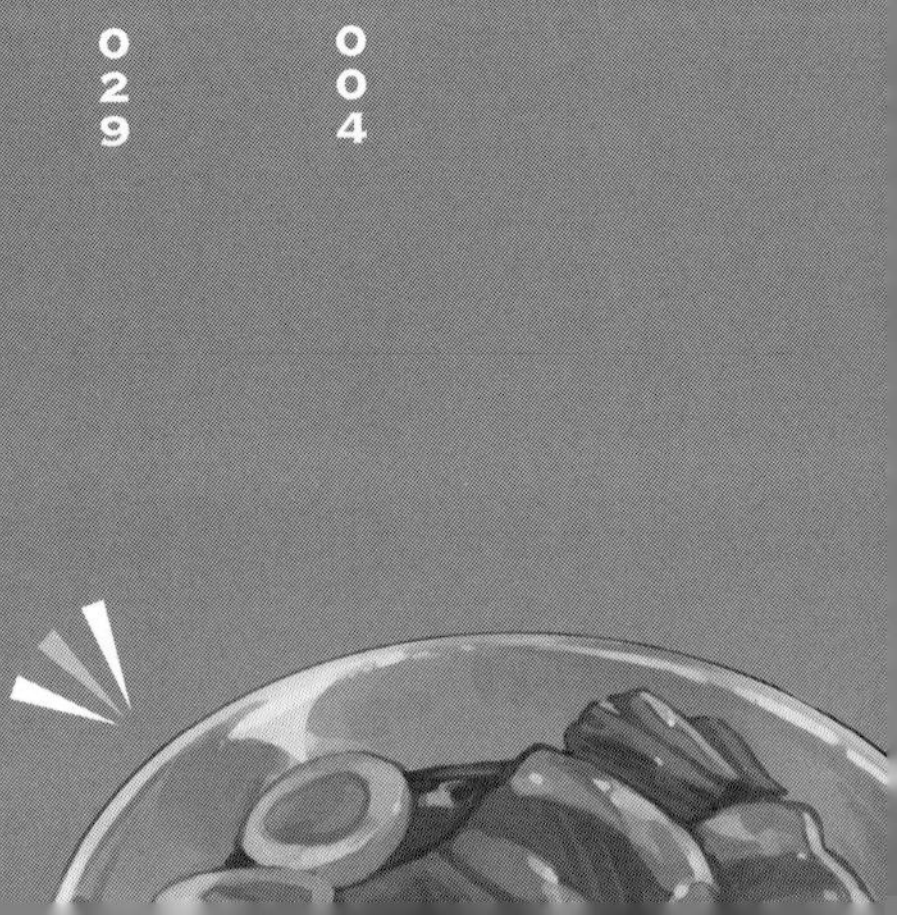

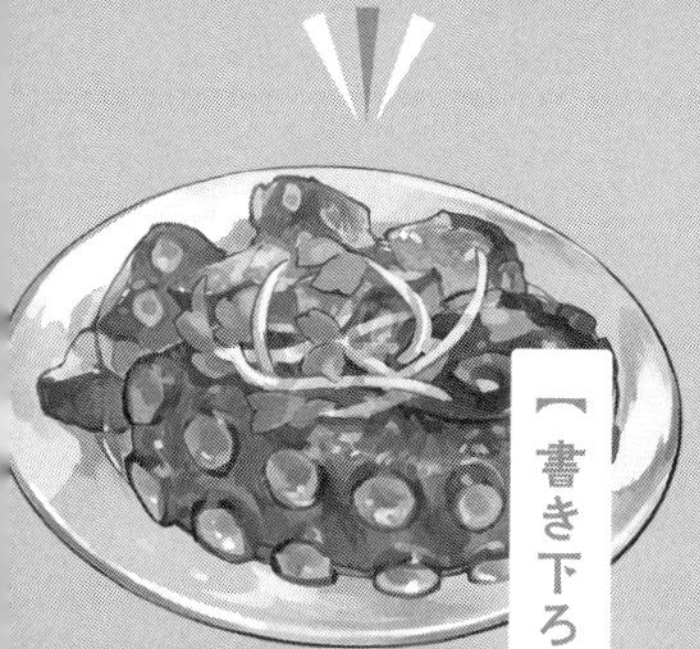

OTOKO MESHI

YU-SHA NI NARENAKATTA
SANBAKA TORIO HA
KYOU MO OTOKOMESHI WO
KOSHIRAERU.

【第一章】★目の前に有る目標

少しだけ、風が強くなったと感じる森の中。

季節が変われば森の生き物も、山菜の種類も変わる。

なので、新たな食材を求めてやって来た訳だが。

俺達の装備には毛皮が追加された。黒鎧に白いモコモコ。

肌寒いと感じられる気温の中、少しだけ白くなった息を吐き出す。

「さみぃなぁ……」

なので肌寒いくらいで済んでいるが。

俺の鎧だけは「新しいのを作るからもう少し待て」と言われて、前回〝勇者〟にボロボロにされた継《つ》ぎ接《は》ぎだらけ。

繋ぎ目から風が入って来て寒い……。

「こうちゃんはまだ前に出るなよ？　腕治ったばっかりなんだから」

「いざって時は戦って貰うけど、基本的には後ろね？　子供達の事、頼んだよ北君」

「へいへい」

本日の野営はいつもの〝悪食〟だけではない。

野外授業、と言って良いのか。孤児院の子供達を連れてきているのだ。

皆飯と運動のお陰で健康体になり、武器の扱いもひと通り教えた。

院の一日は割と忙しい。

飯当番は交代制だが、それ以外のメンツは朝から掃除やら草むしりまで様々。

ひと仕事終えた後朝飯を食って、午前中は文字や計算、そして魔術と言った一般？　教養の授業。

昼飯を終えれば数時間程の自由時間を挟み、戦闘の稽古。

その後、各々の得意分野に分かれ〝仕事〟をする。

それ以外にも飯番や風呂の準備など、細かい事を上げればきりがない程。

しかし、子供達はきっちりと動いている。

コレが十～十五歳くらいの子供達だってんだからビックリだ。

俺がそれくらいの歳の時なんか、西田《にしだ》と東《あずま》と遊びまわっていた記憶しかない。

まあ子供達がこんな生活をして居るってのも、怪我のせいで外出禁止が言い渡されたからこそ知れた事なのだが。

そんな訳で、今日ちびっ子達は初めての野外実戦。

「キタヤマ様、よろしくお願いいたしますね」

「おう」

先行するのは西田、東、南《みなみ》。

それに続くのが俺、中島《なかじま》、クーア、そして子供達。

アナベルは何やらドワーフ組と忙しくしており、工房に籠《こも》って居る。

白《しろ》は過保護対象の相手をしているとの事で、普段通り孤児院でお仕事。

ちなみにその過保護対象の子供、最年長のノインの弟にあたる訳だが……なんと三歳。

アイツがそんなチビッ子の相手している所が、全く想像出来ない。

まあ随分と白に懐いているみたいだから、ちゃんと世話は出来ている証拠なのだろうが……いったいどんな感じで接しているのか。

そしてアイリは、まあ、うん。いつものだ。

「キタ、魔獣って怖い……？」

子供の一人、一番ちっこい男の子のエルが俺の籠手《こて》を引っ張ってくる。

この子は以前のスタンピード戦の被害者の息子。

それまでは両親が居て、普通に暮らしていた訳だから背が低いのは元々の体質なのだろう。

確かエルは十一歳、〝向こう〟で言う小学生高学年くらいか？

むしろこの年齢なら、まだこれからガンガン背が伸びる可能性も充分に有る。

不安そうな瞳で見上げてくるが、その手には俺の使っている黒槍と似た形の小さな槍が握られていた。

なんでも俺の戦闘スタイルを真似したいらしい。やだもう超可愛い、何なの。

「大丈夫だ、俺達が付いてる。魔獣は怖いかもしれねぇが、その怖いって気持ちも武器になるんだぞ？」

「怖いのが、武器になるの？」

「そうだ、本当に強いヤツに会った時は〝怖い〟って気持ちに従って逃げる事が出来る。何にも怖くなっちまったら、逃げるって判断が出来なくなるからな。いいか？　逃げる事は悪い事じゃない、でも仲間を失う事はもっと怖い。だからこそ踏ん張れる時も有るって事だ。要は〝気持ち〟の使い方だ」

俺の言葉に首を傾げ、数秒悩んでからエルは再び口を開く。

「よく、分かんない」

「いつか分かる様になるさ」

そう言ってガシガシと頭を撫でてやれば、にへらっと表情を崩すエル。

俺が小学生の頃、こんなに愛嬌があっただろうか。

いや、絶対になかった。ただの悪ガキだった事だろう。

「キタヤマ、あんまりチビを怖がらせてねぇよ。お前こそもうちょっと肩の力抜け、ノイン」

「怖がらせてねぇよ。お前こそもうちょっと肩の力抜け、ノイン」

孤児院の最年長であり、そして一番最後に来たノイン。

コイツはもう十五歳、〝こちら側〟で言うと既に成人している事になる。

とはいえ俺達からすればまだまだ青さが抜けない悪ガキ……なんてイメージだったのが。

「なんだよ？　人の事ジロジロ見て」

「いや、短い間に変わったもんだと思ってな」

「オヤジ臭……」

「お前、ソレ絶対臼の影響だろ」

今では孤児院で子供達のリーダーみたいな扱いになっている。

そして当人にもその自覚が有るらしく、随分とチビッ子達を心配して行動する様になった。

更にコイツが選んだのは、大盾。

東の大盾とまではいかなくても、かなり大きな盾を一枚背中に背負っている。

しかも盾を選んだ理由が「チビ共を守るのが俺の仕事だ」なんて言い放ちやがった。

格好良いじゃねぇの。

もう成人しているから働きに出ても良いんだが、あえて施設に残している。

コイツは子供達の目標になる。そしてコイツ自身も、〝守る〟事で成長する。

中島と共にそういう判断を下し、もう少しだけ見守る事にしたのだ。

ま、働きたいと言い出すなら孤児院でも、他で働かせても良い訳だが。

「ノイン、気負う必要はありません。訓練通り、そして常に冷静である事を心掛けて下さい。君は子供達のリーダーなんですから」

「はい、先生」

中島に声を掛けられれば、先程とは違い御利口な返事を返すノイン。

なんか俺だけ扱いが雑な気がするが……まあいいか。

悪ガキの息子を持ったとでも思えば。

「ホラホラ、チビッ子諸君？　お話はココまでだ、来たぜ？」

「はーい、皆構えてー？　兎一、イタチ一だよ。こういう場合はどうするんだっけ？」

「我々は下がりますね。皆、頑張って下さいね」

そう言ってから、前方を歩いていたメンツが散開して正面を空ける。

そこに居るのは角の生えた兎に、やけに長い牙を向き出しにしたイタチ。

随分と小さい、小さいが。

「どうする？　手伝ってやろうか？」

「い、いらねぇよ！　行くぞ皆！　相手は小さい、逃げられない様に周囲に展開！　魔法組はデバフ準備！」

「「「はいっ！」」」

からかう様に声を掛ければ、ノインがしっかりとリーダーらしく指示を出し始める。

その声に合わせて走り始める子供達。

クーアだけは不安そうな顔をしながらも、「頑張って！」なんて両の拳を握りしめているが。

さてさて、それでは頑張って頂こうか。

こうして、子供達の初陣が今幕を開けたのであった。

※※※

本日の活動終了後、子供組のリーダーとして参加した俺は、全体の行動指示を出しながらチビ達の様子を確認して回っていた。

名簿片手に一人ずつ、体調不良なんかを起こしていないかチェックして名簿に書き込んで居ると……今は仮眠中の〝筈《はず》〟のメンバーが居るテントから、明かりが漏れているではないか。

小さくため息を吐いてからテントの中に顔を覗かせると。

「ねぇねぇ、今日どうだった⁉」

「分かんない……分かんないけど、魔獣をやっつけた時はすっごく嬉しかった！」

「でも、解体は大変……キツイ。あっ、ノイン」

此方《こちら》に気付いたらしい一人の声により、一斉に俺の方へと視線が向いた。

「おい……いつまで騒いでる」

声を掛けてみるが、チビ達は未だテントの中で騒がしい声と笑みを浮かべている。

その様子にもう一度ため息を溢して、一人ずつデコピンをくれてやり。

「お前等早く寝ろ。見張りだって交代制なんだ、自分の番の時に起きられなくなるぞ？」

「「「はーい」」」

元気な返事を返してから、チビ共は寝袋に包まって大人しくなった。

数分後には静かな寝息が聞こえてくる事から、随分と疲れていたのだろう。

ソレも仕方ない、今日初めて魔獣を狩ったのだから。

「ったく……」

呆れたため息を溢しながらも、顔は綻《ほころ》んでいるのが自分でも分かる。

チェックはコイツ等で最後、名簿を確認して頷いてからテントを抜け出してみれば。

「ノイン、お疲れ様。皆眠った？」

「ん？　あぁノアか。そっちもお疲れ、チビ共は寝たよ」

キタヤマ達が連れて来た魔人の少女。

長い赤毛を揺らし、炎の様な真っ赤な瞳を持つ彼女。

最初は〝魔人〟と聞いて怖かった。

でもチビ共と戯れる彼女を見て、自然と警戒心が薄れたのは確かだ。

「ノアは大丈夫か？　体は俺等と変わらなくても、レベルが無いんだから無理はするなよ？　辛かったらすぐ言えよ？」

「もう……ノインは本当に遠慮なく言うよね。ボクだって強化魔法で役に立とうとしているのに」

「役に立ってるよ、むしろノアには皆頼り切ってる。お前のバフで魔法は強くなるし、体も軽くなる。むしろ頼ってばっかりで悪いな」

「そ、そんな事ないよ。ボクにはこれしか出来ないから、やっているだけ。でも、役に立てて居るなら良かった……エヘヘ」

少しだけ恥ずかしそうに頬を染める彼女は、何処からどう見ても普通の女の子だ。

これで人類の天敵？　言い始めたヤツは絶対馬鹿だろ。

なんて風に思ってしまう程、彼女は俺達に馴染《なじ》んでいた。

今ではアナベル先生に作って貰ったでっかい魔女帽子で、〝魔人〟の特徴である角を隠している。

ノアも、孤児院というか……〝悪食〟の枠を抜ければまた他の連中から狙われるんだよな……。

「ノアはさ……今、幸せか？」

「え？　どうしたの急に」

「あ、いや。その……」

どうしてそんな言葉を紡いでしまったのか、自分でも分からなかった。

レベルもなく、他の種族からは迫害される存在。

彼女達魔人は、隠れる様にして毎日を過ごす他ない。

もしも〝悪食〟が無くなれば、当然孤児院も無くなる。

そうなってしまった時、彼女はいったいどうするのだろうか？

俺と同い年で十五歳。

でも、俺なんかよりずっと重い物を背負った女の子。

様々な経緯もあり、俺よりずっと小さい女の子。

その重みに、彼女が経験して来た痛みに。

俺だったら耐えられるのだろうか……？　などと、頭の隅で考えていれば。

「幸せだよ」

「え？」

「家族ともバラバラに……っていうか、多分もう会えないけど。ボクは今幸せだよ。ボクの事を受け入れてくれる皆が居て、守ってくれる〝悪食〟の皆が居て。それに美味《おい》しい物もいっぱい食べられる。何より誰もボクの事を怖がったり、追い出そうとしないから。だからボクも、ここに居て良いんだって思える。だから幸せ」

何処までも現実を受け入れ、そして現状を喜ぶノア。

俺と同い年だというのに、俺はここまで自身の人生と向き合えているだろうか？

悪ガキで、親父に売られそうになって。そんでもって、母親に孤児院に預けられた。

その母親さえも、孤児院で働いて居る。

俺は、どこまでも〝恵まれている〟んだろう。

彼女と比べて、どれ程の幸運を〝当たり前〟として受け流して来たのだろうか？

そう思うと、自分が矮小で卑怯な人間に思えてくる。

「でもね、一番幸せだなって思うのは……この力を使った時、皆から〝ありがとう〟って言って貰える事。魔人の力はさ、利用される為に有るんだって思っていたけど。ココでは皆、ボクを道具じゃなくて仲間として見てくれる。そういう時、凄く嬉しいなって感じるよ」

にへへっと、気の抜けた笑い声を上げる彼女を見て思わずこちらも気が抜けた。

本当に、どこまでも普通の少女だ。

誰かの役に立った事が嬉しくて、皆と何かをするのが楽しくて。

何処までも〝俺達と同じ〟存在なんだ。

だったら、いつまでも俺ばかりひねくれているのは失礼ってものだろう。

「そうだな……これからもよろしく頼む、ノア。頼りにしてる」

「えぇ、任されました。悪食少年組のリーダー様？」

「なんだそりゃ？」

「あれ？　知らない？　大きくなったら悪食に入るんだって、皆意気込んでるんだよ？」

聞いた事が無かった。

ウォーカーになる奴は少なからず居ると思っていたが、皆俺よりずっと器用だし頭が良い。

だから鍛冶《かじ》屋や付与魔法師、その他の職種に進むモノだとばかり思っていた。

アイツら、やっぱり〝悪食〟に憧れてんだな……。

「それだけじゃなくてね？　悪食に入って孤児院を守るんだって、そう言っているよ。今はキタヤマさん達が守ってくれるけど、いつまでも続く訳じゃない。だから、自分達が代わるんだって」

「アイツ等が、そんな事を？」

「うん、凄いよね。ずっと先を見てる、目の前の事しか見えないボクとは大違いだよ」

そう言って笑う彼女の頭を、何故かガシガシと撫でていた。

「ノイン？」

「お前も、ノアも充分頑張ってるよ」

それだけ言って彼女の横を通り過ぎ、指定の場所へと足を向けた。

見張りだ、チビ共が安心して眠れる様に。

ノアが安心していられる様に、俺は皆を守らなきゃいけない。

だからこそ、俺はもっと強くならないといけない。

少しだけ熱を持った頬を擦りながら、俺の持ち場へと向かえば。

「よう、交代か？」

キタヤマが槍を肩に担いで、こちらに背を向けていた。

大きい、とにかく大きな背中。

親父にだって、こんな感情を向けた事は無かった。

〝この人に追いつきたい〟

違う、〝追い越したい〟んだ。

「なぁ、キタヤマ」

「なんだ？」

「どうしたら、キタヤマみたいに強くなれる？」

漠然としていて、答えの無い質問だという事は分かっている。

でもどうしても聞きたかったんだ、コイツに。

なんであんた等はそこまで強くなれる？　なんでそこまで多くの人達を守れるんだ？

その答えが、俺は欲しい。

「俺は強くなんかねぇよ」

「は？」

だがしかし、返って来た言葉は予想外なモノだった。

「俺は弱い。だからいつだって我武者羅《がむしゃら》に突っ込まねぇと何も出来ねぇし、無茶もする。この前なんか腕を吹っ飛ばされたばかりだしな」

「違う……アンタは弱くなんかない。だからこそ、俺は……」

「だったら、〝ソレ〟じゃねぇかな」

「え？」

訳が分からず呆けた顔を浮かべてみれば、彼はこちらを振り返り満面の笑みを浮かべた。

兜《かぶと》を被ってはいるが、分かる。

彼は今、顔をくしゃくしゃにしながら笑っている。

「守りたい、助けたいって奴等が居て。それにお前等みたいに憧れてくれる奴等も居る。だったら、漢《おとこ》ってのは何処までも見栄を張るんだよ、格好つけるんだよ。それが強く見えるだけだ。そんでもって、いざって時に踏ん張って、最後まで立ってりゃ……最高に格好良いんじゃねぇか？　そういうのに憧れてっから、俺は格好つけるんだよ」

クハハっと軽い感じで笑うキタヤマは、槍で肩を叩きながら言葉を続けた。

「焦るな、お前はまだ若い。これからだ、だからこそひたすらに求めてみろ。強い自分を、最強ってヤツを。案外、面白い人生かもしんねぇぞ？　俺はちょっと恥ずかしいから遠慮するが」

なんて事を言いながら、目の前の黒鎧は静かに笑う。

俺にとっての〝最強〟が、彼なりの言葉で助言をくれていた。

焦るな、しかし求めろ。そして、諦めるなと。

「キタヤマ……ちょっとだけ、稽古つけてもらって良いかな」

「ったく……お前は今から見張りだろうに。1回だけだぞ？」

そう言いながら、槍を逆に構えて腰を落とす〝悪食〟のリーダー。

それだけ、ただ構えを取っただけ。だというのに、〝空気〟が変わる。

ピリピリと肌に感じる敵意、そして一瞬でも気を抜けば腰が抜けてしまいそうな威圧感。

コレだ、コレなのだ。俺が求める〝最強〟は、目の前に居るのだ。

だったら……見えている内に追い付いてやる！

「いきますっ！」

「しゃぁっ！　来いやぁ！」

その夜、俺の盾と彼の槍がぶつかり合う音が響いた。

結果は言うまでもない。というか、手加減されているのは目に見えていた。

だとしても今俺は、俺にとっての〝最強〟から教えて貰える場所に居るのだ。

だったら、精々《せいぜい》追わせて貰おうじゃないか。

いつか追い付くその時まで、ひたすらに教えて貰おう。

戦い方を、強さの意味を。そして、誰かを守る為の行いを。

それら全てが、求めているモノが、今目の前に立って居るのだから。

俺は、何処までも〝恵まれている〟環境に居る。

それが、今だったら身に染みて分かるってもんだ。

ちなみにこの後、キタヤマにまだ無茶をさせるなとクーアさんから滅茶苦茶怒られてしまった。

※※※

「フッ！　しゃぁっ！」

孤児院の庭で、両手に持った槍を振るう。

結局前回の野営では俺の出番はなかった、悲しい事に。

幼い幼いと思っていた子供達でさえ、わりと戦闘をこなせていたのだ。

流石《さすが》に大物はまだ無理だが、それでも随分と頑張っていたご様子。

誰しも手持ちの武器と、自らに合った適正の魔法を上手く使い、俺達より綺麗に戦況を回していた雰囲気さえあった。

アイツ等は化ける。しかも、それは遠い未来じゃない気がする。

俺達はいつまでアイツ等の〝先生〟で居られる？　教えられる事が有るのなら、今の内に全てを教えてやりたい。

もうちょっとデカくなったら、グレて俺等の言う事なんか聞かなくなるかもしれない。

だったら、しっかりと聞いてくれる内に俺等の知る全てを叩き込んでおきたい。

そうすれば、少なくとも獣狩りであっさりと死ぬ事は無くなるだろう。

「ぜああぁぁぁぁっ！」

無い頭で色々考えながら、庭先に有った木に片方の槍を叩き込んだ。

バカンッ！　と、とんでもない音を上げながら真っ二つに割れる飾り木。

そして折れる槍。黒槍じゃない事を忘れていた。

あっ……やべ、これあとで中島とトールに怒られるヤツじゃ……。

なんて事を思っていると、後ろからパチパチと乾いた音で拍手が送られてきた。

「もはや問題なく完治、という事で良いのか？　キタヤマ」

「キタ、お疲れ様！」

クックックと口元を歪める支部長と、タオルを持ってこちらに走ってくるエル。

いつから見ていたのだろう？　いかんな、周囲を警戒する癖が薄れている。

そんな事を考えながらエルからタオルを受け取り、兜だけ外してから汗を拭う。

腕はもう問題なさそうだ、違和感なく槍を振る事が出来る。

しかし……数週間だったとしても戦闘に参加していないという、このブランクはデカい。

「完治はしたが……完全とは言えねぇな。支部長達が近づいて来るのに気付けなかった」

「それだけお前達に安心出来る空間が出来た、と考えるべきだ。常に周囲を警戒していては疲れるだろう？　お前も、周りも」

　やけにキザなセリフを吐きながら、支部長は水筒を投げ渡してくる。

　安心出来る空間、ねぇ……。

　なんて事を思いながら水を喉に流し込めば、変わった味がした気がする。

「支部長、なんだこりゃ。何を飲ませやがった」

「おぉ、流石は食に煩《うるさ》い悪食、大して味はない筈なのだが。それは〝活力ポーション〟と言ってな。新作が出来たらしい、体力気力を回復する為のポーション。何故か……職員達が最近よくくれるんだ。どうだ？　少しはマシになったか？」

「また人でおかしな実験しやがって、こんなもんに頼るなら女性陣に膝枕して貰った方がずっと回復するね」

「ふむ、ではアイリに頼んでおこう。キタヤマが膝枕をして欲しいと言っていた、と」

「マジで止めて下さいお願いします、冗談だから」

　下らない会話を交わしながらタオルで汗を拭っていると、足元に居たエルがキラキラした眼で俺の事を見上げていた。

「二本槍だと体重移動とか、突貫する時のバランスとか色々変わるよね！　どうやってるの⁉」

　何だかんだ、俺はまだ子供達の〝先生〟で居られるらしい。

　というかエル。お前は本当に十とそこらなのか？　考えている事がエグイんだが。

　体重移動やらバランスやら。現在の俺でさえ割と感覚でやっている事に対しても真剣に取り組んでいる様だ。

　こりゃまぁ……本格的に強くなりそうだな、こいつ等。

しかしながら子供の成長しようとする姿勢を喜ばない保護者は居ない。

何となく嬉しくなってしまい、しばらくエルに槍の使い方を教えていると。

「キタヤマ、〝とりあえず〟だったとしても彼等をウォーカーにするつもりはないか？」

「んん？　どういう事だ？」

「ウォーカーの年齢制限、その最低ラインを知っているか？」

「知らん」

「だろうな……」

そう言ってから支部長は胸ポケットから手帳を取り出し、俺に突き出してみせた。

そこには、ウォーカー規約の文字が。

「ココに書いてある通り、十歳から登録出来る。ただし、討伐系などの危険が伴う仕事は成人してからだがな？　本来は貧民に対する救済処置の様なモノだが……まぁあまり周知されていないのは否定出来ん」

「……え？　こいつ等もう登録出来んの？」

「だからそう言っている。ウォーカーとは〝何でも屋〟だ。仕事はドブさらいから魔獣の討伐まで、それこそ幅広く存在する。誰でも頼る事が出来るのがウォーカーであり、誰でもなれるのがウォーカーだ。そして世間一般的なイメージもあり、軽過ぎるクエストはやはり依頼されにくい傾向にある。しかし今後しっかりと達成していけば、依頼の増加も望める上、全体で見ればかなりの利益になるんだが」

「有象無象、野蛮な集団ってイメージか。ちなみに軽いのはどんなのが有るんだ？　こいつ等に任せられそうな仕事が有るのか？」

「ふむ、ちょっと待て」

そう言って手帳をめくり、一人でふむふむ頷く支部長。

どう見ても演技にしか見えない。

エルの手前、それっぽく見せたい気持ちも分かるが……知ってるからな？

お前がウォーカー全員の顔を覚えるくらい記憶力が良い事は。

「この辺りなんかどうだ？　早朝のミルク配達。老人の一人暮らしの家の掃除、草むしり等々。その他にも新聞配達の手伝い、新しく出来た食事処の客寄せなんかも有る。クエストボードに張り出されない仕事は結構有るぞ？　意外と普通の求人の様に送られてくるんだよ」

「乗った、中島も含めて話を聞こう。武器を振るうだけが仕事じゃねぇ」

「ハハッ、そう言うと思ったぞ。これで定期的に寄せられる手伝いの仕事を断らなくて済む」

「てめぇ結局ソコか……って、今回は文句も言えねぇか」

いつも通りの調子で会話を続け、俺達は揃って孤児院の院長室へと向かった。

子供達の仕事が増える事は良い事だ。

本人達は大変になるかもしれないが、それでも個人で使える金が増える事は良い。

何より、金が有れば〝自由〟が利く様になる。そして社会を知る事が出来る。

むしろ街の仕事なんか俺達も少しはやった方が良いくらいだ。

「キタ、新しい仕事？」

「あぁ、頑張れば褒めて貰えて、自分で好きな様に使える金が増えるんだ。やってみないか？」

「お金貰えるの⁉　キタと同じ鎧も作れる⁉」

「え？　あぁ……うん。作れるかもしれんな。止《や》めておいた方が良いと思うけど……ほら、もっと恰好良い鎧とか有るだろ？　キラキラしてたり、真っ白だったり。物語の主人公とかは、恰好良い鎧着てるだろ？　そっちにしないか？　な？」

「やだ。黒が良い」

「えぇっと……」

「キタヤマ、諦めろ。この子達にとっては、お前達が目標なんだ」

「あきらめろ！」

「あぁ……マジか」

どうしてこう、歪んでしまったのか……俺等のせいか。

などと会話を続けている内に院長室に到着、ガンガンッと雑に扉をノックすれば。

ズバンッ！　と音がしそうな勢いで扉が開いた。

中から出て来たのは……不機嫌そうな白。

なんか物凄く目が吊り上がってますけど、どうしたのコイツは。

「北、初美《はつみ》追い出して」

「おいおい、お前等まだ喧嘩してんのか？　勇者云々の件は初美にだってどうしようもなかったって話したろ？　それとも何か、初美が城に残ってた事まだ根に持ってるのか？」

新しく悪食に加わった異世界人。

影森《かげもり》初美。

勇者パーティに居た事もあり、最初は周りの奴も結構風当たりが強かったのは確かだ。

だがもう数週間一緒に居た訳だし、それなりに皆仲良くなり始めていたと思ったんだが。

ちなみに最初は苗字で呼んだのだが、本人の希望で皆彼女の事を初美と呼んでいる。

「違う、そっちの事はもう良い。思う所は有るけど、飲み込む」

「そうか、偉い偉い」

「撫でない、セクハラ」

「そりゃ失礼……って、んじゃどうしたよ？　随分と穏やかじゃないな」

思わず頭に手を置いたら、ネコみたいに威嚇《いかく》されてしまった。

ご機嫌斜めな猫娘の向こう側へと視線を向けてみれば、苦笑いを浮かべる中島と……子供に抱き着かれている初美の姿が。本人は困り果てた顔をしているが。

「……ライズ君、取られた」

「……はい？」

本当に何を言っているんだコイツは。

ライズは一番ちびっ子の〝過保護対象〟で預かっている子供。

ノインの弟で、彼の母親がウチで働いて居る間は白がよく面倒見ていた子だ。

やっと言葉が喋れる様になってきたって所のちびっ子な訳だが。

「おまっ、そんなアホな事で追い出せとか言ってんのか!?」

「そんな事、じゃない！　前は野営から帰ってきたらすぐに抱っこせがまれたのに！　初美が来てからそっちばっかり行く！」

あぁ、さいですか。

お気に入りのちびっ子取られてご立腹ですか。

しかし、どうしたもんか。ライズ坊も随分白に懐いていたと思ったんだがなぁ……アレか？

抱っこされた時に感じる乳のサイズが――。

「北、絶対今余計な事考えてる」

「キノセイジャナイカナ」

とまあ、いつまでもドアの前で口論していても仕方がないだろう。

とりあえず部屋に入れて貰って、ブスッとしている白は一旦放置。

チビッ子に抱きつかれている初美に近づけば、ご本人も大変困った様子で此方を見上げて来た。

「あの……北山《きたやま》さん、私はどうすれば……」

「お前もお前で絶望的な顔してんじゃねぇよ……」

子供達が些細な事で喧嘩するなら分かるが、君等高校生でしょうに。

こんな事で喧嘩すんなよマジで。

「ライズー、ただいまー」

しゃがんでチビッ子に声を掛けてみれば、初美からバッ！　と離れて俺の鎧に突っ込んで来た。

この癖、止めさせないといつか鎧で怪我しそうだな。

とか何とか考えながら片腕でチビッ子を抱き上げる。

「キターマ、おか～り」

「北山な、きたやま。んで、どうしたお前。白の事嫌いになっちゃったのか？」

そう問いかけてみれば、ブンブンと横に首を振るライズ。

いやぁ、言葉が不自由な分身振り手振りが激しい。

ちびっ子は、見ていて飽きないね。白が構い倒すのも分かる気がする。

「それじゃ初美の方が好きになっちゃったか？　白が寂しそうにしてんぞー」

「くろ！」

「ん？」

「くろ！」

いったい何の事を言っているのかと首を傾げたが、ちっちゃい指で俺の鎧を指差して、次に初美の服を指さす。

彼女は相変わらず黒いライダースーツの様な恰好をしているし、俺も普段から鎧を着ている訳だが……あぁ、もしかしてソレか？

コイツもエルと同じで、俺等の鎧を気に入ってんのか？

「あぁ～なるほど、黒いのが良いのか」

「くろ！」

だそうだ。目覚めてしまったのか、その歳で。

中学生男子が発病するあの病気に。いや、それはまた違うか。

「初美、ソレ、脱いで」

「あ、いや、その。私コレと同じモノを何着かしか持ってない……」

そこは相手を脱がすんじゃなくて、お前が着替えてくるって発想にはならんのか。

思い切りツッコミを入れたくなったが、よく思い出してみればコイツの私服って白色系統の服が多かった気がする。

何だかんだ仲の良い白と南のコンビで似た様な服を買って来て、白黒の色違いが目立つ。

ちなみに南が黒系の私服を好んでおり、白の奴が黒い服を着ている所をあまり見た事が無い。

有るとすれば、野営中に着ている黒い革鎧くらいなもんだ。

「はぁ……南から服借りて来い。そうすりゃ多分解決だ」

「速攻戻る、待っててライズ君」

そんな事を呟いたかと思えば、白は窓から飛び出して行った。

あんの馬鹿っ、急ぐにしても流石にソレは。

「コラァ白！　子供が真似したらどうすんだ！」

「ん、しまった。次から気を付ける」

空中で返事しながら、音もなく着地してからすぐさま走り出した猫娘。

ったく……何やってんだアイツ。

ため息を吐きながら窓辺から戻ると、笑いをかみ殺している支部長と中島の姿が。

「いやはや、しっかりとやっている様で何よりだ。キタヤマ〝先生〟」

「いの一番にそういうセリフが出てくる辺り、リーダーも染まってきましたね」

コ、コイツ等……好き勝手言いやがって。

プルプルと拳を震わせながらも、片腕にチビッ子を抱いている状態で暴れる訳にもいかず。

「はぁ……もう良い。初美、チビッ子をちょっと頼む」

「あ、はいっ！」

俺の鎧を離すまいとわちゃわちゃ暴れるライズを引き剥がして、初美に渡してからソファーに腰を下ろす。

如何せん鎧の重みもあり、ちょっとソファーが悲鳴を上げている気がするが。

まあいつもの事だ。

「さて中島、ちと今後の方針で話が有る。詳しい説明は支部長にして貰うが」

色々あったが、やっと本題に入る俺達なのであった。

※※※

「南、脱いで」

「は？　え？　白さん、どうしました？」

私に与えられた部屋の扉が勢いよく開いたかと思えば、臨戦態勢の白さんが急におかしな事を言いだした。

何を言っているのだろうか？　脱げって、え？　この服を、今？　白さんの前で？

野営の間などは一緒にお風呂にだって入るし、肌を見られるのが恥ずかしいという訳では無いが……なんで？

「黒いのが、必要なの。貸して」

「く、黒いの？　えっと、え？」

「早く、時間が無い」

「あの、は？　ちょっと白さん⁉　せめてドアは閉めて頂けると！」

何やら切羽詰まった様子で私の服を脱がしにかかる白さん。

なんだ、いったい何が起きた。黒いのって何の事だ。

「南ちゃんどしたー？　なんかすげぇ声が聞こえて来た……けど……」

西田様が通りかかったのか、ひょいっと顔を出してビシリと固まった。

ココはホーム、だからこそ男性陣が居て当たり前なのだ。

だから、ドアは閉めて欲しかったのに……。

そして白さんは本当に何がしたいのか。

「ご、ごゆっくり～……」

明らかに気まずそうな表情を浮かべ、静かに扉を閉める西田様。

「あ、ちょっ、ちょっとお待ちを！　待って下さい西田様！　誤解ですから！　お願いですから助けて下さい！　白さんもちょっと落ち着いて、お願いですからちゃんと説明を……脱がさないで下さい！」

その後服を貸して欲しいだけだった事が判明し、クローゼットから黒いワンピースを取り出すと、彼女はすぐさま着替え駆け出して行った。

あぁもう、なんだったんだ。

あと、絶対西田様に誤解された気がする。ちゃんと説明しておかないと。

嵐が過ぎ去った後、ため息を溢しながら乱れた服を直すのであった。

【第二章】★外に出たがりと引きこもり

早朝、それはウォーカーギルドが一番混み合う時間帯。

誰しも〝うまい仕事〟を求めて、その日一番に掲示される依頼書を奪い合う様にウォーカーがごった返す。

特に俺みたいな、名も無きウォーカー……と自分で言っていて悲しくなってくるが、実際その通りで、普通の二つ名も無ければ有名なパーティやクランに所属していない連中にとっては、この時間が一番大事なのである。

なんたって飯の種を確保する為の仕事を取り合うのだ。

「てめぇ！　その依頼は俺等が先に目を付けたんだぞ！」

「うっせぇ！　お前等には無理だ、諦めな！」

今日も、いつも通りの光景が繰り広げられる。

騒がしい声と、喧嘩腰の言葉の数々。

やかましい喧騒の中、ギルド正面の両開きの扉を押し開き、ソイツ等が入って来た。

「〝戦風〟だ……」

誰かがそう呟けば、皆の視線が入り口に向かう。

ギルドに入って来たのは、高位ランクのパーティの〝戦風〟。

前回のスタンピードから更にランクを上げ、このギルドにおける上位に位置する彼等が悠然と歩いて来た。

　しかしクエストボードには向かわず、そのままカウンターへと足を進める。

「今日は何か有るかい？」

「お待ちしておりました。〝戦風〟の皆様には、指名依頼がいくつか届いております」

　アイリが度々受付を空ける様になってから、ウォーカーの次なるアイドル的扱いとなった〝キーリ〟が、優しい微笑みを浮かべながら〝戦風〟に答える。

　その光景にいろんな所から舌打ちが聞こえるのは仕方のない事。

　高位ランクともなれば、わざわざクエストボードなんぞ見なくてもうまい仕事が入ってくる。

　更には受付嬢も皆ニコニコしながら彼等を迎えている。

　様々なやっかみが入り混じる小声が聞こえてくる中、今一度ギルドの扉が開かれた。

　そして。

「あっ、ギルさん！　貴方《あなた》も此方へ、指名依頼があります！」

　戦風の連中の横から顔を出し、キーリが元気な声を上げる。

　コレにもまた、いくつもの舌打ちが響く。

　〝黒腕のギル〟

　ランクは戦風と比べれば低いが、早くも二つ名が付く程の実力者。

　個人だというのに、彼の依頼達成率は驚く程高い。

　それも手伝って、ランクも物凄い勢いで上がっている時の人。

「またか……いや、ありがてぇけどさ」

「ようギル、もし面倒な依頼なら手伝ってやるぜ？」

「そんでもって〝戦風〟の依頼も手伝えってか？　条件次第な」

「分かってるよ。キーリちゃん、その辺の依頼全部織り交ぜて予定組んで貰うって出来るかい？」

「はいっ！　任せて下さい！」

　コレなのだ。

　戦風とギルの奴は仲が良い上に、受付嬢のキーリも全面協力体制。

　コレで嫉妬《しっと》しない奴が居るのなら教えて欲しい。

　俺達が苦労してゲットした依頼なんて、彼等の依頼に比べれば足元にも及ばないのだろう。

　報酬も、難易度も。そして、受付嬢の態度も天と地の差が有る。

　俺もいつかはあんな風に……なんて、誰しも妬みや憧れの入り混じった視線を向ける中。

　珍しく、今日はもう一度扉が開いた。

　遅刻組か？　だとしたらあらかたうまい依頼は取られた後だ。

　思わず同情の眼差しを向けそうになってしまったが。

「〝悪食〟……」

　誰かが呟いた瞬間、バッと道が空いた。

　集まっていたウォーカーは、自然と左右に〝退いた〟。

　普通なら絶対に着ない〝黒鎧〟に身を包み、禁忌とされる魔獣肉を喰らう連中。

　だがしかし、その実力は本物だと言わざるを得ない。

数々の難関を乗り越え、平然と帰ってくる化け物達。

スタンピードでは全体の指揮をしながら、自らが率先して大物の前に飛び出す強者。

その実力はウォーカーなら誰しも認めているモノの、あまりにも常識外れの面が目立ち、どうしても近づきづらい存在。

貴族連中や一般人にはあまり広がっていないだろうが、同業者なら皆知っているであろう〝異質〟なクラン。

その彼等が、珍しく早朝から姿を見せた。

毎日朝早くから仕事に向かう勤勉なウォーカーなら、初めて彼等の事を見た奴だって居るくらいだろう。

それくらいに、〝悪食〟が早朝からギルドに来るのは珍しいのだ。

「おぉ、悪食の旦那じゃねぇか！　珍しいな！」

「キタヤマ！　ソフィーをお前等の所で働かせてくれ！　頼む！　毎日笑顔で脅してくるんだ！」

戦風と黒腕の二人が、やけに元気に声を掛け始めた。

コイツ等接点あったのか……と、一瞬呆けてしまったが。

思い返してみれば確か、スタンピードでは各パーティのリーダーが大物に向かったと話に聞いた気がする。

だからこその繋がりなのか、彼等の様子はまるで普段から会っている友人達の様な、とても緩い雰囲気を放っていた。

「うぉ……人多いな。ちょっと失礼、間《あいだ》通して貰うぜ。後そこの馬鹿二人、カウンターから大声で呼ぶんじゃねぇ」

こっちもこっちで緩く雑な言葉を溢しながら、彼等は目の前に出来た道を歩き始める。

真っ黒な鎧が四人。

継ぎ接ぎの鎧を身に纏うリーダーの男。

その後ろには周囲を威嚇する様に睨みを利かせ、足音なく歩く者。

そしてまるで魔王かと見間違える程の、ゴツくてドデカい鎧の大男。

ひと際小柄で、雰囲気だけなら貴族のお嬢さんかと思ってしまう程、綺麗な姿勢を保ちながら黒髪を揺らす獣人の少女。

それに続く、数名の子供達……ん？　最後のはなんだ？　見間違いか？

「えぇっと……旦那。随分と子沢山だな？」

「言ってろ」

「あ、この子達か！　求人にあった世話する子達ってのは！　皆よろしくなぁ、俺はギルって言うんだ。今度俺の嫁さんが皆の所にお世話しにいくからねぇ？」

「ギル、おいそこの馬鹿。ニヤケ顔きめぇ。まずは面接……いや、ソフィーさんなら問題ないか。ただし忙しい時は夜でもこっちで奥さん預かる事になるぞ」

「あぁん!?　テメェ人の嫁をなんだと思ってんだ!?」

「だから一回ちゃんと家族会議でもしろって……」

雑談を交わしながら、悪食はカウンターの正面へと向かう。

その向こうに居るキーリは完全に顔が引きつっている気がするが。

「仕事中すまん、アイリは居るか？」

「は、はい。ただいま呼んでまいります……」

右手と右足を一緒に動かす勢いで、キーリがカウンターの奥へ引っ込んでいく。

やはり受付嬢にとっては、あの黒鎧は刺激が強い御様子だ。

そりゃそうだろう。

俺達だってあんなのに目の前に立たれたら思わず警戒する、どころかビビる。

それくらいに、ヤバイ噂が広がっているのだから。

皆自然とキーリに同情の眼差しを向けていれば。

「キタヤマさーん！　来てくれたんですね！　野営ですか⁉　今度は何処ですか⁉　迎えに来てくれたって事は私も連れて行ってくれるんですよね⁉」

カウンターの奥から、書類を抱えたアイリが飛び出して来た。

相変わらず美人だ、あと胸がデカい。

栗色のサイドテールを揺らしながら、俺達には見せた事も無い様な笑顔で悪食を迎える彼女。

ココの所死んだ目をしながら受付作業を行う彼女が嘘の様だ。

今の彼女の姿を見て、膝を突く奴等は数多く。

気持ちは分かる、俺もアイリからあんな表情を向けられてみたい。だというのに。

「悪い、今日は別件だ。お前は今週も受付業務。諦めろ」

「キタヤマさん、嫌い」

瞬時に瞳のハイライトが消えるアイリ。

近くから「俺もあんな事言われてみてぇ……」というおかしな声が聞こえたが、聞こえなかった事にする。

「今日は十歳を超えてるチビ共のウォーカー登録だ。頼めるか？」

「あーはいはい、新規登録ですねぇ～こちらへどうぞ……はぁ!?」

やけに浮き沈みの激しい感情を浮かべながら、アイリは驚愕の表情でカウンターから身を乗り出した。そして、ここで初めて子供達の存在に気が付いたらしく。

「アイリさん、よろしくお願いします」

一番年上っぽい子供が綺麗な挨拶をかませば、後ろに居る子供達も元気よく声を上げる。

「アイリさーん、きたぁ！」

「制服姿綺麗だねぇ、恰好良い！」

わちゃわちゃとカウンターに詰め寄る子供達。

ウォーカーに登録出来るって事は、十歳以上なのだろうが……如何せん幼さが抜けきらない者が多い気がする。

俺等同様、教育というモノをあまり受けていなかった子供達なんだろうか？

非常に親近感が湧くが。

「えへへ、そうかな？　どう？　似合う？」

普段は見せない緩い笑みを浮かべながら制服姿を見せるアイリに、ワーワーと騒ぐ子供達。

おかしいな、ココ……ギルドだよな？

誰しも唖然としたり、和んだ視線を子供達に送っていた。

しかし。

「コイツ等に仕事をさせる、だから登録を頼む。支部長には話を通してあるが、軽い奴な。討伐系はまだ無理なんだろ？」

「当然、こんな子達に魔獣を狩って来いなんて言える訳ないでしょ。成人したての子だって、小型の魔獣でさえビビるのよ？　雑用系の仕事以外任せないから安心して」

「あぁ……いや、まぁうん。頼むわ」

「待って。何、今の間は何？」

アイリが黒鎧に物凄く接近している。

普通のウォーカー相手なら絶対ありえない距離まで迫っている。

彼女の行動に、周りのウォーカー達は人を殺せそうな睨みを利かせているが。

他の連中の様子に気付いた様子もなく、黒鎧はありえない言葉を紡いできた。

「皆魔獣討伐と解体、ソレに野営は経験済みだ。流石に大物は無理だが、その……小物なら結構心配いらないくらいに狩れたぞ？」

は？　あんな子供達に、魔獣を狩らせたのか？　こいつ等。

「んもぉぉ！　なんでそんな楽しそうなイベントに私を参加させてくれないんですかキタヤマさん！　私も皆の応援したかった！」

「旦那⁉　まさかこのちびっ子達を連れて森へ行ったのか⁉　おいおいおい……」

「お前……人としてソレはどうかと思うぞ？　流石に……えぇ」

カウンター前に集まった集団から、いろんな声が上がっていた。

なんだコイツ等、何なんだ。というか、子供達もあの歳で魔獣を狩るのか？

嘘だろ？　皆茫然としながら、相変わらず聞き耳を立てていると。

「多分、予想というか、願望に近いかもしれませんけど。闇狼《シャドウウルフ》くらいなら狩れると思います、俺等。上手く魔法を使って、全員がちゃんと動けば、ですけど。なので、ウォーカー登録を認めて貰えませんか？　お願いします、アイリさん」

そう言って頭を下げる年長男子。

彼に従って、ちびっ子達も頭を下げる。

おいおいおい、あの年で闇狼ってマジかよ。

確かに一匹やそこらなら、成人したてのガキでもギリギリ何とかなるかもしれない。

だがアレは大体が群れで生活しているのだ。

なので、最初から闇狼の討伐を受ける奴はそうそう居ない。

常に張り出されている様な依頼書も有る為、初心者向けだとか新人をからかう奴も居るが……

ソレを信じる馬鹿は居ないだろう。

大人でも、アレの怪我人がしょっちゅう街に運び込まれて来るくらいなのだから。

もしも最初からそんなモノを受ける馬鹿が居るとするなら、相当な世間知らずか見栄っ張りのどちらかだ。

俺等の様な歳なら「やれやれまたか」くらいで受理されるだろうが、成人したての子供だった場合、間違いなく受付からお説教を食らう事になるだろう。

「ノイン、調子に乗るな。お前等にはまだ早い」

「でも！　アイツ等の動きを見る限り――」

「見るのとやるのじゃ全く違う。だから、焦るな。お前等なら多分狩れる、だが怪我人は出る。だからこそ、焦るな」

「……分かったよ」

黒鎧からお叱りを受けた子供が、シュンッと視線を下げるが。

マジか。悪食が否定しないって事は、本当に闇狼が狩れるのかアイツ等。

「ま、とりあえず成人する前は街の中のお仕事かな？　ノイン君は一応外の仕事も出来るけど、どうする？」

「あ、まずは中の仕事で。コイツ等がしっかり働ける事が確認出来たら、改めてお願いします」

「ふふふ～。男になって来たねぇ」

嬉しそうに口元を緩めながら、登録作業を進めるアイリ。

ちょっと待って欲しい。

外の仕事が出来ない歳なのに、魔獣を狩れる子供達。それが俺等の後輩になるのか？

もしも彼らが成人して、〝外〟の仕事を出来る様になった時。

まさにその瞬間から、どれ程の実力者になるのか分かったものじゃない。

だとしたら、狼で怪我している様な俺等は……いったいどうなる？

聞き耳を立てていたウォーカー全員がその疑問にたどり着いたらしく、どいつもコイツも顔を見合わせ、次の瞬間には改めてクエストボートに飛びついた。

「うぉぉぉぉ！　どけぇぇぇ！　今日は魔獣を狩るぞぉぉ！」

「うっせぇ！　俺が先だ！　大猪、大猪だ！　探せぇ！」

「狼を十匹討伐⁉　コレだ！　コレで行こう！」

叫びながら俺達はクエストボートに齧りつき、残った依頼さえも奪い合った。

負けられるか、しかもあんな子供に。

そんな気持ちで、誰もが魔獣狩りの依頼を求めた。

戦風、黒腕、悪食。

その辺はまぁ仕方ないかって気持ちで居た。

だがしかし、あんな年端もいかない子供達に追い越されてみろ。

面子《めんつ》も何もあったもんじゃない。その脅威が、数年後に迫っているのだ。

「どけぇぇぇ！　ソレ、それだ！　ダッシュバードの討伐！　その依頼俺が貰ったぁぁぁ！」

ウォーカーが溢れる暑苦しい空間の中、俺も必死に依頼書に手を伸ばした。

もう二度と、毛皮を被せられた上にタコ殴りにされる側に回りたくない。

負けるかとばかりに人波をかき分け、何とかダチョウ討伐依頼をゲット出来たのであった。

報酬は……かなり安かったが。

※※※

「なんか、すげぇな。普段からこうなのか？」

「まぁ朝ですからねぇ。そんでもって、今日は一段と激しいですよぉ」

「へぇ……すげぇな」

「キタヤマさんは朝からクエスト争奪戦に参加しませんもんねぇ。わりとこんなもんですよ？　そんな事より、子供達の登録終わりでーす。は〜い、今から名前を呼ばれた人はカードを取りに来て下さいねぇ？　登録証を渡していきますよー」

気の抜けたセリフを吐きながら、アイリは子供達に登録証を配っていく。

十歳を超えない子供達や、ノアは当然居ない訳だが。

それでも、誰しも緊張した面持ちで自分の登録証を受け取っていく。

思わず懐かしいと感じてしまう光景、俺等も最初は登録されただけで喜んだものだ。

そう思えてしまうくらいには、こちら側に馴染んだのだろうか。

まだ、そこまで長い時間を過ごした訳ではないというのに。

「全く、どうなる事やら」

「そりゃこっちのセリフだぜ旦那……」

「あぁこりゃ……世話するのは大変そうだな」

二人から呆れた視線を向けられながらも、ヘッと鼻で笑って返事を返した。

その間も子供達へのウォーカー登録証受け渡しは着々と進んでいく。

これからコイツ等も忙しくなる事だろう。

俺等みたいに、全てが手探りの状態で色々な〝初めて〟を経験する事だろう。

なんて、何処か感傷に浸っていると。

「そういえばキタヤマさん。支部長がいい加減ランクアップの手続きしろって言ってましたよ？　一定以上からは勝手に上がらないので。何度言っても一向に来ないって怒ってました」

「あ、はい。普通に忘れてました」

俺等も俺等で、意外とやる事が多かったのであった。

※※※

「ふむ、悪くねぇな……ただもうちょっと塩っ気があった方が良いか？」

「だいぶテ○グジャーキーに近づいて来た？　普通にうめぇけど」

「しかも食べ応えあるしねぇ、やっぱり大は小を兼ねるよ」

「コレが干し肉……未だに信じられません。街中で売っている物も、高い物を買えばこれくらい美味しいんですかね？」

揃ってボヤキながら、燻製《くんせい》機を挟んで俺等は干し肉を齧っていた。

怪我は治った筈なのだが未だ外に出ようとすると苦い顔をされる為、こうして時間を潰している。

現在はホームでビーフジャーキーを製作中。

こちらの自家製干し肉、おやつとしても子供達に大人気。

そして大人組からはもっと大人気だった。

以前作っていた試作品は、あんまり納得出来ない仕上がりになってしまったのだが、酒の肴となり一瞬で消えた。

そんでもって、大量に保管して有る肉も使って毎日の様に試作品を作っている訳だが……。

「北、チーズもそろそろ」

「私はナッツが良いですねぇ。とても癖になります」

白とクーアが、のんびりした声を上げながら燻製機を勝手にパカパカしている。

別に良いんだけどさ、あんまり温度下げるなよ？　使い方覚えたら二人ともこれですよ。

アレだね、ネコにオヤツあげた時みたいだ。

もっと寄越《よこ》せと猫缶をちょんちょんしている様子に似てなくもない。

南なんか今回のジャーキーが随分気に入った様で、尻尾をピンと伸ばしながらずっと干し肉をガジガジしているし。

女性陣に対してとても失礼な事を想像していると、今度は仕事を終えた子供達も戻って来た。

「あぁ！　キタ達がジャーキー食べてる！」

「ずるい！　僕等にも！」

ワラワラと集まって来るチビッ子達。仕事終わりだもんね、小腹空《す》くよね。

ウォーカー登録を終えてから数日。

新しい仕事は順調な様で、朝から晩までお手伝い系の依頼やら孤児院の仕事やらをこなしている子供達。

はたまたお勉強に訓練にと、忙しい毎日を過ごしている。

完全週休二日制度を取り入れ、無理矢理にでも休ませないとずっと働いていそうな勢いだった。

子供の体力は凄いね、おっちゃんビックリだよ。

今も早朝のお仕事を終えて来たのだろう、確か新聞と牛乳配達だったか？

もはや俺達より、子供達の方が街中には詳しいのかもしれない。

「おらおら、欲しかったら手を洗ってこい。そしたら食わせてやるよ、ただし飯前だからちょっとだけな？」

「「「はーい！」」」

元気な声を上げながら、子供達は孤児院に向かって走っていく。

仕事終わりだってのに、皆若いねぇ……なんて、少々年寄り臭い事を思いながら干し肉を齧っていると。

「――タヤマさん。出来、ました……」

「へ？」

何処からか、随分と低い声が聞こえた気がする。

視線を巡らせても、声の主らしい人物は見当たらない。

幻聴？　もしくは……まさか幽霊？　ちょっと勘弁して頂きたい。

ファンタジー世界だからゴーストの一匹や二匹居るのかもしれないが。

「キタヤマさん！」

「どわぁっ!?」

背後から、やけに顔色の悪いアナベルに抱き着かれた。

抱き着かれたと言うより、ガバッと覆いかぶさって来たと言った方が良いのかもしれないが。

マジで心臓止まるかと思った……気配とかまるでなかったし、行動はゾンビのソレだし。

「ど、どうした……？　ていうか、大丈夫か？　顔が青いのを通り越してコンクリートみたいな色してるけど」

「今はそんな事より、新しい装備――」

滅茶苦茶近い距離に有る美人顔にどもりながらも声を返せば、顔面コンクリートカラーの魔女様の腹がグゥゥゥ～と盛大に悲鳴を上げる。

……顔が赤くなったというか、ちょっとだけ正常な色に戻った。

「えっと、とりあえず。なんか食わねぇ？」

「……はい、いただきます」

恥ずかしそうに視線を逸らすアナベル。

ココまでは良かった、まだ可愛いモノだったのだ。

「キ、キタヤマ……」

「飯、メシ……酒……」

「出来たぞ……だから、飯……」

「酒ぇ……酒を飲ませろぉ……」

ゾンビが増えた、しかも求めている物は飯と酒。

まごう事なきドワーフゾンビが四匹、いつの間にか俺の足元に集まって来ていた。

「はぁぁ……お前等マジで何やってたんだ。ここ最近顔見なかったが、飯はちゃんと食ってたんだろうな？」

「し、死なない程度には……」

「バッカ、お前等マジでバッカ。すぐ作ってやるから、とりあえず干し肉食ってろ。新作だ」

そう言って干し肉を差し出せば、ゾンビ五匹はハムスターの様に肉を齧り始めた。

頼むから飯くらいは食ってくれ、マジで。

「すまねぇ……すまねぇなぁキタヤマ。でも完成したからよぉ……」

「うめぇ、うめぇよぉ。干し肉がこんなにうめぇと感じたのは初めてだぁ……」

「馬鹿野郎お前、〝ビーフジャーキー〟だからうめぇんだろうが……普通の安い干し肉なら不味い不味いと思いながら齧っておる所じゃ……」

「キタヤマぁ、酒をくれんかぁ？」

「はぁ……まずは飯食ってからにしろよ。酒はその後だ」

なんだろう、この重症患者達は。

ゾンビなのか餓死寸前なのか、それともアルコール依存症なのかはっきりして欲しい。

多分全部なのだろうが。

「何やら子供達が騒がしくしていたのでお手伝いに参りました」

「キタヤマさん、ボク達も何か手伝う？」

丁度良い所に現れたのが初美とノア。

立場上、あまりそこら辺をフラフラ出来ないコンビなので、割と一緒にいる事が多いみたいだ。

そんな二人が子供達と手を繋ぎながらご登場なされた。

あぁ、手を洗いに行った子供達に捕まったのね。

「初美、子供達にジャーキー配ってやってくれ。飯の前だから一人一枚な？　ノアは飯作りの手伝いをお願い出来るか？　そこのゾンビどもが腹ぺコらしい」

「了解です」

「ゾンビ……確かに」

苦笑いを浮かべる二人を新たに加え、俺達はドワーフ達プラス一名の飯を作り始める。

コイツ等結構食うんだが……流石に最初は胃に優しいモノにした方が良いか？

いや、そんな心配はいらんか。

ドワーフだし、鉄の胃袋を持っていそうだもんな。

あっさりしたモノなんぞ出したら、逆に文句を言われそうだ。

「こうちゃん、アナベルさんには俺がスープか何か作るよ」

「雑炊《ぞうすい》……は作るだけ無駄か、とりあえずお米炊くね？」

「蔵からお酒持ってきますね。多分皆様浴びる様に飲まれるでしょうから」

「すまん、助かる……」

それぞれ動き始め、大人数でゾンビの介護をする事になった。

あぁもう、何してんのコイツ等。何日も工房に籠ったかと思えば……。

「キタヤマぁ……」

「んだよ。飯ならもう少し待て、すぐ出来っから」

「今度のヤツは、凄いぞぉ……」

「はい？」

寝言の様に呟くトールの方へと振り返って見れば、疲れ切った表情でニカッと笑って見せた。

「自信作だ。もうお前に怪我はさせねぇぞ」

「……おい、まさかお前等がやけに時間掛けて作ってたのって」

「カッカッカ、見てからのお楽しみじゃ」

トールがそう言い放てば、周りの奴等もクククと悪戯が成功した子供みたいに笑い始める。

そんな奴等の中に、アナベルも。

「もう、嫌ですからね。誰かが大怪我《けが》をして帰ってくるなんて」

そう言ってふにゃっと緩い笑みを浮かべる魔女様。

疲れ切っているせいだろうが、いつもの気を張った様子の欠片《かけら》もない。

どいつもこいつも、子供みたいな無警戒の笑みを浮かべている。

あぁもう、あぁもう！

「だあぁぁ！　ったく、お前等は！　何が食いたい、言ってみろ！　全部作ってやる！」

「私は久しぶりにダチョウ肉のスープが飲みたいです……今はあっさりしたのが食べたい……でもお腹が落ち着いたらいつものご飯が欲しいです」

「西田！　ダチョウスープ！」

「おうよ！」

「肉じゃぁ……儂等《わしら》は肉が食いたい……豪快なヤツで頼む。あとアレじゃ、どんぶり飯でガッと食えるヤツを……親子丼とか良いのぉ」

「東！　マンガ肉準備！　どんぶり飯は任せろ！」

「了解！」

という訳で、ホームに居ても俺達は忙しく飯作り。

人数も多いし、こうして無茶する連中も居るし。

全く、本当にコイツ等は……何で相談しない。

俺等からすれば、今使っている鎧だって贅沢な代物なのだ。

だというのに、更に〝上〟を作りやがったのか。

あぁもう、そんなもん造られたら更に財布が軽くなっちまうだろうが！

などと、思ってもいない反論を考えながら洟《はな》を啜《すす》った。

「キタヤマ様。こういう時は、〝ありがとう〟でよろしいのではありませんか？」

隣で料理を手伝ってくれるクーアが、クスッと笑いながら微笑みを溢した。

あぁ全く、何処までもシスターさんだよお前は。

「それを素直に言えないのが男の子でね。だから、旨い飯で返す事にした」

「フフッ、素直じゃありませんね。でも、何となく羨ましいです。そういう信じ合える関係というのは」

「言ってろ」

「ええ、言ってます。貴方達が羨ましいって、ちゃんと言葉にします。ソレが悪食にとって〝当たり前〟であっても、〝あって当然〟にならない様に。私は言葉にしますとも」

やけに意味深な言葉を発したクーアだったが、それ以降は静かに料理を続けた。

たく……本当にもう。

「敵わねぇなぁ……」

小さく呟いてから、俺達は盛大に肉料理を拵《こしら》え始めたのであった。

※※※

もう、どれくらいの時間が経っただろう。

あの日、優《ゆう》君が黒い鎧の人の腕を斬り飛ばしたあの瞬間から……震えが止まらない。

〝この世界〟では、アレが普通の事なんだ。

誰も優君の事を怒らないし、相手の人がどうなったのか報告も入って来ない。

私ならあの人の傷も治せる。だというのに、その手の話さえ全然出てこない。

あの人はどうなったのかな？　義手とかになっちゃったのだろうか？

それともまさか、あのまま……。

そこまで考えてから、眩暈《めまい》がする程の寒気に襲われて毛布を被り直した。

怖い、とにかく怖い。

平然と人を傷付けるこの〝世界〟が。それに今は……初美も居ない。

――コンコンッ。

小さくノックされた筈の音が、随分と部屋の中に響き渡った。

その音にさえ、私は大袈裟《おおげさ》に体を揺らしてしまう。全てが怖い。誰か、誰か助けて……。

「望《のぞみ》……まだ、顔を見せてくれないのか？」

優君だった。

私がいつも頼っていて、いつも味方をしてくれて。そして、大好きだった幼馴染。

でも彼ですら今は怖い、黒い鎧の人を斬る時の彼は何処までも黒い笑みを浮かべていたのだ。

まるで、心の底から楽しむみたいに。

だからって嫌いになったりした訳じゃない、優君は優君だって今も思っている。

でも……とにかく怖いのだ。誰かに会う事が、部屋の外に出る事が。

「ごめん、ごめんね……」

小さく呟きながら、毛布を頭まで被る。

あぁ、もう私は駄目だ。まるでミノムシだ。

こういうの何て言うんだっけ？　引きこもり？　対人恐怖症？

多分、その辺りの言葉が全部当てはまるんだろう。それくらいに、私はもう駄目人間だ。

でも聖女を放棄した私がどうなるのか、それを考える事すら怖い。もう、どうしたら良いの？

「えっと、今日も……レベル上げ行ってくる。そんでさ、ちゃんと剣を習う事にしたんだ。だから、その……もう大丈夫だから。今度はもう、怖い思いとかさせないから」

分かってない、全然分かってないよ優君。もう強くならないで。もう誰も傷つけないで。

コレ以上……遠くに行かないで。

人を笑って傷つけられる人にならないで。そんなの、優君には似合わないよ。

「それじゃ……行ってくるね」

そう言って、足音が遠ざかっていく。

あぁ、今日も言えなかった。初美にも言われたのに。
〝肯定するだけの人間〟になるなって。
今では、肯定すらも出来ない出来損ないになってしまった。
「初美……はつみぃ……どうしたら良いの？」
今はもう近くに居ない友人に声を掛けながら、枕に顔を押し付けた。
なんで私はこんなにも弱いんだろう。どうしてこんなにも不完全なのだろう。
友人だって自らの場所を見つけたからお城を出て行ったというのに。
私は未だに、〝この世界〟に居場所が見つけられないでいる。
助けてと、声を上げる事さえ出来ない。
もう今では誰かに頼る事さえも怖いと感じている。
嫌いだ、こんな世界。パパもママも居なくて、優君もちょっと怖くなっちゃって。
初美は以前よりずっと厳しくなった。
そして何より、一人になった瞬間何も出来なくなった〝私自身〟が一番嫌いだ。
「もう嫌だよぉ……帰りたいよぉ……」
グズグズと布団に包まって泣いていれば、再び扉がノックされた。
優君が帰って来たのだろうか？　そんな事を思いながら毛布から顔を出してみれば。
「聖女様、お客様がお見えです。失礼しますね」
聞き覚えの無い男性の声が聞こえ、こちらの了承も得ず扉が開かれた。
こんな事、一度だって無かったのに。

「司教様、どうぞ」

「うむ」

やけに遜《へりくだ》った兵士が室内へと案内したのは……白い服のお爺ちゃん。

司教様って言った？　えっと、司教って確か……凄く偉い人なんじゃなかったっけ？

なんて事を思いながら、毛布から顔を出した状態でお爺ちゃんを眺める私。

多分、非常に間抜けな小娘に見えた事だろう。

「お迎えに上がりましたよ。聖女様」

「……え？」

老人は微笑みながら一礼した後、静かにその場で膝を突いた。

えっと、何がどうなっているのだろう？　私はどうすれば良い？

「辛かったでしょう、悲しかったでしょう？　争いをその目で見る行為は」

続けて聞こえて来たそのセリフに、思わず体がビクッと固くなった。

「良いのですよ、聖女様。もう良いのです、コレ以上心を痛める必要などないのです。我々と共に〝聖域〟に参りましょう？　そこで緩やかに暮らせば、貴女《あなた》はもう傷付く事など無い。信徒達に声を掛け、〝聖女〟たる奇跡の一片を与えて下さるだけで……もう傷付かずに済むのです」

まるで語る様に声を紡ぎながら、優しい微笑みを此方に向ける司教様。

「本当に……もう、怖い事をしなくて済むんですか？　怖い思いを、しなくて済むんですか？」

「もちろんですとも。我々が聖女様を御守りいたします。貴方はただ、聖女として〝聖域〟で暮らして頂ければ、ソレで良いのです。むしろ、聖女を戦場に立たせる事が間違っている。貴女は、平和を願ってさえ居てくれれば……それだけで〝価値〟が有る存在なのです」

　そう言って、老人はシワシワの手を差し伸べてくる。

　でも、やっぱり〝こっち側〟の人は怖い。

　どうしても臆病風に吹かれてしまい、手を取る事を躊躇《ちゅうちょ》していれば。

「限界を感じていたのではありませんか？　生きる事が辛くなっていたのではありませんか？　大丈夫です。我々と共に居れば、貴女は〝誰からも責められる〟事などありません。なにせ、聖女様なのですから」

　その言葉に、心の何処かで警戒心に隙が生まれた。

　彼の言っている事は確かに合っている。

　もう疲れた、限界だ。生きるのも怖いし、死ぬのも怖い。

　でも、彼と共に行けば……誰からも責められない。

　私を、肯定してくれる。生きていても良いんだって、そう言ってくれる。

　普通の人みたいに生きていけない私にとって、その誘いは甘い蜜の様に感じられた。

「分かり……ました」

「では、参りましょう」

　私の手を握った司教が、早足にお城の中を歩いて行く。そのまま外に出て、真っ白い馬車に乗せられて……あぁ、そういえば寝間着のままだけど、良いのかな？

　そんな事を漠然と考えながら、私は馬車の窓から外の景色を眺めるのであった。

【第三章】★対抗手段

コイツ等……こんなにボロボロになってまで俺の鎧を……とか思ってコイツ等の好きな飯を作り続けた俺は、どうやら大馬鹿者だったらしい。

誰か俺の頑張りを褒めてくれ、そしてコイツ等をぶん殴ってくれ。

「なんだ、コレは」

「自信作じゃ」

「馬鹿野郎。それ以外に言葉が見つかんねぇぞ」

今までの鎧より倍はデカい。そして、とてもとても動きづらい。

そもそもなんだよこのゴテゴテした装備は、何か役に立つのか？

頭の中で色々と文句を垂れつつ籠手を触ってみれば、カシャッと音を立てながら鎧の表面がスライドした。

うん？　うん、なんか光ってるね。まるで何処かのバトルロワイアルを繰り広げる十二人のバイク乗りの主人公みたいに、籠手が開いたんだが。

なんこれ、カードでも突っ込むの？

「まずはソコの光っている部分を押してみましょうか」

「あ、はい」

「出来ればそちらの壁に籠手を向けて下さい、危ないので。あ、それと掌《てのひら》は開いて下さい」

「危ないのでって言った今？　ねぇコレ危ないの？」

とりあえずアナベルに言われた通りに掌を壁に向け、光っている部分を押してみた。

すると、シュゴォォォ！　という音と共に籠手から炎が噴射したではないか。

うん、馬鹿野郎。俺はアイアンなメタルヒーローじゃねぇぞ。

「……おい」

「魔石を使ってるから、火が付かなくなったら補充すればまた使える様になるぞい」

「ぞいっじゃねぇよ。俺はいったい何になってしまったんだ？　人間火炎放射器か？　何を燃やせば良い？　お前等か？」

「次は逆側、使い方は同じじゃ」

「お願い、聞いて？」

残念な事にお話を聞いてくれる人が居ないので、大人しく逆の籠手の試運転。

もうこの文字列だけで頭が痛い。何だよ籠手の試運転って。俺はメカか何かか？

カショッと開いてスイッチを押せば、今度は水が噴射した。

消防車かな？　結構水圧有るんですけど。

「……ちなみコレは？」

「消火用」

「馬鹿野郎、そもそも燃やすな」

もはや遠い目をしながら両方の籠手を戻して、深いため息をついた。

ねぇ、嘘でしょ？　君等コレを徹夜で作ってたの？　馬鹿でしょ、絶対馬鹿でしょ。

「それでは最後です。胸の真ん中に有る窪《くぼ》みに触って下さい」

「あぁもう……今度は何だよ。胸からビームでも出るのか？」

呆れ果てた声を上げながら胸の鎧の真ん中を押し込めば……胸部鎧が左右に半回転しながら開いた。二層になっているらしく、表面だけがパカッと。

ちょっと見た目だけは恰好良いじゃねぇか。

これで本当に外見だけなら良かったのだが、すぐ近くからキュィイイイン！　というとんでもなく嫌な音が鳴り響く。

もはや悪い予感しかしない。

「アナベルさん、ねぇアナベルさん？　コレは大丈夫なヤツ⁉　本当に平気⁉」

「付与魔法の限界を試してみたくなりまして、私の使える最大級の魔術の一つ、その魔法陣を叩き込んでみました。衝撃がヤバいんですけど、威力は凄いですよ？」

「バッカ！　お前ホント！　止めて！　お願いだから止めて！　このままだと俺肋骨《ろっこつ》が複雑骨折した上に色々刺さって死ぬ！　むしろ胴体なくなるかもしれない！」

慌ててペタペタと鎧を弄り回すが、停止スイッチが無い。

あぁ、俺の物語これにて終了……とかなんとか諦めた瞬間、プシュゥゥと間抜けな音をして胸の鎧が閉じた。

お願いですから誰か説明して下さい。

「この様に、魔石だけではやはり魔力が圧倒的に足りなくてですね。一発すら放てません」

「撃てなくて良かったわマジで！　もう二度と俺の鎧に攻撃魔法詰め込まないで⁉　魔法は使っ

てみたいけど、求めてるのこういうのじゃないから！」

　思い切り叫びながら鎧を脱ぎ捨て、二度と着るかとばかりに胸の鎧を床に投げつけてやれば……何故か周りから聞こえるのは爆笑。

　おい、貴様等。絶対俺が拒否すんの分かってて着させやがったな？

「こんな具合に攻撃魔法やら何やらを突っ込もうとすると、どうしても作りが複雑になる上に、各所に魔石を入れなきゃいけない分デカくなる。ま、ソイツは試しで作った玩具みたいなもんじゃ。という訳で、いくつもの魔法を使える様にするのは諦めた」

「本当に勘弁して貰えないですかねぇ!?　間違って魔法が発動してたら俺この世に居ませんけど!?」

「安心せい。あんな魔法が発動出来る魔力、何十人も人を集めるか〝魔女様〟でないとそもそも足りんわい」

「そういう問題ですかねぇ!?　起爆コード入力されてない核弾頭を怖がるなって言っているのと一緒なんじゃないですかねぇ!?」

「かく……なんじゃって？」

　ああもう良い、付き合ってられるか。

　何で支部長だけじゃなく、こいつ等にまで実験材料にされなきゃいかんのか。

　何度目か分からないため息を溢しながら、改めて前の鎧を身に着けようとしたその時。

「まぁ待て、ちゃんと完成品が有るから、そっちを着てみろ」

「炎とか水とか出ないんだろうな？」

「出ない出ない」

「胸からドデカイ魔法放ったり、自爆装置とかついてない？」

「なんじゃそら、本当に鎧か？」

おう、お前等が作った玩具見て同じ事が言えんのか？　なんて睨みつけていると、部屋の奥から一式の黒い鎧が運び出されて来た。

デザイン自体は今着ている鎧に近い。

近いが、所々形がスマートになっていたり尖っていたり。

昔はシンプルと言える程度に入っていた赤く細い模様、ソレが大胆に半身に広がっていた。

相変わらず細い線できめ細やかな絵柄の為、一見真っ黒鎧だが。

まあ要は、まさにマーク２って感じ。普通に恰好良い。

そしてその脇に飾られているのは、数本の黒い槍。

ビックリだが、こちらにも赤い模様が入っている。

こ、こまけぇ……職人技こまけぇ……！　でもすげぇ！

「どうじゃ？　素材から拘《こだわ》るのはもちろん、部品一つ一つに付与魔法が施されておる。普段はただの硬い鎧じゃが、ホレ……ここを見てみろ」

「うわ、なんかまた嫌な光が……」

これまた籠手の部分をシャコッとスライドすれば、先程と同じ様な光るボタン。

見た目としてはタッチパネルみたいだけど。

「使い方はさっきと同じじゃ。さっき言った様に攻撃魔法だとアレだったんで、もっと単純な付与をとにかく強力になる様に試してみたんじゃが……なんと、成功した」

「なんと、成功した。じゃねぇよ、何がどう成功したのか言えよ。怖くて使えねぇよ」

「馬鹿もん、漢は度胸じゃ。一度使ってみろ」

「今度は本当に何も出ないんだろうな……」

まさに渋々と言った状態で新しい鎧に着替えていく。

まるでロボットアニメに出てくる敵キャラの機体と、普通の鎧の間を取った様なゴツさ。

うん、自分で言っていても説明が下手くそだと分かる。

第一印象として見た目は悪くない、むしろ良い。

まあＲＰＧなんかで強そうな敵キャラが着ている、恰好良い鎧みたいな感じだ。

そして、実際に着用してみた感想はと言えば。

「軽いな、それに随分と動きやすい。何だこれ、本当にこんな軽い鎧で攻撃を防げるのか？」

とはいえまぁ、普通の鎧に比べての話にはなってしまうが。

しかも、それでいて驚く程に動きやすい。

まるで鎧のコスプレでもしている様な気分になるくらいには。

「そぉい！」

「どわっ⁉」

急にディールの奴が、槌で俺の背中を引っ叩きやがった。しかも結構デカめなハンマーで。

そんな事をされれば当然吹っ飛び、前のめりに地面に転がってしまう。

「何しやがる！」

「今、痛かったか？」

「へ？」

確かに衝撃自体はあった、そのお陰で吹っ飛んだ訳だし。

しかし強い力で背中を押された、くらいでしかなかったのだ。

え？　マジで何なのこの鎧。ちょっと怖い。

普通なら鎧が曲がったり、一部だけ衝撃を受けたせいで背骨が逝ったりしそうな攻撃だった筈。

だがコイツは、鎧全体で衝撃を受けとめたかの様に、ただただ前に吹っ飛ばされただけだった。

もっと言うなら、鎧が無傷なんだが。

これも付与魔法？　それとも鎧自体の性能なのだろうか？

ファンタジーってすげぇ。

「ふむ、問題ない様じゃな。そんじゃ次だ。籠手を開いてさっきの所を押してみろ」

「あぁ、やっぱり試すのか……コレ」

「あったり前じゃい」

という訳で、籠手を開いてボタンをポチる。

すると。

「おい、これ本当に平気？　絶対大丈夫!?　なんか模様が赤く光り始めたんですけど!?」

「キタヤマさーん、いきますよー？」

「何が!?」

のんびりとした声を上げるアナベルへと視線を向けてみれば、そこには前面に巨大な魔法陣を描く魔女の姿が。

　しかも、掌をこちらに向けて何やら呪文を唱えておられる。

　え、あ。コレ、マジで死ぬヤツじゃ……。

「三重に展開して、魔法バフも付けてっと……では。〝アイシクルエッジ〟！」

　何かサラッと恐ろしい事を言いながら、彼女は俺に向かって容赦なく魔法を叩きこんで来た。

　氷柱、いや氷の槍って言った方が良いのかもしれない。

　そんなモノが何十本、下手したら何百本という数で、こちらに襲い掛かる。

　しかも、マシンガンみたいな勢いで。

「ちょっ！　まって！　アナベルそれ普通に死ぬヤツだから！　ねぇ死ぬって！」

　そりゃもう必死に避けた。流石に無理だと思いながらも、必死で体を動かした。

　結果、分かった事が一つ。

「マジで動きやすいな……」

「他所見をしていると当たりますよ？」

「あ――」

　その一言と共に、残る氷柱が飛来する。

　不味い、コレは本当に避けられない。今度こそ終わった。

　次の瞬間にはハチの巣状態の俺の死骸が工房に転がる事だろう。

　もはや恐怖でしかない氷柱の雨に、思わず目を瞑《つむ》ってしまいそうになったが……。

「マジで、何なの？」

氷柱が俺に当たる寸前、ほんの数センチ先で塵の様に消えていく。

こちらに衝撃は無く、まるで見えない壁に守られている様な感覚。

目の前までは迫って来るので、滅茶苦茶怖いが。

やがてアナベルからの攻撃は止み、室内に静寂が訪れた。

「如何《いかが》でしょう？　魔女の魔法でも無効化する程ですから、そこらの魔術師なんて敵じゃありませんよ。というより〝魔法〟であれば、どんなものだろうと分解します。魔法を封殺し、貴方の土俵に引きずり下ろす為の鎧。物理対物理に持ち込める最強の防具。その名を〝魔封じの鎧〟です」

「馬鹿みたいに高級な素材を使っている上、手間も職人を殺しそうなくらい掛かっておる。パーティの財布が軽くなる事は覚悟しておけよ？」

いや、え？　は？　なにこれ。こんなのチート装備も良い所じゃねぇかよ。

この装備があれば、あの勇者とだって正面から殴り合えるじゃないか。

うそ、俺この装備使っちゃって良いの？

なんと声にすれば良いものか、言葉に困って唖然としていると。

「ただし、性能は納得がいくものが出来たんですけど。ある意味ソレは欠陥品です」

「え？　コレで？　滅茶苦茶凄いじゃねぇか。前より軽いし、魔法も効かねぇ。紛れもなく最強装備じゃん」

アナベルの言葉が理解出来ず、自身の鎧をペタペタと触って確かめていたのだが。

「その効果……三十秒しか持たないんです。それに燃費が悪過ぎて……その、魔石がかなり必要になると言いますか。あと、発動中は味方からのバフ魔法なども殺してしまいます」

三十秒は確かに短いが、魔石を変えれば良いんだろ？

バフに関して言えば、俺等はアナベルが居ない時は基本素の状態で狩りを行うので問題なし。

魔獣狩りを生業にしている以上魔石はゴロゴロ手に入るし、リロードすりゃ再使用可。

コレと言って問題が有る様には思えないのだが……。

何やら言い淀むアナベルの様子に首を傾げていると。

トールがため息を溢しながら、彼女の代わりに答えをくれた。

「魔封じってのはそこまで珍しい付与じゃぁない。牢獄とか、下手すりゃ奴隷の首輪なんかにも使われちょる」

へぇ、まあ確かにそういう魔法が無いと、魔法使いとか牢屋に入れられないもんな。

これまた新しい情報に一人感心していると。

「しかしソイツに付与されてんのは、馬鹿みたいな速さで魔法を分解しちまう程強力になった〝魔封じ〟。魔法の手数や使いやすさを求めるのではなく、ただただ質だけの一点特化。魔女様と俺等が一から〝その為だけ〟に作った、お国のお偉いさんもビックリだろう頭の悪い特級品だ。んでだ、〝質〟に拘り過ぎた結果。下準備が異常なまでに大変なんじゃよ、前に狩ったマジックタートルの上位種……カウンタータートルと名付けられたらしいな。アレの魔石と、お前が砕いた狼の上位種の魔石。あの二つを使って、さっきの一回分じゃ」

はい、ちょっと待ちましょうか。あの馬鹿でかい二匹の魔獣の魔石を使って三十秒？

そう易々と手に入る物じゃない、ここぞという時の切り札にはなるかもしれないけど。

　次に使えるのがいつになるか分からないじゃん、もう一回あんなのを狩って来いってか？

「そんでな？　馬鹿でかい魔石を鎧に叩き込む訳にもいかなかったんで、鎧その物に〝魔力〟を溜められる仕組みを拵えてみた。だから魔石が設置されてんのは籠手だけ。魔法が使えないお前さんが〝引き金〟を引ける様にした、というだけだからちっせぇのが一個入ってるだけじゃ。仕組みとしちゃ鎧その物に魔術の回路みてぇなもんを彫ってから……って、細けぇ事言っても分からんか」

「うん、よく分かんねぇ。で、結局どうやって魔石……じゃなかった。魔力補充すんの？」

「ホレ、この魔石を握れ」

　ソッと手渡された小さな魔石。

　多分兎か何かの魔石だろう、めっちゃ小っちゃい。

「握りつぶせ」

「は？」

「ホレ、グッと」

　言われた通りに掌に力を入れ、グッと手の中に有る魔石を握りこんでみれば。

　パリンッ！　と呆気なく割れる音が響いた。そして、僅かに発光する鎧の模様。

「こんな感じで魔力を吸収し、砕く事が出来る。この仕組みを使って魔力を集めろ。最悪、生きている魔獣の心臓に手を突っ込んで、魔石を握り潰すっていう必殺技に変わるかもしれんぞ？」

　まさに大馬鹿野郎だ。

　そもそも魔石云々関係なく、生き物の心臓を握り潰せばどの生命体も死ぬわ。

鎧だ魔力だ関係なく、それは一撃必殺なんだよ。

「……ちなみに、いつも俺等が狩っている相手だった場合。どれくらいでもう一度さっきのが使える？」

「デカいのだったら百か二百か……今回使ったのは特殊個体な上に大物じゃからのぉ。兎やらの小物だと見当もつかん。普段は前よりも性能の良くなった鎧、くらいに考えて使うこった」

「だぁぁぁ、結局そうなんのかよ！　ありがとよ！　さっきの魔封じモードを味わう事はもうねぇかもしれねぇけどな！」

魔石は、売れるのだ。

下手すりゃ魔石の売り上げだけで生活出来る程度には。

そりゃそうだ、ダンジョンに向かうウォーカーはソレで飯を食っているのだから。

数さえ揃えればそこらの依頼報酬より高くなりそうな物を、三十秒の為に全部諦めろって？

流石に無理だ。

文字通り俺は金食い虫となり、仲間達から殺されてしまう。

とはいえ、またチート野郎に挑まれてもまともに戦える装備を手に入れたのは確か。

ちゃんとその時さっきの状態になれれば、という条件は付くが。

「クハハッ！　ダンジョンボスの魔石も取っておけばよかったのぉ。ま、とにかく切り札が出来たくらいに思っておけ。それともやっぱり炎とかの方が良いか？　そっちならすぐ使えるぞ？」

「いや、こっちが良いです。もう良く分からない攻撃魔法は怖いです、というかあんな鎧じゃ動き回れねぇよ……」

色々あったが、俺の装備は一新された。

鎧はもちろん、武器までも。

コレで狩りが更に楽になる、というのは分かるのだが……。

なんだろう、この無駄に大きい疲労感は。

そもそも魔法を殺す為に魔力を大量に使うってなんだ。

前にアナベルに教わった魔力と魔法の関係の話になってくるのだろうが……やっぱり魔法は良く分からん。

「はぁ……魔力量の多いアナベルとかノアから、直接魔力分けて貰えりゃ楽なのにな……」

それが出来るなら、そもそも魔石プチプチする仕組みなど作らないのだろうが。

ため息を溢して愚痴を溢した瞬間、ピタッと皆が動かなくなった。

「キタヤマ、魔石ってのは単純に道具に使える燃料だと思え。そんで人の魔力ってのは魔法を行使する為の、本人の生命力みたいなもんだ。魔法として行使された後は、魔力っていう燃料に戻す事は出来ねぇ。だから基本的に、魔力そのものを直接受け渡すって手段は〝ほぼ〟無いと思え」

あぁ～えっと？　魔石は電池みたいなもんだから交換が出来る。

人は魔法として魔力を使う事は出来るが、魔法に変わっちまった魔力を再利用は不可。

魔力そのものを分け与えるのは無理、で良いのかな？

血液を色々やってから輸血パックに入れりゃ医療に使えるが、そのままダバッと渡されても困る、みたいな感じなのかね。あと〝ほぼ〟って何よ。

「あとな……そういうのは流石に露骨過ぎると思うぞ？　魔女様ならまだしも、ノアの嬢ちゃんまでもってのはちょっと……」

「はぁ？」

言っている意味が分からず首を傾げてみれば、アナベルが顔を紅《あか》くしながらそっぽを向いた。

「人同士なら多少は分ける事は出来ますけど……その、肉体的な接触が必要と言いますか……それも確実ではなくてですね。なので、はい。鎧に直接魔力を送るのは、えと、無理です」

とりあえず、全力で土下座しておいた。

※※※

「ふぅ……ひと通り終わりか？　リィリ、上から見て他にいるか？」

「いや、終わりっぽいぜー？　周囲にソレっぽいのは見えない」

ウチの弓使いが、木の上から軽い声で返事を返してくる。

おつかれ、とメンバーに声を掛けてから大剣を一振りして、こびり付いた血を払う。

現在は森の中。

吐いた息が少し白くなる程に冷え込んでいるというのに、俺達が相手にしていた魔獣は熊二匹。

熊なんだから冬眠しろよと言いたくはなるが、コイツ等はむしろ冬に近づく程活発になる。

なので通称〝冬熊〟なんて呼ばれていたりする。

「何度見ても思うけどよ……キタヤマ達もそうだけど、お前もなかなか無茶苦茶な戦い方だよな」

呆れたため息を吐きながら、ギルが此方に戻って来た。

今回俺達と彼の依頼を同時にこなしている為、数日程は森暮らしの予定になっている。

以前の俺等ならもっと嫌がったが、最近ではザズが料理にハマり始め、数日程度なら外での生活も苦という程では無くなってきている。

とはいえ、悪食の様に時間停止付きのマジックバッグを持っていないので、食い物が悪くなる前には街に戻らないといけない訳だが。

そして意外だったのが、ギルが案外野営に慣れている事。

騎士をやっていた時の経験か？　と聞いてみれば。

「次に目を覚ました時、森に放り込まれていても生き残れる様に必死で覚えた」

と、良く分からない答えが返って来たが……まあそれは良い。

「大剣使いなんてこんなもんだ。それに、剣をしっかりと習った訳でもねぇしな」

「そんな奴が今じゃ高ランクだってんだから、今も昔もウォーカーってのは分かんねぇよなぁ……もちっと戦い方を魅せる様に変えれば、騎士でも兵士でもやっていけるんじゃねぇか？」

「ヘッ、御免だね。俺は堅苦しいのは嫌いなんだ」

会話をしながら討伐の証明部位を切り取り、魔石を抉り出す。

片方の熊は結構綺麗に討伐出来たから、このまま持ち帰って毛皮を売っても良いかもしれない。

どっかのクランみたいに、皆でさくっと解体でも出来れば良いのだが……生憎と解体職人はウチには居ないので普段からこの調子だ。

マジックバッグにそのまま放り込んだり、一部位だけをぶった切ったり。

お陰で魔石を取り出す時なんか、必要以上に血みどろになってしまう。

今後の為に、解体も覚えるか……とかなんとか考えている内に、周囲が暗くなって来た。

「今日はもう終わりだね、夜の森でうろつくのは危ない」

ポアルが周囲を観察しながら、眼を細めている。

早い所水辺に移動して、テント張っちまわないとな。

それに随分と血で汚れた、コレも早く洗い流したいというものだ。

予定としては明日明後日で依頼にあった魔獣を捜し、討伐。見つからない様なら一旦街に戻る手筈になっている。

「さてさて、今日は何を作ろうか……フッフッフ」

「ザズ……んな事言いながらお前スープくらいしか作れねぇだろ」

「それでも助かっている奴が何を言うか、スープのお陰でクソ不味い保存パンだってそれなりに食える様になったじゃろ」

いつも通りの雑談を繰り広げながら、河原の近くへと移動していく。

さてさて、見通しの良い場所はっと……なんて、テントを張れる場所を探していた時。

「カイル、何か居る」

「なんだ？　ありゃぁ」

リィリとギルの二人が同時に声を上げ、一点に向けて目を細めている。

それに従って俺達も目を細めてみれば、薄暗い中に見える白い獣人の姿。

子供か？　こんな所で、こんな時間に？　水汲みをしている様に見えるが……。

「っ！　カイル！　接敵！」

急にリィリの奴が弓を構えたかと思えば、あろう事かその子供に向かって弓を引き始めたではないか。

「何やってんだ馬鹿！　アレは魔獣じゃねぇ！」

「ちげぇよ！　その後ろ！　早く走れ大将！」

ハッと視線を戻せば、リィリの言う通り子供の後ろの草むらが揺れている。

俺には何が迫っているのかまでは分からないが、眼の良いリィリがこう言っているのだ。

何かしらの魔獣が迫っているのだろう。

「先行くよ！」

「援護する！」

ポアルとギルがいち早く走り始め、その後に続いて俺も走り始める。

バシャバシャと音を立てながら近づく俺達に気が付いたのか、子供は悲鳴を上げながら尻餅をついているが……その後ろの草むらから、小さな影が飛び出して来た。

「伏せろ！　チビッ子！」

声に従ってくれたのか、それとも俺達にビビったのかは分からないが、獣人の子供は頭を押さえて蹲《うずくま》ってくれた。

次の瞬間にはリィリの放った矢が飛び掛かってくる影を捕らえ、その間に俺達もその場へと到着する。

「まだ周りに居るぞ！　気を抜くなよ⁉」

ギルがシミターを抜き放ち、左腕の義手から炎を上げる。

ありがたい、これで少しは周囲が見やすくなった。

「ソコ！」

それはポアルも同じだったらしく、手に持ったナイフを次から次へと投げていく。

そこら中の草むらからパタッと小さい物が倒れる音が響き、次第に物音は少なくなっていった。

「……終わったか？」

炎を周囲に向け、目を細めるギル。その光に照らされている魔獣の死骸は、大鼠。

俺達なら大群にでも襲われない限り焦る相手では無いが、鎧も着ていない小さな子供ともなれば話は別だ。小物とはいえ数匹に囲まれて齧られたりしたら、間違いなく命を落としていた所だろう。

「おう、チビッ子。怪我はないか？」

未だに蹲っている子供の頭に手を置いてから声を掛ければ、頭の上に付いている兎の耳がビクッと震える。

そして恐る恐る顔を上げたその子は……やはり随分と幼い。

悪食の所の子供達くらい小さく見えるんだが。まさかアイツ等がまた子供を野営に連れて来てるとかじゃ……いや、ないか。旦那なら、鎧を脱いだ状態で単独行動させるとは到底思えない。

「俺はウォーカーのカイルってモンだ。お前さん、名前は？」

俺の顔はお世辞にも子供受けするとは言い難い。

街の中でチビッ子に少し注意しただけでも泣かれてしまうくらいには。

俺に声を掛けられて泣かなかったのなんて、それこそ悪食の所の子供達くらいだ。

そんな俺だが、どうにか警戒されない様にニカッと笑顔を向けてみた。結果。

「……ヒッ！」

結局ビビられてしまった。困った。

「お前……その顔……」

「ウチの大将は顔面凶器」

「うっせぇ」

一緒に居る二人から呆れた視線を向けられてしまい、少しだけショックを受けながら再びチビッ子に視線を戻すと。

「私……イ、イル。助けて、くれたの？」

小さな声で、少女は震えながら声を上げた。銀髪に赤目、そして兎の耳。

まさに白兎って感じの見た目だ。

暗闇の中でも見つけられたのは、この子の目立つ髪色のお陰だったと言えよう。

「おう、安心しろ。お前を……あぁいや、イルを傷つけたりしない」

「あ、ありがとう……ございます」

未だ怖がっている様子だが、一応返事は返してくれる様だ。

ここ最近ギルドに顔を出す、悪食少年組の相手をしていた成果と言えよう。

アイツ等が怖い物知らずな可能性も充分否定出来ないが……。

「それで、夜の森で何をしてるんだ？　しかもどう見ても平服じゃねぇか。流石に危ないぞ、お父さんかお母さんは一緒か？」

　なんだか慣れた様子で、ギルの奴がへにゃっとした笑みを浮かべながら飴玉なんぞ取り出しやがった。コイツもコイツで子供慣れし始めてやがる。

　お前の顔だって非常にキモイ事になってんぞ！　と言ってやりたい所だが、今は我慢。

「どっちも居ない、逃げてくる途中で……その。捕まっちゃって……ウォーカーに」

「は？　ウォーカーに？」

　どういう事だ？　彼女の首には奴隷の首輪などは付いていない。

　たとえ奴隷だったとしても重罪人などではない限り、人を捕まえる様な依頼は基本的にギルドが受ける訳がない。そういうのは兵士の仕事だ。

　獣人は確かに下に見られる事が多いが、奴隷でない限りは法律上〝人〟として扱われる。

　だからこそ、彼女の言う様な依頼が発生するとは思えないんだが……あの支部長だしな、むしろそういう連中が居たら狩る側に回りそうだ。

「でも、弟が居て……それで、熱を出しちゃったから、水を汲みに……」

　そう言ってから、少女は転がっていた桶《おけ》を拾って胸に抱いた。

　弟、つまりこの子より小さい子が居るのか？　この森の中に？

　ちょっと待って欲しい。

　だとすればすぐさま保護するべきなんだろうが……。

「なぁイル。もしかして、他の大人達と一緒に居るのか？　子供達だけでこの森で生活している訳じゃないんだろ？」

　俺の質問に対して、イルはビクッと肩を震わせてから視線を揺らしている。

　答えて良いのかどうか、迷っている様子。これはもう間違いないだろう。

　この子達は何かから逃げてきて、そして似た境遇の者達と共に暮らしている。

　ソレ等を脅かすのは、信じがたいがウォーカー達。だからこそ、警戒されている。

「急にこんな事を言われても困るとは思うが、信じてくれ、イル。俺達はお前の敵じゃない。だから、お前達のリーダーに会わせてくれないか？」

「会って……どうするの？」

「話を聞く。それで一度街に戻って、偉い人に相談して来てやる。もしかしたら、お前達を助けてやれるかもしれない」

　正直初対面の相手にこんな事を言われても戸惑うばかりだろう。

　しかし、この子達も生活に困っているのか、それとも自身で判断が出来なかっただけなのか、イルは戸惑いながらも小さく頷いてくれた。

「こっち。でも、皆ウォーカーを怖がってるから……その」

「大丈夫だ。何を言われても怒ったりしないし、出ていけって言われればすぐに帰るよ」

　そんな訳で、依頼の途中だが俺達は良く分からない事態に遭遇し、首を突っ込むのであった。

※※※

「キタヤマさん……その、まだなんでしょうか……」

「まだだ、クーア。我慢しろ」

「でも……」

「適当な所で満足して良いのか？　本物を知りたくないのか？　お前はそんなに我慢が利かない駄目な奴だったのか？」

「くっ……しかし、これは……」

「あの、二人共……さっきから何回同じやり取りしてるの？」

　ノアから呆れられた視線を向けられてしまった。

　それに合わせたかの様に、クーアのお腹がクゥと可愛らしい音を立てる。

　俺達が……というか大人数で囲んでいるのは、巨大な寸胴鍋。それが三つ程。

　何をしているのかと言えば。

「ククク、旨い角煮を食った時のお前達の呆けた表情が眼に浮かぶぜ……」

「こうちゃん、悪い顔してんぞ。とはいえ、クーアさんの気持ちも分かる。この時点で凶悪だよな。匂いとかしてる訳でも無いのに、見た目だけで」

「あぁ……怪我のせいでしばらく狩りを自重しろって言われたからって、北君が料理で自重しなくなった……駄目だってコレは……」

　クツクツと煮える寸胴鍋に入っているのは、豚肉とネギに生姜《しょうが》など。

物としてはただそれだけ、それだけなのだ。とはいえ今までにないくらいの肉の塊を放り込んだ為、周囲からは非常に興味深そうな視線が飛んでくる。

というか、食わせろと言わんばかりの野生動物の様な視線が飛び交っている。

だが知らぬ、貴様等は何も出来ずに涎《よだれ》を垂らしていれば良いさ！

良く分からんハイテンションになりながら、ザラメを違う鍋の中へと放り込む。

そのまま溶かしていき、ドロッとするまで熱を通す。

「北、角煮ってこんなに時間掛かるの？　で、いつ食べられる？」

「まだまだ掛かるぞ。お前達の想像以上に……クハハハハ！　涎を垂らして指をくわえていれば良いさ！」

「グスンッ、また拷問の時間なのですね」

「うはははっ！　白め！　いつだってすぐに旨いモンが食えると思うなよぉ？　……って今言ったの南か!?　すまん、もうちょっと待ってくれ」

「扱いの差に、異議申し立てる」

「うるせぇ。だったら俺にすぐ弓を引く癖を直してから言え」

「弓を引くとすぐにこっち見るから、面白くてつい」

「おい」

ちょっと自由奔放過ぎる白猫娘を睨みながら、溶けた砂糖に酒を入れ、その後醤油も投入する。

この際砂糖が固まったりするが、焦らず溶かす。

結構ドロドロしているので、焦げる！　なんて思ってしまうが、ここは焦らずスマートに。

余裕とは、大人が持てる財産なのだ。

普段の俺が余裕の有る態度を取っているかと聞かれると自信がないが。

塊が無くなったところに香り付け程度の酒、更に水分を追加して滑らかにしていく。

というか、漬け込めるくらいの水分を追加していく。

最初から水分を入れた状態でザラメを溶かせば良いと言われるかもしれないが……まさにその通りだ。だがしかし、香りをつけたいならこっちの方が圧倒的に〝匂い〟が残る。

その辺は好みと言えるのだろうが、狩りに出ない俺は暇なのだ……非常に暇なのだ。

これくらいやらせろ、ただの時間潰しなんだから、たまには良いじゃないか。

という訳でやけに時間を掛けながら、煮込んでいた豚肉を取り出し一口大にカット。

そして黒い液体に浸していく。重ならない様に、丁寧に。

ここで煮崩れしてしまえば、最終的には決定的なマイナス点となる。

だからこそ慎重に、丁寧に。いくつもの肉の角切りを、黒い液体の中に漬ける。

あとは内蓋をして、数時間煮込むだけ。

「まだ……何か有るのでしょうか？」

「えっと、ごめんな？　もちっと煮込む」

再び煮込み開始。集まっている皆の腹が早く食わせろと訴えて来るが、まだ掛かるのです。

殺気立つ周りの連中を待たせている間に、次から次へと最後の煮込み作業を並行していく。

最初の奴はそろそろ良いかな？

もう少しやりたい所だが、これ以上待たせると暴動が起きそうだ。

軽く鍋を振りながら、最後に火を強くしてグツグツと沸騰するくらいに一気に煮込む。余分な水分を飛ばしたり、浮いて来た油と出汁を乳化させ煮絡める行為……らしい。ソレがどれ程の効果が有るのかは知らないが、以前〝向こう側〟でその通りに作った肉は非常に旨かった。

料理はそれだけが正義なのである、難しい事は専門家が知っていれば良いのだ。

という事で、涎を垂らす集団を横目に長い事掛けて出来上がったのが。

「出来たぜ。魔獣豚のトロトロ角煮、とでも言えば良いのか？　プルンプルンしてやがる」

「角煮……角煮じゃぁ……」

「ラーメンに入っているパターンもあったよね……凄く美味しそう……」

西東の二人が、子供達よりも先に寄って来た。

その目は、既に正気を失っている。

「クハハハッ！　所詮貴様等など角煮様の前には愚民よ愚民！　角煮様に土下座でもすれば最初に喰わせてやらん事もない！」

「「ハハァー！」」

馬鹿二人が、地面にひれ伏した。

全く、仕方がない。試作品でもある為、味見役を任せてやろう。

訳の分からない御代官様ごっこをしながら。出来上がった角煮を小皿に盛り分けていれば。

「キタヤマさーん！　依頼ですよぉー！　あとご飯を食べに来ましたぁ！」

依頼書をヒラヒラと揺らしながら、アイリが飯求めて現れた。

ヨシ、依頼だ！　これで文句言われる事なく狩りに出られる！

なんて事を思いながら、依頼を持って来てくれたアイリに角煮をお供《そな》えするのであった。

【第四章】★王蛇

「っしゃぁ！　行くぜ！」

「張り切り過ぎて腕取れない様にな？」

「本当に気を付けてね？　ちゃんとくっ付いてるんだよね？」

俺はプラモデルか何かか？　なんて思ってしまう程に、西東の二人が執拗に左腕をペタペタと触ってくる。あぁもう鬱陶しい、ちゃんとくっ付いたわ。

コイツ等は流石に心配し過ぎだ、とか思って振り払ってみれば。

「ご主人様、無理はしないで下さいね？」

「本当に、次一人で無茶したら、またしばらくお留守番にするからね？」

「新しい鎧は前に比べても頑丈……だから大丈夫、大丈夫……」

「北の介護、任せて。取れたら接着剤で治してあげる」

なんという事でしょう、女性陣からも全く信用が頂けない。

あと白、接着剤では治らない。言葉通り張り付くだけだ。

どうすんだよコレ、馬車を降りた瞬間から皆俺を防衛する陣形を取ってくるんですが。

そんでもって更には。

「キタヤマ様、依頼を出しておいてなんですけど……本当に大丈夫なんですよね？」

今回の依頼主であるイリスが、非常に心配そうな瞳をこちらに向けてくる。

止めて下さいお願いします。これでも俺おっさんなので。

若い子達皆に心配されると結構心に来るんです、おっさんだけど介護される程じゃないんです。歳なんですから、無理しないで下さいね？　みたいな感じに。

「キタヤマ様、本当に無理はしない様に。我々から掛ける言葉ではないかもしれませんが……貴方に何かあると、今後に関わります。身の安全を第一にお考え下さいませ」

やたら丁寧に話しかけてくる男性が一人。

仕事にイリスを連れてくる事の時点でちょっとご遠慮したかったのだが、何と今回イリスパパまでも同伴しておられるのだ。

うぉい、大物貴族。何してんだ、暇じゃないだろうに。

「あぁえっと、ホント大丈夫なんで。ご心配なく」

何となくペコペコと頭を下げながら、イリスパパからちょっと離れる。

ダイス・ディーア・フォルティア。

孤児院を作る時に顔を合わせたくらいで、その後はたいした絡みが無かったイリスパパン。

見た目がね、もうダンディなのよ。俺等と違って、お金持ちの出来るおじ様って感じなのよ。

ちょっとオーラが違い過ぎて、近くに居ると辛い。

「そんなに嫌わなくても良いでは無いですか。今後とも、仲良くして頂ければと」

「あぁーその、であれば俺等に敬語とかいらないんで、マジで。俺等イリスパパからすればマジで下っ端なんで」

「む？　そうか、であれば自然体で接する事にするよ、キタヤマさん」

「さん、も無しで」

「了解した、キタヤマ。しかし下っ端などと、自分達を卑下するものではないぞ？」

ハッハッハと笑うミスターダンディ。

非常にフレンドリーなのはありがたいが、未だに慣れない。この人がアホみたいな金額出資してくれて、更にはガンガンサポートしてくれてんだよなぁと思うと、思わず腰が引けてしまうというものだ。

とまあそれは置いておいて、今回の依頼。アイリの奴が昨日持ってきた仕事な訳だが。

なんでも彼の取引している村の近くで、大型の魔獣が現れたとの事。

こんな田舎まで手を伸ばしてんのかぁ、すげぇなぁ……と思わず口にしてみれば。

「周りに人が居ないからこそ作れる商品も有るのですよ。ま、今回は茶葉ですが」

すぐさまイリスから突っ込みを頂いてしまった。

仕事にお貴族様を連れていくの？　流石に無理だろ。平服な上に豪華な馬車なんかで来やがったら同行をお断りしようと思っていたのに。

予想外も予想外。

やけにゴツイ馬車に乗って、仕立ての良さそうな革鎧を着てご登場なされた皆様。

マジでやる気満々じゃねぇか。

という訳で、イリスとダイス。そしていつぞやに会った護衛を連れて、俺達は現地に向かったのである。

「しっかし、見る限り平和そうだけど……ここに大型魔獣ねぇ」

周囲を見渡せば、まさに茶畑。

非常に美しい、深呼吸とかすると幸せになりそうな空気だ。

きっと空気清浄機もビックリなマイナスイオンっぷりだろう。

「はい……ではなかった。あぁ、今回の奴はちょっと厄介でな。〝王蛇〟と呼ばれる程に大きな蛇。だというのに隠れる事に特化している個体だ。いつもあちらの方角の森から現れると報告に有るが……」

そんな訳で、俺達にとって……というか俺にとって久々の実戦が始まった。

今度は蛇だ蛇。蛇が食えるのかどうかは知らないが、ゲームでステルスミッションをこなす伝説の兵士が食っていた。それもあって、一度は食ってみたい。

多分捌《さば》き方は鰻《うなぎ》と同じだろう。実際鰻を捌いた事はないが、動画でなら見た事が有る。

なので、問題はないと思う。だからこそ言ってやろう。

待たせたな、と。

貴様をついに食らう時が来たぞ。

「しゃぁ！　んじゃ早速森に――」

「村人から最近の様子を聞きましょうか」

「……うっす」

などとやりながら、今回の依頼は始まった。

「ま、新しい装備も試してみたいしな。うっし、やるか！」

もう一度気合いを入れ直し、白金貨が前以上にぶっ飛んだ鎧を叩くのであった。

※※※

森の中。いつもの場所とは違い、非常に鬱蒼としており視界も悪い。そして更には虫が多い。

「しゃぁっ！」

ドデカイ蜂の様な魔獣に対して、昆虫の胸の部分に掌を叩き込んでそのまま握り潰す。

パリンッと小さな感触が返ってくれば、デカい昆虫はすぐさま動かなくなる。

コレ、結構使えるかも。直接魔石を触ってなくても砕けんのか。

この籠手には魔石クラッシャーの名を授けよう。

「こうちゃんがゴッ〇フィンガー使う様になっちゃった……」

「北君、僕達が悪かったからさ……槍、使って良いよ？　存分に振り回しな？　素手なら負荷が少ないだろみたいな遠慮はいらないからさ、ね？　槍使おう？　逆に危ないから」

「だぁぁもう！　鎧の説明したろ！　そんで虫くらいの魔石なら好きにしろって言ったのお前等じゃねぇか！」

仲間からおかしな言葉を受けながらも、新しい鎧の魔力を溜めていく。

もちろん無茶はしないが、一対一の状況なら迷わずわし掴む。

良いなコレ。肉厚の魔獣だと無理だが、虫程度ならマジで一撃必殺だわ。

ちょっとおててが体液だらけになるのは考え物だが。

「むしろ私としましては、大物の魔石も吸わせてしまって良いと思うのですが」

「確かにその魔法殺しモードは見てみたいけど……魔石の売り上げは馬鹿に出来ないからねぇ」

南とアイリが、身軽に飛び回りながら緩い雑談を繰り広げている。

ちなみに今回、南のクロスボウも新作に変わった。

俺がぶっ壊してしまったのが原因なのだが後悔はしていない、が。まさかこんな事になるとは。

「やはり素晴らしいですね、以前より使いやすいです」

小さな声で呟きながら、南が口元を吊り上げていらっしゃる。

なんでもディールの奴が頑張っちゃって、今回は六十本撃てるらしい。

正式な名前は忘れたが、マガジンの中にギザギザに矢を入れる仕組みを作ったそうだ。

最近の拳銃のマガジンと同じ様な仕組みって感じなのだろうか。

職人の考える事は何処の世界でも一緒なんだね。

しかも以前と変わらない精度なのに、連射速度が上がったとか何とか。

お願い、止めて？　ウチのトリガーハッピーをこれ以上ハッピーにしないで？

「ま、少しくらいなら問題ない。北のつまみ食いだと思って、眼を瞑る」

「ひでぇ言われようだな……」

数の多い上動き回る虫に対して、大弓ではやはりやりづらいのか。

片手にナイフを持ちながら体術で応戦している白。

コイツ、弓じゃない時はこれ程までに動けたのか……とか思ったりもする訳だ、何でも初美に体術を教わっているらしい。

彼女に対して一番トゲトゲしているのがコイツかと思えば、しっかりと得られる物は吸収していた。なんともまぁ逞《たくま》しい限りだ。

「皆さん！　準備が出来ました、放ちますよ！」

アナベルの声と共に、全員がバッ！　とその場を離れる。

彼女の得意分野は付与魔法。しかしながら魔女の名前は伊達《だて》では無かった。

魔法発動まで時間は掛かるものの、威力は絶大。

その威力を、この前俺は身をもって経験した訳だが。

「〝氷界〟！」

俺等が離脱した後、その場に残っていた虫共が凍り付いて地面に落ちる。

更には周囲の草木も凍り付き、真っ白な世界が生まれていく。

うはぁ……ぜってぇ巻き込まれたくねぇ……なんて事を思いながら、その光景を眺めていれば。

「これが……〝悪食〟の戦闘」

「凄いです！　やっぱり凄いです、皆様！」

イリスパパと、その護衛達が唖然としていた。一人だけ、その場で跳ねる程テンションの高い奴も居るが。なんか、ごめんなさい。

お目汚し失礼と言いたくなる程、全員がわちゃわちゃ暴れまわっていただけな気がする。

俺とか魔獣握りつぶしていたしな。

「あぁえっと……進むか」

「やーい、こうちゃん蛮族～」

「是非決めゼリフも言って欲しいね。ばぁぁぁくねつっ！　って」

「お前等の頭に爆熱なんとかフィンガーしてやろうか？　今なら虫の体液でベットベトだぞ」

「絶対触らないで？」

人は増えたが、いつも通りの雰囲気で俺達は森の中を進んでいく。

目撃情報のあった、蛇の巣へと向かって。

※※※

城の中が何やら騒がしい。

ダンジョンでレベル上げをして、やっと帰って来たというのに「おかえり」の一言もない。

とはいえ、以前の様な誰しも〝勇者〟を敬《うやま》う様な気配は消えたので仕方ないかもしれないが。

ウォーカーである黒鎧達に敗北し、そしてパーティメンバーを取られた俺なんて、傍《はた》から見れば良い笑いものだろう。

ソレが分かっているからこそ、此方も何も言わない。

とにかく強くなろう。あの黒鎧にも負けないくらいに、コレ以上仲間に見限られない様に。

そう思って鍛錬を始めたまでは良かったのだが……困った事が起きた。

レベルが違い過ぎて、鍛錬にならないのだ。

いざ試合をすれば、適当な動きでも相手に勝ててしまう。

剣を習おうにも、こちらの動きについて来られないのだ。

こればかりは……本当に頭を抱えた。彼の言っていた言葉が身に染みる。

〝未熟モンが！〟

あの時のセリフが、今でも耳に反響している気がする。

俺はレベル上げだけはしっかりとこなして来た。でも、自身を育ててこなかったのだ。

それは、〝向こう側〟でも一緒。環境に甘えて、自身を肯定して。

周りが悪いんだって、そう言い聞かせて生きて来た。

〝こちら側〟に来た時、チャンスだと思ったのに。自分を変える、絶好の機会だと思ったのに。

俺は……全く変わってなかった。傲慢《ごうまん》で、卑怯で、臆病で。

そして何より、自分から持ち込んだ一騎打ちで周りに頼るくらいに……クソ雑魚《ざこ》なんだ。

その結果がどうだ？　初美は俺の下から離れ、望は部屋から出て来なくなってしまった。

ハハッ、本当に笑える。勇者ってなんだよ。皆から慕われる、憧れる存在なんじゃないのかよ。

だというのに、今の俺はなんだ？　ただ王の命令を聞いているだけの使いっぱしりじゃないか。

こんな奴に、誰が憧れる？　今の俺を、誰が好きになってくれる？

〝こっち側〟に来た時はそりゃ妄想したさ、最強の主人公って奴を。

誰からもチヤホヤされて、ハーレム上等、異世界上等で逞しく生きる主人公を。

でも、実際はどうだ？　俺は部品だ。

コレだけは、王族の態度を見ていれば分かる。

〝勇者〟ってのは、道具だ。しかも使い捨てで、代わりの利く部品に過ぎない。

だからこそ、俺の身の安全など度外視。何処へ行け、ココで何をしろ。とにかくレベルを上げろ。ソレばかりだ。

それこそ仕事ってこういうもんかって思ってしまうくらいに、〝作業〟だった。

俺は何をすればよかったんだ？

こんな疑問ですら、答えのない問答なのだろう。

〝向こう側〟だってソレは一緒だ。自身の生き方を誰かが教えてくれる訳が無い。

「はぁ……なんかなぁ」

〝黒鎧〟。アイツだけは〝この世界〟において、余分な事を考えず〝俺〟を敵として見てくれた。

俺を見て、俺を倒す為に、真剣に戦っていた。

「アイツは、どんな人生送って来たんかな……」

ぼうっとそんな事を考えてから頭を振った。

もはや彼は戦場に立てない、なんたって片腕を失ったのだから。

治癒魔法は万能じゃない。

〝聖女〟の望みたいに、欠損まで治せる治癒魔術師は本当に一握りだという。

だとしたら、彼はもう……。

「〝こっち〟じゃソレが当たり前。戦って怪我する事も、新種に遭遇して誰かが死ぬのも当たり前の世界なんだ……って言われたけど」

今更悔やんでもどうしようもない。片腕を失った黒鎧も、その前に俺の魔法で死んだ連中も。

恨んでも恨み切れないくらいに苦しんでいる事だろう。

だとしても、気に病む程の事じゃないと言われた。人の生き死になんて、よく有る事だって。

「本当にそうなのかよ……」

思わず黒鎧の仲間達を思い出して深いため息が零れた。

彼等はこの世界で見て来た誰よりも〝人間〟らしかった。

仲間を傷つけられ激昂し、人の命を奪った俺に罪を、罰を与えようとしていた。

「こっちの〝当たり前〟って、何なんだろうな」

俺達がプレイヤーで、周りはモブキャラ。

基本的に魔法で戦ってきた俺は、今までずっとゲーム感覚だった。

その程度の感覚だった俺は、黒鎧によって思いっきりぶん殴られた。

彼の仲間達によって、死ぬ寸前まで追い詰められた。

矢が刺されば泣き叫ぶ程だし、殴られて骨が折れれば一瞬で気を失う程に〝痛かった〟。

そこまでされて、やっと理解した気がする。当たり前だが、彼等も〝生きている〟。

ゲームなんかじゃない。

なんて、今更言ってもやった事は変わらないし、これから正しく生きようとしてもおこがましいと思われるだろう。何をした所で、誰も俺を許してなどくれないのだから。

〝向こう側〟の認識に当てはめれば、だが。

その場に蹲ってしまいたい脱力感に襲われながらも、望の部屋までたどり着いた。

彼女の顔が見たい、声が聴きたい。この世界において、唯一の拠《よ》り所。

優し気に微笑んでくれる幼馴染だけは……絶対に守りたい。

いや、守って貰っているのは俺の方なのだろう。

どん底に叩き落とされても、俺はまだ誰かに甘えようとしている。

「望、ただいま。帰って来たよ」

コンコンッと軽くドアを叩いてみれば、相変わらず返事はない。

ここ最近では、いつもの事。しかし。

「望？　寝てるのか？」

少しくらい物音や、気配くらいは感じていたのに。今は、それすらない。

「望……開けるぞ？」

ゆっくりとドアノブを回せば、鍵は掛かっていなかった。

キィィと小さな音を立てながら扉を押し開いてみれば。

「……え？」

そこには誰も居なかった。

起きてからそのままベッドを抜け出したかの様に、ぐしゃぐしゃのままの布団。

壁に掛けられた、彼女のローブと杖。

普段から身に着けていたマジックバッグですら、机の上に放置されている。

何処かへ出かけた、という雰囲気ではない。望の普段から使っていた物が、全部この部屋には残っている。ただただ、〝彼女だけ〟が居ない。

「望……望っ！」

その日、城の中から街中まで、本当に真っ暗になるまで走り回ってみたが。

結局望は見つけられなかった。

何処へ行った？　望の〝個性〟に関しては彼女自身が一番理解している筈だ。

だからこそ、一人で何処か遠くへ行く筈などないのだが。

様々な悪い事態を想像しながら、街の住民が寝静まった後にっても、俺は一人を駆け回るのであった。

※※※

兎少女のイルに案内されて到着したのは、獣人達の集落だった。

とはいえ、そこまで人数が多い訳ではない。

見る限り二十～三十人程度か？　本当に小さな集団。

だとしてもいくつものテントが張られており、更には見張りまで居る。

「なんだ、お前達は」

俺達の姿を眼にした見張りが走り、その後出て来たのは……随分と大きな獣人の男。

ここらでは見ない、獅子の獣人。立派な鬣《たてがみ》に小さな獣の耳。その身長は二メートルを超えている程の、大男。

「ウォーカー、カイルってもんだ。この子が川で魔獣に襲われてたんでな、保護した」

「保護？　我々を捕まえに来たの間違いだろう。汚らわしい〝人族〟が」

信用して貰えるとは思っていなかったが、まさか最初からココまで敵意を向けられてしまうとは……困ったもんだ。

「勘違いすんな、俺等は依頼で魔獣狩りに来ただけだ。お前等みたいな集団が居るとは知らなかったんだよ。助けが必要かと思って来ただけだ、いらねぇなら帰るさ」

そう言ってから、軽くイルの背中を押してやる。

しかし彼女からは「どうすれば良い？」と言わんばかりの瞳が向けられ、手は離してくれたものの一向に進もうとしない。

彼女がここで暮らす住人だというなら、送り届けられればソレで良い。

些《いささ》か不安ではあるものの、俺達が手を貸してすぐにどうこうなるものでもないだろう。

最悪、支部長にだけは現状を報告して判断を仰げば良い。

という事で、来た道を戻ろうかと思ったのだが。

「待て」

「なんだ？　歓迎されてないようだから帰ろうと思ったんだが」

ヤレヤレとばかりに両手を上げてみれば、目の前の彼はガルルル……と唸《うな》りながら牙を剥いた。これは、ちょっと良くない雰囲気だな。

「ココの事を知られたからには生きて帰す訳にはいかん。人族は信用出来ない。しかも、ウォーカーなら尚更」

だぁクソ、やっぱり隠れ里的なモンだったか。

予想はしていたが、厄介な場所に踏み込んでしまった様だ。

「カイル……」

不安そうな顔で手を引く少女の頭を撫でてから、背負っている大剣を抜き放ち、すぐさま近くに投げ捨てた。

「安心しろ。殺し合ったりしねぇよ」

ニカッと笑みを浮かべてから、数歩だけ前に出る。

そして、両方の拳を打ち鳴らした。

「こっちも殺される訳にはいかねぇんでな、喧嘩しようや。獣の大将」

「ハッ！　裸猿如きが偉そうに！　身の程ってもんを教えてやる！」

そう言いながら、相手の獣人も腰に吊るしていた大剣を投げ捨てる。

どうやら、俺に付き合ってくれるらしい。

俺達のランク上、貴族を相手にする事は少なくない。

しかし、俺には言葉遣いを少し気に掛けるぐらいの教養しかないのだ。

要は、馬鹿だ。だからこそ、上手い作戦なんぞ思い付かない。

俺等はイルを届けに来ただけ。だがその先で殺すと脅されたのなら、ぶちのめして帰るだけだ。

イルに大口を叩いてしまった手前、どちらかが死ぬ様な結末にはならない様にしながら。

「改めて名乗るが……ウォーカー、〝戦風〟のリーダー、カイルだ。アンタは？」

「ただの根無し草だよ。コイツ等みたいなのが居たから、守っているだけだ。〝ガァラ〟だ、覚えなくて良いぞ？　どうせお前はすぐに死ぬ」

「よろしくなガァラ。んでもって……いくぜ！」

「来い！　〝人族〟なんぞ、本来俺達に敵わないって事を教えてやる！」

その夜、俺達の殴り合う音が随分と遅くまで響くのであった。

ったく、交渉役って事で一人くらい頭の良いパーティメンバーが欲しい所だぜ。

※※※

「っしゃぁぁっ！」

新作の二本槍で相手の腹に深い切り傷を作る。おびただしい量の血液が溢れ出し、鎧を汚していく……が、とてもじゃないがこの程度では致命傷にならないらしい。

俺達の今回のお仕事。〝王蛇〟と呼ばれるデッカイ蛇の討伐。

いつも食材にさせて頂いている猪も、〝王猪〟と呼ばれていた筈だ。

だとすれば、それくらいのサイズを想像するじゃない。

いくらデカくても熊くらいのサイズなんかなぁ、とか思っていたのに。

「ホラッ！　こっち向け！」

ガツンガツンと盾を打ち鳴らし、東がけたたましい音を響かせる。

蛇がそちらに視線を向け、大きな口を開けて突っ込んでいく。

東が頭の上と足元に水平に構えた盾にガツンッ！　と大きな音がして牙を突き立てる蛇。

ウチのタンクの身長、百九十センチ程度。今では魔王（っぽい）鎧の影響もあって、二メートル超え。だというのに、東を飲み込みそうな口のデカさ。

うん、なんだこの化け物は。

ずんぐりむっくりで太さに比べて長さは短めだが、馬鹿でかいのだ。

「うっそ……コイツの牙！　盾を貫通しそう！」

　ギチギチと音を立てながら、盾の内側がベコベコと盛り上がってくる。

　表面には完全に穴が空いている様だ。おいおいおい、どんだけ顎《あご》強いんだよ。

　そんでもって盾を貫通しそうな力でプレスされているのに、全然腕の高さが変わらない東は本当に人間なのだろうか。

「アズマさん！　刺さっているのは上の牙だけですよね⁉　思いっきり右にお願いします！」

「了解アイリさん！　タイミング教えて！　ちょっと目が離せそうにない！」

「いきますよ！　３、２、１、今！」

　合図と共に東が上の盾を右に振り払い、下顎をアイリがスライディングの様な姿勢で逆方向へと蹴り飛ばす。なんともまぁゴリ押しパワータッグ。

　結果、上の牙は根元から折れ、下顎は砕けた……のだろうか？

　パカッと口を開けたまま大蛇が悶えている。

　グワングワンと頭を振り回すが、そんな状態にもかかわらず右の眼球を一本の矢が貫いた。

「右側、ゲット。皆、サボらないで仕事して」

「コレは、負けてられませんね」

「おっしゃぁ！　左目は俺が貰うぜぇ！」

　おかしな事言う白に対して、南と西田が走り出した。

　君達、結構余裕有るね……とはいえ、あまり調子に乗ってばかりもいられないので。

「アナベル！」

「まだです！　あと二十秒程下さい！　さっきの〝氷界〟を使います！」

魔女様はまだ充電中の様だ。おっし、二十秒稼ぎますか。

「南！　連射して注意を引け！　止まった所で西田が左目！　両目を潰したら一旦下がるぞ！」

叫びながらも遠心力をフルに使って、蛇の頭を槍の柄で引っ叩く。

硬ってぇ……っ！　手がビリビリと痺れる程に硬いし重い。

こりゃマジで打撃は悪手だな。

東やアイリなら違うだろうが、俺が打撃を与えた所でどうこうなりそうもない。

という訳で、刃先を滑らせる様に攻撃してみるが……コイツの皮、マジで硬い。

ガツンと本気の一発を叩き込まないと貫通すらしないまま、刃先が相手の皮の上を滑る。

妙に蛇がぬるぬるしてるのって、元々こういう効果も有るのかね。

などと思いながらも槍を振り回し、遠心力を使って黒槍で額を引っ叩いてみれば。

「こっちですよ！　爬《は》虫《ちゅう》類！」

ガルルルルッ！　と今まで聞いた事の無い連射音を響かせ、南が蛇の体を避けながら飛び回る。

随分と身軽に飛び回っているが、蛇との大きさの差でどうしても見ていて不安になってしまう。

なんたって一番デカい東でさえパクンとされてしまいそうな大蛇だ。

ちっこい南ならペロリといかれてしまうだろう。

なんて、いらぬ心配だった様だが。

ひらりひらりと舞う様に駆け巡る南は、危なげもなく相手の攻撃を回避していく。

あえて回避を遅らせている雰囲気もあり、間違いなく囮《おとり》役を引き受けていた。

「はっはぁ！　やっと頭を止めやがったな！」

南にばかり気を取られていたらしい王蛇に対して、木の上からとんでもない速度で西田が落下して来た。

その勢いを殺す事無く、手に持った短剣を相手の眼球に押し込んでいく。

ブチュッっという音と共に噴き出す鮮血をその身に浴びながら、短剣を残して地面へと降りたってからすぐに。

「南ちゃん！　マチェット！」

マジックバッグを持っている南が、勢いよく声の主に向かって刃物を投げつける。

「ハイ！　西田様！」

ソイツをろくに視線も向けずキャッチする西田。

傍から見たら非常に怖い光景だろう。俺も他のメンバーの時は結構ヒヤヒヤする。

だが、わりといつもの事なのだ。俺に槍を投げ渡してくる時も、こんな勢いだったりするし。

受け取っている側としては、あんまりヒヤッとしないのよね。

それも的確に俺達の下へ武器を渡して来る、南の実力と実績があっての事なのだろうが。

などといつも通りの肉弾戦を繰り広げている内に、背後の魔女様から声が上がった。

「皆さん！　お待たせしました！」

「全員引けぇぇ！」

アナベルの声と同時に散開していくメンバー達。そして、視界が開けた所でウチの魔女様がニヤリと怪しげな微笑みを浮かべて見せる。

「いい加減大人しくなりなさい！　〝氷界〟！」

先程も見た、目の前全てを真っ白に染める魔法。

ソレを真正面から食らう羽目になった王蛇の体は徐々に白く固まり、動きが緩慢になっていく。

ここまで来れば、決まったも同然だろう。

「キタヤマさん！　お願いします！」

「あいよぉ！　東ぁぁ！　カタパルト！」

「まっかせなさぁぁぁい！」

東の大盾に乗っかり、とんでもない勢いで放り投げられると同時に俺自身も盾を蹴った。

ただし前回とは違い、真横に向かって。

「だぁぁらぁぁ！　貫け！」

運動エネルギーを最大限利用する形で、片方の槍を相手の頭に叩き込んだ。

以前よりも切れ味の良くなった穂先はとんでもなく硬い蛇の鱗を貫き、そのまま脳髄《のうずい》まで到達した感触を掌に伝えて来る。

「っしゃぁぁ！　獲ったぁぁ！」

叩き込んだ槍はそのままに、蛇の頭を避けて吹っ飛んでいく俺。

流石に正面衝突は勘弁なので、体を逸らして地面に着地させて頂いた。

やっぱ新しい武器も鎧も良いわ。軽いし、切れるし、動きやすい。

だがしかし。

「相手は蛇だ！　油断すんな!?　しっかりと死んだ事を確認するまで安易に近づくなよ!?」

「「了解！」」

全員揃ってジリジリと距離を詰めてみるが、今の所王蛇に動く気配なし。

チョイチョイッとハンドサインを送って、白と南に一発ずつ矢を放って貰ったが……やはり反応なし。

これはもう完全にご臨終と見て良いだろう。

「はぁ～皆お疲れ、王蛇討伐だなぁ。いやホント、でっけぇ～……」

流石に疲れた。デカいし硬いし、良く動くし。

パニックホラーに出て来る主役か何かかと言いたくなるくらいにモンスターだった。

身体から力を抜いて、グリングリンと肩を回していると。

「ご主人様！　右腕に何か異常が⁉」

「取れた⁉　腕取れたのか、こうちゃん⁉」

「今クーアさんいないんだよ⁉　大丈夫⁉」

「キタヤマさん⁉　私がすぐに回復魔法を！」

コレだよ。そもそも前回怪我したのは左腕じゃぃ、右腕じゃねぇよ。

そして動いてんだから、そんな簡単に取れんわ。

未だやけに心配してくる仲間達にウガァ！　と吠えながら左腕を突き出して見せてやる。

「取れてねぇよ！　あぁもう散れ散れ！　ホラ解体すんぞ！　今回の奴の皮は立派だからな、綺麗に剥ぐぞ！　後は蛇肉初体験じゃ！」

「キタヤマさーん、今回の魔石は食べるー？」

「結構、デカそう。チャージ何回分？　北、お食べ」

「食わねぇよ！　でも貰って良いなら貰うよ！　食わねぇけど！」

何だか、以前に増して俺の扱いアレになってしまった気がする。

思いっきりため息を吐きながら、未だ半解凍状態の蛇へと歩み寄る。

いつも通り解体を始め、何事もなく終われば良かったのだが……抉り出された魔石は、随分と巨大な物だった。

いや、え、これ吸わせるの？　普通に勿体なくない？　絶対良い金になるぜ？

などと仲間達に視線を送ったが、「やれ」と言わんばかりの圧に負けて魔石を握り潰した。

あぁ……貴重な財産が、金ってヤツはこうやって簡単に溶けていくのだ。

思わず泣きそうになりながらも、俺達は解体作業を続けるのであった。

※※※

「凄いな……」

「如何ですか？　お父様」

今回現れたのは王蛇だとは聞いていたが、まさかあそこまで巨大な個体だと思っていなかった。

特殊個体、上位種。もしかしたらそういう類かもしれない。

正直に言えば、一目見た瞬間に諦めてしまった。

こんな事なら娘の頼みだとしても聞くんじゃなかった。そういう感想しか浮かばなかったのだ。

絶対に勝てないと思える程の大物、それが今回現れた王蛇。

しかし彼等は一歩も引かず、むしろ怪我人の一人も出さずに討伐して見せた。

強い、その感想しか思い浮かばない。

だが心の奥底から湧き出す感情によって、体はフルフルと震えている。

恐怖じゃない、コレは……興奮だ。

「素晴らしい、まさかこれ程とは。この雄姿を見せられては、イリスが夢中になるのも分かる」

「まぁ、以前見た時より数段強くなっている様に見受けられますけどねぇ……」

ハハハッと、乾いた笑いを浮かべている娘の頭を撫でながらも、吊り上がった口元はなかなか戻ってはくれなかった。

私は今までウォーカーというモノにあまり関心が無かった。

それは娘だって同じだった筈。

彼等との繋がりを作る結果となった、ゴブリン討伐の依頼。

アレだって緊急性があったからこそ、藁《わら》にも縋《すが》る想いで依頼しただけ。

大した期待はしていなかった。

だというのに、私が掴んだのは藁どころではなかったのだ。

「アレは、どこまで行ってしまうのだろうか」

「さぁ？　あまり放っておくと、ちんけな国からは出て行ってしまうかもしれませんよ？　何たって、彼等は自由ですから」

冗談めかしにイリスはそう言い放つが、意外と的を射ているのかもしれない。

税金は高いし、獣人の風当たりが非常に強い我が国。

　そして何より、今の王はあまり良い噂を聞かない。

　昔は良かった、なんて年寄り臭いセリフにはなってしまうが、実際その通りなのだ。

　今の状態の我が国では、彼等の事を満足させるには至らないのかもしれない。

「貴族達も変わる時代が来た、という事かもしれんな」

「あら、貴族全体を動かして王の首でも挿《す》げ替えますか？　なんて、この様な冗談は不敬――」

「それも、考えなければいけないかもしれないな」

「……はい？」

　皆黙っているが心の何処かで思っている事だ、国のトップを替える必要があるのかもしれない。

　私の中で、その想いのきっかけになりかけている。

　〝悪食〟

　面白い、非常に面白い。活動も、発想も、そして戦績も。

　その全てが興味深いクランだったが、いざ彼等の戦う姿を眼にして実感した。

　アレは、権力で押さえつけて良い存在じゃない。

　そんな事をすれば間違いなくスルリと逃げられるか、〝喰われる〟。

　彼等と共に居たいのであれば、何処までも〝友人〟でなければいけないのだ。

　らしくもない考えだとは思うが、私には他に妙案など思いつかなかった。

「では、我々も解体くらいは手伝おうか。隠れて見ているだけではあまりにも恰好が悪い」

「ですね、行きましょう、お父様」

　という訳で私達は悪食と共に、慣れない解体作業で身を汚すのであった。

※※※

王蛇、早速食ってみた。

とんでもなくデカいので、頭に槍ブッ刺して固定。大人数で抑えたり捌いたり。

皮は随分と綺麗に剥げたので、後でギルドに持って行って金にしよう。

そんでもって問題なのは味だ。見た目的には肉厚だし、ぷりっぷりしたお肉様だったが。

「不味い」

「くっせぇぇ……」

「塩胡椒《こしょう》マシマシでもコレかぁ……駄目だねこりゃ」

「更に味を濃くしてしまうと、塩辛くて臭いだけの何かになりそうですね……」

塩焼き、駄目。

次、串に刺し炭火でタレ焼き。

鰻のかば焼きみたいな感じで化けないかと期待したのだが。

「タレは美味しいのに……匂いが……生臭いですねぇ」

「コレしか食べ物がなかったら、まぁ……頑張って食べますかね」

とても不評。

蛇はやはり駄目なのか？　それともコイツが特別不味いだけなのか？

毒蛇じゃないって言ってたし、案外いけるかと思ったのに。

最後の手段とばかりに、唐揚げにしてみると。

「北、コレは……冒涜。というか油と材料が勿体ない」

すんごいセリフを吐かれてしまった上、唐揚げ好きな南に関しては齧った瞬間黙りこくり、耳と尻尾が垂れ下がってしまった。

駄目だこりゃ、食えたもんじゃねぇ。

「後で干し肉にしてみるか」

「まだやるのかよ……」

「狩った動物だし、悪くはないと思うけど……食べられるかなぁ？」

最後の手段も正直希望が薄そうだが。ま、どうにか美味しくなる方法を探してみましょ。

駄目だったら焼却処分で。

「あの、キタヤマ様。一応支部長からの報告を受けて、魔獣肉を期待していたのですが……」

「あ、蛇食う？」

「出来れば蛇以外でお願いしますわ……」

一応聞いてみたが、こんな物お貴族様に食べさせてはぶっ殺されるかもしれない。

それくらいに、不味い。というか罰ゲーム料理かってくらいに、臭い。

食感は結構悪くないんだけどなぁ……匂いがどうにかならんかなぁ。

後は旨味も何もあったもんじゃない、変な味だ。強いて言うなら……ゴム？

そして新品のタイヤみたいな匂いがする。

ソイツを噛めば噛む程、匂いが三角コーナーに変わる。駄目だねこりゃ。

「はぁ……こればっかりは仕方ねぇよなぁ。口直しに贅沢するかぁ、何が食いたい？」

なんて、メンバーを見回してみれば。

「鶏肉が良いです」

「私は牛肉が良いな」

「卵」

南、アイリ、白。

このお三方は、もう決まり文句みたいに言うね。

「はい、じゃぁそれ以外という事で」

「「「えぇー」」」

今持って来ていて、残っている肉はなんだ？

鹿、猪、豚、ダチョウ。ダチョウは鳥か、そもそも牛肉持って来てねぇじゃん。

とはいえ結構種類は有るな、量はそこまで無いが。

殆どホームの冷凍保管庫に置いて来てしまった。

「こうちゃん、久々にかつ丼が食いたい」

「お、いいね。僕もかつ丼に一票」

「あ、豚肉ですか。いいですね」

元気よく西田と東が手を上げ、アナベルも賛同しているご様子。

なるほど、豚か。角煮は食ったが、確かに揚げ物の豚は最近食ってない気がする。

「んじゃそれで」

「よし、卵。ナイス」

「とんかつにするか」

「それは酷い、かつ丼希望」

「……仕方ねぇな」

若干もう一名ガッツポーズを取っているが……まあ良い、放置しよう。

という訳で、かつ丼に決定。

「西田は何か味噌汁、南は玉ねぎ刻んでくれ。東は米な、アナベルは火やら水やら頼む。アイリと白が警備で。人が多いからしっかり見張れよ～」

「「はーい」」

色々残念だった蛇をバッグに突っ込んでから、改めて飯作りが始まった。

野菜やら何やらは南に任せ、俺は肉塊をぶった切る。

とんかつ屋で食ったら絶対二千円以上しそうなビッグサイズに、豪快にカット。

厚過ぎると火が通らない可能性も有るので、厚さはほどほどに。

とは言え〝向こう側〟で食ったトンカツより断然厚い。

という訳で、表面を軽く叩いてから塩胡椒。

この時、予め筋《すじ》に切り込みをいくつか入れておくと揚げた時に丸まらなくて済む。

まあ大した手間ではないので、やっておいて損はないだろう。

「ご主人様、玉ねぎ終わりました。卵溶いちゃって良いですか？」

「おう、頼むわ。そっちは包む方に使うから軽くな？　あとコッチの分の卵も溶いちゃってくれ」

「コチラは白身と黄身を混ぜ合わせない程度に、でしたっけ。了解です」

「その後もいけるか？」

「問題ありません」

南も手際が良くなったもんだ。しみじみと彼女の成長に感心しながら、俺も準備を進めていく。

肉に薄力粉……と言って良いのかコレは。市場で買った薄力粉っぽい物を肉にまぶす。

普段俺等が使っている小麦粉（？）とはまた違うよ！　って言われたけど、見た目だと分からない上に、名前も違うから正直分からん。

下手すると俺達が普段使っているのが、小麦粉じゃない可能性さえ有るが。

ま、食えりゃ何でも良いさ。

雑な結論を出した後、全体に薄力粉をまぶして余分は落とす。

全体が白くなったのを確認してから、南に準備して貰っておいた卵にドボン。

更にパン粉を満遍なく振りかけて準備完了。

その工程をもう一度、薄力粉、卵、パン粉の順でやると更に美味しくなると聞いた事は有るが
……前に失敗して、ブヨブヨした物体が出来てしまった記憶が有るので俺はやらない。

火が通れば良いんじゃ。

「キタヤマ様……私も何かお手伝いを……」

「ん？　あぁ、そんじゃ量産よろしく。肉は切ってあるから」

「先程キタヤマ様がやっていたのと同じ事をすればよろしいのですね？」

見学していたお嬢様、イリス参戦。

いやはや、貴族様に料理なんぞやらせてしまって良いのだろうか？

などと思ったりもするが、以前の野営で普通に手伝わせてたわ。今更だな、うん。

「手際が良いな……」

いつの間にか隣に寄って来ていたダイスが、興味深そうに俺達の手元を覗き込んでいる。

ふむふむと頷きながら工程を観察しているが……まさかイリスパパも料理をする気なんだろうか？　俺の中で、若干貴族のイメージが崩れ始めている気がする。

まあソレは良いとして、豚肉を次々と油の中へと放り込む。

ジュワジュワと良い音を響かせながら良い色に変わっていくお肉様を一度油から上げ、余熱で充分に熱を通してからもう一度。

実際の所、この辺りも好みになるらしい。

二度揚げしない方が衣が軽いとか、一気に済ませてしまった方が肉が柔らかくなる、という話も聞いた事が有るし。

逆にしっかりと二度揚げした方がサクッと良い食感が生まれるなど、色々言われているらしいが。

あんまり深く考えずに俺は二度揚げ派。どっちにしろ旨いので問題なし。

という事で、揚げ終わったとんかつ達を南の準備してくれている野菜の中に投入準備。

フライパンの中でグツグツと音を立てているのは、玉ねぎと醤油やみりん、酒と砂糖に更には水。あとはだし汁などその他諸々。

玉ねぎがクタクタになる程に煮込んであるソレに、とんかつを投入し更に溶き卵を加える。

こちらは先程南に指示を出した、白身と卵黄が混ざり合わない程度の緩いモノ。

この時完全に卵を混ぜ合わせてしまうと、卵焼きの上に浮かぶとんかつに変わる。

俺も昔よくやった間違いである。見た目が良くないのよね、アレ。

そんな訳で、卵が固まってきたら更に溶き卵を追加。

そのまま火にかけ続け、表面の卵が半熟くらいになったら完成。

後は好みで塩胡椒やらネギやら胡麻やら、それは本人達に任せよう。

早くも一つ目完成。手伝ってくれる人が居るとやはり楽だ。

更に言うなら子供達がドワーフの授業で作った小型フライパン。

こちらを大量に〝プレゼント〟してくれたのも非常にありがたい。

俺等用にって名目にしちゃうと横領になっちゃうけど、試作品のプレゼントなら仕方ないよね。

感謝感謝、大人数で丼物やる時には丁度良い。

改めて環境のありがたみを噛みしめながら、バッグの中にフライパンごと突っ込むと。

「何故マジックバッグにしまうんですか？」

「え、だって米がまだ炊けてないし」

「え？　は⁉　ここまで来てお預けなんですか⁉」

「だって米が……」

仕方ない事だと言うのに、イリスからクレームの猛攻を受けてしまったのであった。

お嬢様は、既に腹ペコの御様子だ。

※※※

「はぁぁ……これは駄目になります、毎日食べたくなってしまいます」

「ソレは流石に飽きるんじゃねぇかな。まぁ今回もお嬢様の御口にあった様で何よりだ」

「キタヤマ様、そのお嬢様呼び止めて下さい」

「へいへい」

何度繰り返したか分からない様な会話をしながらも、やっと完成した〝かつ丼〟を頂く私達。

立場上、外食ではこう……ガッと食べる訳にもいかず、なかなか食べられない代物。

家で作る事なら可能だろうが、使用人やコックが居ても彼等もその道のプロ。

作って貰うとすれば、それはもう〝貴族らしい〟お食事が出て来るのだ。

とはいえ私の家では父の意向で、他所に比べればずっと節約料理を作って頂いている。

しかし流石に彼等にこれを作ってくれとはなかなか言えず、どうしても食べたいなら自分で作る他ないだろう。それもまた、使用人達から止められたりもするのだが。

「見た目としては、衣がふやける程になっているのかと思っていたが……凄いな、柔らかいのは確かだが、サクサクとした食感がちゃんと残っている。旨い」

「そこばっかりは出来立ての特権だな。マジックバッグ超便利」

「こちらから渡したバッグも活用している様で、何よりだ」

「あっ、その件に関してはマジで、本当に助かりました。はいもうそりゃ非常に」

どうやらお父様もお気に召した様で、キタヤマ様と会話しつつも、かつ丼を食べる手は止まらない御様子。

それもその筈だろう。なんたって今回、ついに魔獣肉を食べられたのだから。

本人達から旨い旨いと聞いてばかりだったが、やっと……本当にやっと口にする事が出来た。

ビックリする程大きなサイズの豚肉に齧り付けば、サクッと良い音を立てる熱々の衣。

そのまま噛みしめてみれば、中から現れるのはプルプルと柔らかい豚肉。

こんなにも分厚く切られていては噛み切れないのではないか？　今までの私だったら間違いなくそう感じた事だろう。

しかし実際に食べてみれば、普通のお肉とは全く違うのだとはっきりと分かった。

とにかく柔らかいのだ、私でも簡単に噛み切れてしまう程に。

しかも噛めば噛む程、じわぁっと旨味を溢れさせる。

更にはそれらを包んだ卵の柔らかい味わいが、じわりじわりとゆっくり口内を満たしていく。

もっと欲しい、次の一口が食べたいと口内が求めているかの様な、しっかりとした旨味と後味。

調味料のバランスや、一緒に煮込まれた野菜だって凄い。

これだけでもご飯が進んでしまいそうだ。

だがまだまだお肉は大量に残っている為、またお肉をガブリ。

少し行儀は悪いかもしれないが、まだお口にお肉が残っている内に、丼の中にこんもり盛られたご飯をガッと口の中に放り込んだ。

美味しい、その感想が一口食べる度に零れてしまいそうだ。

濃い目の味付けのおかずと、その下に敷かれた真っ白いご飯。

この組み合わせは、丼だからこそ箸が止まらなくなってしまう。

街中だったら絶対出来ない食べ方で、まるで誰かと競う様に口に押し込んでしまった。

まさに、お腹いっぱいにする為の料理。

更に言えば、時間が惜しい時にでもパッと作れて片付けも丼一つで済む、自炊をする人にとってはこの上ない料理だと言えよう。

色々と考えながらも、夢中になって食べていれば。

「いつもの感覚で作っちゃったけど、貴族さん達には多かったかな？　汁物はもう少しあっさり系の方が良かったかもしれんね」

ニシダ様がポツリとボヤいた事により思いだした。

いけない、丼に夢中になり過ぎてせっかく作って頂いた〝豚汁〟を冷ましてしまう所だった。

「いや、自分でも驚きだが……不思議とバクバク食べてしまって。むしろおかわりが欲しくなりそうだ」

「なら良かったです。まだまだありますから、足りなかったら言って下さいね」

普段はあまり食べる方ではないお父様から珍しい感想が上がり、アズマ様も緩い声を上げながら大きな器に盛られた豚汁を啜っていた。

では、私も皆様に従って汁物を頂こう。

いつの間にか随分と減った丼を一度下ろし、未だ湯気が立ち上っているお椀を手に取ってみれば……すごい、まだ全然冷めてない。

むしろ勢いよく啜ったら火傷しそうな程。

ふーふーと息を吹きかけて、慎重に汁物を口に付けると。

「あぁ……落ち着きます」

思わず、ほぉっと温かいため息を溢してしまった。

以前の味噌汁とは違い、今回の豚汁はとても良く煮込まれている印象を受ける。

細かい豚肉がしっかりと味を主張し、そのまま口に運んでもお肉の味わいを強く感じる。

こちらも汁物だけでお腹に溜まりそうな、まさにガッツリ系料理。

一緒に煮込まれた野菜各種、人参《にんじん》や大根もホロホロと崩れる程柔らかく、何と言っても今回はお芋が入っていた。

よく煮込んだ影響で汁に溶け出す程トロトロになったお芋、きっとコレのお陰でなかなか冷める事が無かったのだろう。

口の中に放り込むと、噛む必要がない程簡単に解《ほぐ》れていく。

どれもこれもお腹の中から温めてくれる様な印象を抱き、お椀から口を離す度に思わず安堵《あんど》の息が零れてしまうくらいだ。

本当に悪食がお店を出してくれないだろうか、毎日通うのに。

それにお父様の様子を見る限り、彼等が一言店を出すと言えばすぐさま協力しそうなものだ。

とは言っても、そこはやはり〝悪食〟なのだろう。

彼等は狩り、自らの手で調理し、命を頂く。

そう思ってしまえば、彼等が街の中で規則正しく生活しながらお店を経営する姿は、非常に違和感が有るのかもしれない。

　獣の様に森を走り回り、弱肉強食を絵に描いた様な生活を送るウォーカー。

　それが、この人達なのだから。

「何というか、変わりませんねぇ。皆様」

　思わず呟いてしまう程、和やかな空気が流れていた。

　もしかしたら、すぐ近くから魔獣が飛び出して来るかもしれない深い森の中で、こうもまったりと皆揃ってご飯を食べている。しかも、絶品と言って間違いない程の料理を。

　この状況で不安にならないのだから、本当に不思議な感覚だ。

　本人達にそのまま伝えたら「慣れたんだろ」とか、「俺達が作るのなんて精々男飯だよ」なんて言われてしまうのだろうが。

　確かにレストランの様に綺麗な盛り方はしないし、質よりも量！　というのは非常に感じるメニューだが……それでも、美味しいものは美味しいのだ。

「これで私達は共犯者、魔獣喰らいの仲間達です。明日も期待していますよ？　キタヤマ様」

「共犯者って……あれ？　そういやまだ大っぴらに公表された訳でも、認められた訳でも無いのか。だとしたら魔獣肉喰っただけで、今でも排他の対象？　あれ、これ俺等ヤバくね？　大物貴族に食わせちゃったけど」

　彼の一言により、ニシダ様とアズマ様の二人もプルプルと震え始める。

　全く、変な所で臆病なのですから。

　思わずお父様やウチの護衛達と一緒に微笑みを溢しながらも、問答無用で満腹にさせてくれるかつ丼と豚汁を完食するのであった。

少しばかり、お腹が苦しい……。

※※※

ふわふわする。まどろみの中で、温かいお湯に全身浸《つ》かっているみたいな感覚。

眠っている様な、半分起きている様な。とにかく眠くて暖かい。

その不思議な空間で、私は目を瞑っていた。

『如何ですか？　聖女様』

何処からかそんな声が聞こえ、薄っすらと目を開けば。

いつか見たお爺ちゃんが、私に向かって笑いかけていた。

この人は私に何も求めてこない。

何かをしろって言ったり、こうしなくちゃいけないんだって言って来ない。

ただただ、ココに入ってゆっくりしていれば良いって。

たまに人が来た時、気が向いたら笑いかけてくれとだけお願いされただけ。

それでも、ちゃんと〝役に立つ〟んだって言っていた。

あぁ、これなら私にも出来そうだ。

まったりしているだけで、人が来たら笑いかけて。ソレだけで役に立てる仕事があったなんて。

これでもう、誰にも迷惑を掛けずに済む。

誰かの役に立てているんだと思うと、ふにゃっと緩い笑みが浮かんだ。

「あったかくて、気持ち良いです。あと、ずっと眠い……」

『無理はなさらなくて良いのですよ、聖女様。眠たければ、そのままお休み下さい』

「はい……」

彼の言葉に従い、再び目を閉じた。

優君や初美と会えないのは寂《さみ》しい。

でもコレが私に出来る事だというなら、ココに居るだけで誰かの役に立てるのなら。

私は、ココに居よう。

皆みたいに頑張りたいけど、私には上手く出来ないから。

私は他の人と比べて不完全だから。

今やっている事だって、きっと優君や初美の役に立つと信じて。

そんな事を思いながら、再び緩やかに意識を手放すのであった。

※※※

「聖女様はお休みになられた、今の内に強化魔法を」

「はっ」

その声と共に、室内に何人もの魔人が入ってくる。

誰しも首には白い奴隷の首輪を嵌《は》め、その瞳は誰も彼も虚ろに揺れ動いていた。

「哀れな魔人達よ、お仕事の時間ですよ？　聖女様に貴方達の力を注ぎなさい。一番良く出来たモノに……〝ご褒美〟を与えましょう」

白い服を着た聖職者が胸元から小さな麻袋を取り出せば、彼等は必死に聖女に向かって強化魔法を掛け始める。瞳は狂気に染まり、口元から涎を垂れ流しながら。

「ふむ……やはり聖女の力は素晴らしいな。体はどれ程〝復元〟出来た？」

「もう殆ど治って来ていますよ、〝首輪〟の調整も最終段階に入りました。しかしやはり狂暴でして、なかなか抵抗してくれますよ」

なんて会話をしながら、我々は聖女を見上げた。

まるでモニュメントの様に飾られた巨大な魔石の中で、幸せそうに眠る若く美しい聖女様を。

「今頃王宮は大騒ぎでしょうね、我々教会上層部の人間が居なければ〝勇者召喚〟が行えない。魔人を探そうが、獣人の贄《にえ》を集めようが何の意味もない。今持っている戦力で〝厄災〟に立ち向かわなければいけないのですから」

「彼等にとっては厄災、しかし我々にとっては神の使いの解放。聖女様が手に入ってしまえば、あの国王と関わる必要もない」

言葉を紡ぎながら口元を吊り上げる我々の背後。

真っ暗闇が広がる洞窟の奥から、獣の様な唸り声が響くのであった。

【第五章】★ロブスターと伊勢海老の食い放題

「父上、何故ですか⁉　中途半端に獣狩りの中止などと！　もう少しで全て駆逐出来るのですよ⁉」

国王の謁見室に、私の兄……王子の叫び声が響く。

あの馬鹿は現状の説明を聞いても理解出来ないのだろうか。

本当に自身にとって都合の良い内容しか聞こえない耳の持ち主らしい。

「何度も言わせるなアムス、この状況では贄を集めた所で意味が無いと言っているだろう。勇者召喚には教会側の協力が不可欠。そんな暇が有るのなら司教達と聖女の捜索に回れ、我々には時間が無いのだ」

「また〝過去のお告げ〟ですか？　厄災がどうのこうの言っていたそうですが、それ自体信じるに値する内容なのですか⁉　同じ称号を持っているシルフィだってあの調子だ、まるで役に立たないではないですか！」

「お前は実際に見た事が無いから呑気な事が言っていられるのだよ……厄災は来る、そしてもう時間が無い。だからこそ何度も〝勇者召喚〟を行ったのだろうが、より多くの勇者や特別な称号持ちを呼び出す為に。だと言うのに……何を勘違いしているのか知らんが、国を守る為に犠牲を強いているだけだ。狩りだなんだと騒いでいるのはお前だけだぞ」

「これ程まで兵を集め、更には勇者も居るというのに何を恐れているのですか、父上！」

「くどい！」

その後しばらく問答が続き、やがて王子が折れる形で去っていく。

私の横を通り抜ける際に、盛大に舌打ちをしながら睨みつけられたが。

まあ、今は放っておけば良い。

「お前もか、シルフィ……どうした？」

疲れ果てた顔を浮かべた王が、王座に背を預けてため息を吐く。

ただでさえ忙しいのに、こうも次から次へと問題が起こってはその態度も理解出来るが。

「いつまでこんな事を続けるおつもりですか？」

「無論、厄災を退けるまでだ。それさえ終われば、いつまでもこの様な手段を取る必要は無い」

「たとえ国の為だったとしても、今までの非道が許されるとでも？　貴方は犠牲を出し過ぎた。全てが公になれば、王族全員が打ち首どころじゃありませんよ？」

「許されるなどと思った事は一度もない、しかし、やるしかなかったのだ。全ては私が始めた事、責任はこの身に有る。全てが終わった後ならば、八つ裂きにされようが文句は言うまい。そしてこの件は公になどする必要は無い、いや公にしてはならない。この国における掟だ。真実は国の上層部に関わる人間と、教会の一部だけが知っていれば良い」

本当に、大馬鹿者だ。

ただただこの国の〝人族〟を守る為に、他の全てを敵に回した王。

〝異世界人〟でさえ、ハズレの烙印を押せば城外に捨てた。

彼等は特殊な称号などを持っていない限り、確かに弱い者が多い。

〝こちらの世界〟に来た段階では誰しもレベル1であり、突出した何かが無い限りは特別な技術や知識を持っていない可能性も非常に高いと記録されている。

そんな彼等をずっと城で保護するというのは、何のメリットもない。

平和な世界で生きて来た彼等に〝召喚〟という拉致同然の行為を行った我々。

過去の召喚者達は異議を唱えたり、色々と要求してくる者が数多く居たと聞く。

まぁ、当然の反応だと思うが。

つまりは全てを保護しようとすれば、召喚後もお金と人手、時間が取られるのは確か。

利益だけを考えるなら、欲しかったモノと違うから捨てるという行動は、人の心が無いのであれば間違えていないのだろう。

正直、全くもって納得は出来ないが。

勝手に呼びつけておきながら放り出し、野垂れ死ぬのを待つなど外道のやる事だ。

しかしいつだって例外は存在する。

〝ハズレ〟と呼ばれた者達の中にも、きっかけさえあれば〝悪食〟の様に化ける存在が居る事を父はまだ知らない。

「……お母様が残した過去の英雄譚では、『十年後、初雪が降るその日。この国を亡ぼす〝厄災〟が降りかかる。それに立ち向かうのは、異世界から訪れた勇気有る者達』でしたね」

「件の十年後が、今年だ。そして、雪が降るのも近いだろう。それまでに戦力を集めようと足掻《あが》いたが……結局異世界から呼べた勇者は一人だけ、圧倒的に戦力が足りていない。しかし……」

そこで言葉を一旦切り、再びため息を溢す。

まあ、気持ちは分かる。今呼び出されている勇者は何というか……非常に頼りないのだ。

レベルだけは上がったにしろ、つい最近ウォーカーに敗北したという報告を受けている以上、戦力不足を痛感しているのだろう。

更には今回の聖女と教会側の人間の失踪。もはや、詰みの状態と呼べなくもない。

教会の者達が秘匿《ひとく》している召喚術式。アレが無ければコレ以上の異世界人を呼べない上に、現実的に考えて今から兵士を増やす事も出来ない。

〝こちら側の人間〟で言えば、もう多過ぎるぐらいに戦力が揃っているのだ。

頭数としては、だが。

「今回の勇者の〝英雄譚〟がお前に見えれば、まだ安心出来たのだが……」

「残念な事に、彼の未来は見えません」

「やはりか……」

〝まだ見ぬ英雄譚の語り手〟

それは未来に生まれる英雄たる人物の物語を、私に〝未来予知〟の様に教えてくれる。

しかし、詳細な情報が手に入る訳ではないのだ。

まるで童話の様に未来を語るこの力は、細かい描写や人物名などは教えてくれない。

人々に厄災が迫る、だとか。国の危機から英雄達は～なんて言われても、実際に今起こっている出来事と照らし合わせて予測するしかない。

何より、〝英雄〟たる人物の未来しか見えないのだ。

だからこそ、いくらあの馬鹿王子に未来を視ろと言われても見える訳がない。

彼は英雄でも何でもないのだから。

「ですが、少し先まで見える方々を見つけました。まだ〝厄災〟に打ち勝つかどうかは分かりませんが」

「本当か⁉　何故もっと早く報告しない！」

叫びながら王座から立ち上がった彼は、慌てた様子で私の肩を掴んだ。

何故報告しないも何も、〝未来の見えない〟私に時間を割かなかったのは貴方だろうに。

更に言えば悪食が厄災を退ける未来まで見えない限りは、この人は勇者召喚を続けただろう。

「彼等はウォーカー、〝厄災〟を退ける未来まではまだ見えておりませんが。でもっ――」

「そうか……ウォーカーか……それではまた、私が望んだ英雄ではないという事だな……」

「……」

彼は疲れ果てた様子で、ため息を溢しながら再び王座へと戻っていく。

もはや〝異世界から訪れる勇気有る者達〟というのが、〝勇者〟の称号持ちだと信じて疑っていないのだろう。

そして自身が放り出した異世界人が、ウォーカーとして生き残っているとは考えてさえいない御様子。

これではわざわざ今までの経緯を説明した所で、父の認識が変わる事は無いだろう。

「一応、その者の名前を教えてくれ。〝厄災〟が訪れる時、ウォーカー達にも依頼を出す事になるだろうからな」

「その時が来れば、お教えいたします」

「そうか……まぁ良い。さぁ、用件が済んだのなら部屋に戻りなさい。今は城内もピリピリしているからな。私も仕事に戻る」

やはり、そこまで興味を持たないか。

もしかしたらその選択が、未来に大きな変化を与えるかもしれないというのに。

まあ、これぱかりは言っても仕方のない事だろう。

英雄は、様々な形で生まれる。全ての英雄が戦場の切り札になる訳ではないからこそ、少しだけ見える程度では気にも留めない。

私が結末まで見えている状態なら、また話は違っただろうが。

「では、失礼しますお父様。どうか、コレ以上は間違った道に進まぬよう願っておりますわ」

そう告げてから、謁見室を後にする。

さて、これからどうなる事やら。

〝勇者召喚〟

その儀式に必要な物は大量の魔力と人の命、そして……教会側の協力。

人の命を消費する忌むべき召喚術。しかし〝当たり〟を引けば、手っ取り早く〝強者〟が手に入る、利益が得られるという禁断の果実の様なモノ。

人族の国の王は生贄に獣人を、大量の魔力の媒体に魔人を欲した。

そして教会には寄付と言う名の報酬を。

だからこそ、〝彼等〟は蔑《さげす》まれ排他される対象となった。

遠い昔にあった種族戦争における勝者となった〝人族〟。

その決め手となったのが、異世界から召喚された〝勇者〟。

だからこそ、〝人族は〟戦争が終わった後もそういった存在を求め続けた。

それが過去から繰り返される〝人族の国〟の罪。

とはいえ獣人が人として扱われる様に変わってからは、生贄になるのは重罪人のみ。

処刑代わりに使われたという話だが、今この国にとってはソレだけでは〝足りなかった〟。

生贄となる者などそう易々と用意出来る筈もなく、だからこそ外から獣人を攫ってくるという愚行に及んだ。

「本当に、ふざけていますよね……」

勇者召喚そのモノを止めようとした者も、公にしようとした者も居た。

しかし誰しも〝何故か〟命を落とす結果となり、今でも各地で異世界人の召喚は行われている。

流石にこの国程頻繁に行っている所は他に知らないが……獣人は人族よりも立場が低く、魔人は忌むべき存在。そんな〝一般常識〟が出来上がってしまう程に、この世界はやり過ぎたのだ。

「種族関係なく共に生きる。今となっては理想郷、夢物語だとばかり思っていましたが」

彼等は違った。

〝こちら側〟に染まる事なく、自らの道を突き進んだ結果。

この国の中に、私が思い描いた理想郷を作り上げた。

本当に小さな変化かもしれない。だが、この一歩は大きい。

「あの方々ならもしかして、そう思ったりもしますが……頼ってばかりもいられませんね。私も出来る事をこなさないと」

民を守る為、また戦闘をお願いするかもしれない。

でも王家の黒い部分は、彼等に尻拭いを頼む様な内容じゃない。

事実を公表して、王族が全員死ねば〝常識〟が変わるという問題でもない以上、私達が罪を償いながら自らの手で払拭していく事柄だろう。

それに……個人的に〝悪食〟には自由であって欲しい。

王家と関わりを持たせ、〝生きにくい〟と感じて欲しくない。

「なんて、これも私の我儘《わがまま》なんでしょうけどね」

あぁ、今貴方達は何処で何をしているのでしょうか？

このピリピリした空気に当てられていないと良いのですが。

そんな事を考えながら、窓の外を眺める。そして、出来る事なら。

「私も、一度で良いから〝そちら側〟に行ってみたかった……」

※※※

「うぅん……ん？」

目が覚めると、そこはテントの中だった。

昨日王蛇を狩り、その後周辺の森の魔獣を狩って回った悪食。

村に被害が出ない様に出来るだけ狩ってくれ、お父様がそうお願いしたのが悪かったのか、彼等は森の中で暴れ回った。見ているこちらが疲れてしまう程に。

正直、野営を始め寝袋に包まれた瞬間から記憶が無い。

隣で眠っていた筈の南さんは、既に姿が見当たらない。

不味い！　寝坊した⁉　慌ててテントの入り口を開けてみれば。

「どうだ⁉　どうよ⁉」

「付いてる付いてる！　こうちゃんそのまま川から離れろ！　体中にひっ付いてるぜ！」

「まさかとは思ったけど、こんなのが獲れるんだ⁉　冬場サイコー！」

ザバァっと川から上がって来たキタヤマ様。

私が起きるまでの間、狩りでもしていたのだろうか？

その腰にはロープが巻かれており、アズマ様がグイグイとキタヤマ様を引っ張っている。

うん、うん？

「うぉぉぉ！　見ろよ！　見てくれよこの立派な獲物達を！　どいつもコイツもプリップリじゃねぇか！」

「凄く大きいです！　美味しそうです！　早く取り除きましょう！」

彼の鎧にくっ付いている、というか噛みついている？　もしくは爪で挟んでいると言った方が良いのか。至る所にデッカい海老《えび》が張り付いていた。

そんでもって、彼の鎧の色々な場所から水が噴射しているが。寒くないのだろうか？

「くはははっ！　もう何匹目だよ、宝の山じゃねぇか！」

「凄いよ！　日本でこれ全部食べたら庶民は死んじゃうよ！　金銭的な意味で！」

皆凄く生き生きとしながら、ニシダ様とアズマ様が万歳状態のキタヤマ様から海老を取り去っていく。凄い、非常に大きい。

貴族のパーティーでも、アレだけ大きな海老が出てきたら「おぉっ」って思ってしまうだろう。

それくらいに大きい……だが、ちょっと待て。

川の中からキタヤマ様が上がって来たという事は、彼が餌になったのか？

彼に獲物が食らいついているという事は、多分そういう事なのだろう。

その時点で色々おかしいが、更におかしいのは彼がこの時期にフルプレートを着ながら川に潜っている事だろう。

何を言っているのか分からないだろう。大丈夫だ、私も分からない。

普通は鎧を着たまま川に潜ったりしないし、全身に魔獣と思われる川の生き物を付属して帰って来ない。ココまでは一般常識な筈だ。

多分。あれ？　普通鎧着たまま川に入らないよね？　間違ってないよね？

しかも寒い時期に川で潜水しない筈。ちょっとだけ自身の常識の概念が危うくなって来た頃、キタヤマ様が手を振って私を迎えてくれた。

「おっ、イリスも起きたか！　見ろ、川でロブスターが取れた上に大収穫だ！　ドデカいエビフライにでもするか！」

「もうその言葉の暴力だけでお腹いっぱいというか、パンク寸前なんですが⁉」

とにかく、今日のご飯は確保したらしい。

寝坊した事は反省すべきだが、魔獣の居る川に飛び込む彼等はもっと反省すべきだと思うんだ。

なんて事を思いながらも、皆揃って甲殻類の下処理を行うのであった。

ちなみに私より先に起きていたお父様だったが、もはや何も言うまいとばかりに無表情を突き通していた。

※※※

ロブスター、それは貧民が食べる事の出来ない食材。

伊勢海老、それは金持ちの奴等が黒い笑みを浮かべながら食すモノ。

そのイメージが今、崩れた。何たって、腐る程獲れるのだから。

それこそ、ザリガニみたいに。

「クハハハハ！　茹《ゆ》で！　焼き！　炙《あぶ》り！　全て作ったぜ！」

見た目は完全高級品な魔獣様。

同じ様な見た目で爪の無いのもいるが、どう違うのかは分からん。

川底に潜った瞬間、一斉に襲い掛かって来やがった。しかし、見た目は高級海老なのだ。

逃げられる筈がない、思わず全身海老尽くしになるまで川底に留まってしまった。

ワシャワシャしたのがいっぱい寄ってくるのはキモ怖かったが、アナベルの魔法を受けた時の方が数十倍は怖かった。

海老の攻撃に耐え続け、腰に巻かれたロープを引っ張って東に合図を出した結果。

予想以上のロブスターを確保する事が出来た。

しかも、これを何度も繰り返す愚行。寒いったらない、普通に死ぬかと思った。

だが、いっぱい釣れた。大漁じゃい。

「俺、一回やってみたかったんだ……ロブスターを手でバキッとやって、豪快に食うヤツ……」

「僕も……ちょっと行儀は悪いけど、殻ごと食べて最後にペッって殻だけ吐き捨てるヤツ……あの悪役がやるヤツやりたい」

アホな事言いながら、二人共巨大海老にかぶりついた。

些か東の方はバリンバリンと凄い音がしているが、大丈夫だろうか？

その後、そりゃもう幸せそうな表情を浮かべている所から感想を聞く必要はないだろう。

しかしながら東は最後の殻をペッ！　ってヤツを失敗したらしく、なかなか苦戦している。

「で、では私達も」

「い、いただきます……」

南とイリスもゴクリと喉を鳴らしてから、焼き海老の身を口に放り込む。

そして。

「あ……コレは駄目なヤツです。人を駄目にするヤツです」

「大変です、口の中が高級食材になってしまいます」

二人して訳の分からない感想を残しながら、モリモリと食べ始める。

お気に召したようで何よりだ。

などとひと安心しながら、再び海老を網の上に乗せていく。

こう、なんというか良いよね。

大雑把に作っても絶対旨いって言う安心感が有る食材。

庶民の味方ではない奴等かもしれないが、プロでも無い限り料理人の味方ではある気がする。

「こ、コレは……良いのか？　こんなモノ金を払わず食べてしまって良いのか？」

イリスパパと護衛の皆様も、プルプルしながらもモッシャモッシャしておられる。

こっちの反応はマジで助かる。

何だかんだイリスは何でも旨い旨いと食ってしまうので、貴族様に出せる料理の基準がマジで分からないのだ。

彼等以外の貴族とそこまで関わるつもりは無いが、もしも関わってしまった場合、お茶の一つでも何を出せば良いのか分からない。

そういう意味では、彼等の反応が一番俺等にとっては勉強になると言えるのだろう。

ひと安心した所で俺も一つ、塩茹でしたシンプルなヤツを食ってみよう。

バキッと音がする程の甲殻割り、ズルリと中から出てくる真っ白いプリプリの身。

コレは……見た日からしてやべぇな。

ゴクリと唾を飲み込んでから、豪快にバクリと肉厚のデカい海老に噛みついた。

広がる旨味とか、臭みエグみとか、初めて食った獲物なら色々感想は出て来そうなものだが。

この瞬間、俺は虚無になった。

とても静かに口の中に有る物を味わい、噛みしめ。そして呑み込んでから、ふぅぅと深い息を吐いた。

「あぁ……なるほどな。コレは確かに人を駄目にする上に、お口の中が高級食材だわ」

旨い、どころかヤバイ。回転寿司とかでも海老は好きだったけど、アレとはまるで別物だわ。

口の中に旨味が爆発するって表現が正しいくらいに、プリップリで食いごたえがある。

空に浮かぶ城を求める四十秒で支度させるお婆ちゃんとかは、コレを豪快に食っていたのか。

うめぇ、うめぇよぉぉ……。

「あぁ、生きていて良かった……」

「これは、危険」

アイリと白が対照的な表情で巨大海老を貪り、アナベルはとても険しい表情で川の中を眺めている。

「もっといっぺんに獲る方法は無いかしら……そうすればしばらくコレが食べられるし……でもどうすれば。川底を凍らせる？　でも回収が大変だし、何より味が落ちるかもしれない……うむむ」

どうやら、どいつもこいつも気に入ったらしい。

とりあえずアナベルは放っておこう、やりたきゃ勝手に獲るだろうし。

「魔獣肉というのは恐ろしいな、支部長の報告書をこちらに横流し……じゃなかった。情報提供を貰えなければ、こんな旨い物を食い逃すところだったのか」

おいイリスパパ、今なんつった。なんで公表されていない内容をコイツ等が知ってんのかと疑問に思ったが、支部長の奴横流ししてたのか。

後で脅してやろう。まぁ良い、今は海老だ。

「こりゃ他の海鮮……これも海産物か？　どっちでも良いか、他の物も期待出来るな」

「川でコレだろ？　海行ったらどんなのが居るんだろうな？」

「行ってみたいねぇ、海。孤児院がひと段落したら、遠出してみる？」

ボヤキながら俺達は、川の幸と言う名の海産物？　を堪能するのであった。

その後海老を真っ二つにしてグラタンモドキを作った所、アナベルとイリスが歓喜した。

どうやらこの二人の好物は、コレに決まってしまったらしい。

※※※

「はい、それでは今日の鍛錬はこれで終わりになります。皆お疲れ様でした」

燕尾服の下にナイフを仕舞いながら、伊達メガネをかけ直す。最近になって、リーダーが急に「中島、眼鏡かけて！　絶対それっぽいから！」とか言い始め、プレゼントされた代物。

あの人は暇になると本当に良く分からない事をやり始める、何故私に眼鏡《めがね》なんだろうか。

まあ別に構わないが、アナベルさんに目の疲労回復効果を付与して貰ったと言っていたし。

「「お疲れ様でしたー！」」

子供達が元気に返事を返してくる。

鍛錬が終わって気が抜けたのか、誰しもその場に座り込んでしまう。

戦闘が終わったからと言って、周囲の警戒は怠らない様に。なんて教えてはいるが、最近は外の仕事をこなしながら訓練、そして孤児院内の家事などもあるので致し方ないだろう。

思わず、苦笑いを溢していると。

「はぁーい、その場で休まないの。ご飯食べて、お風呂入ってからゆっくり休みなぁ？」

「そうですよ？　ホラ動く動く。気を抜けば抜いた分だけ、後が辛くなりますよ？」

女性陣は、私よりもずっと厳しかった。

私同様に子供達の相手をしていた初美さんと、近くで見ていたクーアさんがパンパンと手を鳴らしながら子供達を立ち上がらせる。結構スパルタに見えるが、〝こちら側〟ではコレが当たり前。

むしろあまり甘やかすと、子供達が将来困る事になると力説されてしまった。

こういう時のシスターは、ちょっと怖い。

初美さんの方はと言えば……もう流石としか言いようが無かった。

勇者の下でレベルを上げていた上に、〝向こう側〟に居た頃から武闘家。

剣道、柔道、空手、テコンドー。本当に何でもありだったらしく、本物の強者だ。

最近動きが良くなって来たと思える子供達を、本当にあしらう程度にいなしてしまう。

それがたとえ複数対一という状況下にあっても、彼女は危なげもなく子供達の攻撃を捌く。

向こうのパーティに居る時は勇者が魔法で一掃してしまうので、出番があまり無かったと言っていたが。

彼女の実力と、高いレベル。コレは一対一の状況だった場合、リーダーでも敵うのだろうか？

そんな風に思ってしまうくらい、この子は強い。

「皆、順調に強くなっていますね。なんか嬉しいです、こういうの」

当の本人は随分と緩んだ顔で、シスターと共に食堂に向かう子供達を見送っているが。

「そうですね。しかし、貴女の実力は何というか……果てしないですね。私なんかでは足元にも及びそうにありません」

もう遠慮する仲ではないので、率直な感想を述べてみれば。

彼女はブンブンと首を左右に振りながら、慌てた様に両手を振り回した。

「そ、そんな事ありません！　中島さんも凄く速いし、武器の使い方も的確です。何よりしっかり頭を使いながら攻め込んで来ますし。それに私なんか悪食の方角メンツに比べれば、手も足も出ないというか」

「方角メンツって……まぁ言葉通り方角メンツですが」

東西南北の四人衆。

鉄壁の名を持つ東さん。

正直どういう攻撃手段を取ろうが、彼が膝を突くところが想像出来ない。彼に膝を突かせる事が出来るのは多分子供達だけだ。背が高い為、子供が集まって来ると彼は基本的にしゃがむか座る。

更には疾風の名を持つ西田さん。

あの速度はいくら何でもやり過ぎだ。私も〝こちら側〟に来てから随分と足には自信が有るが、それでも彼を捕らえる事が出来ない。一度開催された孤児院と悪食による〝鬼ごっこ大会〟では、彼は最後まで余裕な顔で逃げ回り、最終的には過保護対象のライズ君によって捕らえられた。

「貴方は彼等よりレベルが高い。だとしても、無理ですか？」

「無理です。彼等は何というか、戦闘の本質が違うんです。私は試合感覚というか、明確な勝ち負けを求める。でも彼等は多分、どれだけ傷付こうが泥臭くなろうが、噛みついてでも相手を仕留めようとする。勝ち負けでは無く、〝生き残る〟為に生きている。だからこそ、多分最後に立っているのは彼等です。南さんにだって、勝てる自信がありませんよ」

称号は持っていないが、彼等に一番近い存在の南さん。

確かに、私も南さんに勝てるビジョンが浮かばない。

彼女は何というか、彼等以上に覚悟が違う。東西北のメンバーを守る為なら、それこそ手足を失おうが相手を殺しにかかるだろう。

それくらいに、彼等に依存している様に見える。

一見危うい存在にも思えるが、依存先がアレだから……全くもって心配にはならないが。

そして何より、北山さん。

我々のリーダーであり、称号はデッドライン。

その称号が何を示しているのか、未だに正確な事は分かっていない。

他の面々の様に、特徴的な何かが有る訳ではないのだ。

だがしかし、彼の前に立てば分かる。

模擬戦だったとしても、彼の前で武器を構えるとどうしても思ってしまうのだ。

〝あぁ、無理だ〟と。

これだけ強い初美さんでも、私と同じ感想に至ってしまうみたいだ。

「私達は、恵まれていますね。我々の常識が通用しない世界に来ても、あんな人達の庇護下に入れたのですから」

「ですね。多分あのままお城に残っていたら、私は腐っていたと思います。この世界には、

〝毒〟が多過ぎる。残して来た友達は心配ですが……」

「やはり、心残りですか？」

「はい……でも多分あのままだったら、あの子の前に私が潰れていました。それに彼女には支えてくれる人が居ますから」

言葉を交わしながらも、二人共苦笑いを溢す。

御友人の事は軽くしか聞いていないが、どうやら心配はいらないらしい。

であれば、此方の問題が優先だろう。

先に話した、世界の〝毒〟。こればかりは、正直仕方のない事なのだろうと思える。

〝向こう側〟に比べれば法律の抜け目やら、監視の目やら。そう言ったモノは断然甘い世界。

だとしても、〝死〟に直結する出来事が多い世界なのだ。

更には理解も出来ない〝一般常識〟だって数多く存在する。

リーダー達は随分と楽しんでいるみたいだが、私達の様な一般人だと確かに〝毒〟が多い。

誘惑も、そして避けられない出来事の数々も。

そう言ったモノを自制心だけ押さえつけ、回避しながら生き残らなければいけない。

もっと楽に生きられる抜け道が有るかも、こうすれば大金が稼げるかもしれない。

そんな誘惑に負けないでいられるのは、多分彼等のお陰なのだろう。

何処までも真っすぐで、間違った事をすればしっかりと怒ってくれる存在。

社会人になると、そういう人達は存外少ない。

でも彼等は、どこまでも〝素直〟であろうとする。

言ってしまえば常識の押し付けや、個人の感覚での決まり事は多いだろう。

でも、彼等が求める〝秩序〟は、苦しくないのだ。

どこまでも生きやすく、何をするにしても行動が起こしやすい。

それどころか何かを提案すれば全力で手伝ってくれる上、相手の事を自身の事の様に真剣に悩んでくれるお人よしなのだ。

多分、〝向こう側〟では苦労したタイプだろうな。という感想が思い浮かんでしまう程に。

「まぁとにかく、子供達の様子を見に行きましょうか。多分疲れ果てていますから、食事中に眠る子達も居るでしょうし」

「そういう所、本当に可愛いですよね。大変な事も多いですけど、見ていると思わず顔がにやけます」

緩い会話を交わしながら、食堂へと向かおうとした、その時。

「すまない、キタヤマ達はまだ帰って来ていないか？」

門の方から声が響いた。聞き覚えの有る、というかかなり聞いた事の有る声だったが。

「支部長、どうされました？　リーダー達なら、まだ遠征中ですが」

門の前に立っているのは、いつも通りの恰好の支部長。多分、まだ仕事中なのだろう。

「スマン、少しばかり……と言って良いか分からないが、また厄介な依頼かもしれん。入れて貰って良いか？」

これはまた、嫌なタイミングで。現状動けるのは私と初美さん、そしてクーアさんのみ。

街中の依頼などであれば、あまり初美さんを出して目立たせる訳にもいかず。

そして私一人では戦力としてあまりにも心もとない、外の依頼なんて以ての外だ。

今居るメンバー全員を向かわせても、そもそも安全マージンもとれない。

「とにかくお話を伺います、どうぞ中へ――」

なんて、支部長を孤児院内へと案内しようかと思ったその時。

「わりぃ、俺等も良いか？　旦那達に聞きたい事があってな」

そう言って、支部長の更に後ろから歩いてくる人影が。

しかも、随分と人数が多い様に見える。

「カイル……戻ったのか？　少しばかり予定より早いな」

「えぇ、色々ありまして。支部長も居るなら丁度良いってもんですわ」

「何があった？」

「ちと変な集団を見つけたのと、後はおかしな話を聞きましてね。森によく潜る旦那なら何か知ってるんじゃないかって事で、寄らせて貰いました」

そんな訳で、支部長と戦風のメンバー。

それからギルさんと、何故か奥さんまでいらっしゃった。

「えぇと、ギルさんは個人でウォーカーを続けていた筈では？」

「わりぃナカジマさん。抑えきれなくなった……街に着いたと同時に捕まっちまった」

疲れ果てた顔を浮かべるギルさんの隣には、ニコニコ笑顔の奥さんが。

確か……ソフィーさんと言っただろうか？

前にリーダー達が受けた仕事の依頼主だった筈だ。

「まだ従業員の募集はしていらっしゃいますでしょうか？　是非働かせて頂きたいなと思いまして。主婦というのは、案外暇なモノでして。夫が何日も帰って来ない様な仕事をしていると特に」

「ソフィー……言い方」

「何か間違った事を言ってますか？　ウォーカーに戻ってから、随分と楽しそうに冒険していらっしゃる旦那様？」

「……ナカジマさん、スマン」

「お察しいたします。従業員の募集はまだまだしておりますから、大丈夫ですよ。ただ、忙しいですが」

「望む所です」

随分と逞しい奥様の御言葉を聞きながら、皆様揃って孤児院に招待する事となった。

会議室に向かう途中、ドワーフ組に発見され「皆揃ってるって事は飲み会じゃな!?　酒持ってくるから待っとれ！」と、声を掛けられてしまったが。

大丈夫……だと良いのだが。

本日は悪食ドワーフに続く随一の酒豪も居ないので、出来ればお手柔らかにお願いしたい。

※※※

お仕事、終わりました。害獣駆除が終わり、周辺の魔獣狩りが終わり、更には冬の食べ物を回収してから街に戻って来た俺達。

イリスが「ホームまで送迎しますよ！」とか言い始めたが、そんな事をされたら護衛もクソもないって事で、丁重にお断りさせて頂いた。

という訳で、フォルティアのドデカイお屋敷から徒歩でホームに帰宅中。

「見て下さいキタヤマさん！　焼きまんじゅうの屋台が有りますよ！」

「お、焼きまんじゅうとかなっつかしい……祭りでしか見た事無いが。こうちゃん一個ずつ買ってかねぇ？」

「……一個ずつだからな」

アイリと西田が屋台に向かって走っていく。

夜になると、意外と屋台が多いのだ。祭りって訳でもないのに、普通にそこら辺で食べ物を売っている。その分治安が悪かったり、孤児が食べ物を求めていたりもするが。

「あぁ～久々に甘酒とか飲みたいねぇ」

「お酒なら、ホットワインくらいならそこら中で売ってますけど。最近寒くなりましたからねぇ」

のほほんとした様子で言葉を洩らす東とアナベルも、手を擦りながら周りをキョロキョロしている。どう見ても食べたいモノを捜しているメシの顔だ。

いいけどさ、帰りが遅くなっちゃったし。

時間的に考えて、どうせホームに帰っても盛大に飯作る訳にもいかないだろう。

とか何とか言っていると。

「北、見て」

「ご主人様、アレは何でしょう？」

「ったく……お前等まで。今度はなんだよ？」

白と南が指さす方向へと視線を向けてみれば。

そこには、随分と懐かしい姿の絶対旨いアイツが並んでいた。

「買うぞ。人数分だ」

「やった」

「それで、アレはなんですか？」

たこ焼きが売っていた。〝他国の人気商品！〟なんて看板を立てながらも、タコの絵を店の看板に使っている為か、客足は少ない。

結構魚やら何やらは市場に入ってくるが、軟体生物はあまり入って来ないのだろうか？

でも確かに、市場でタコやらイカは見た事が無い。

「いらっしゃ……黒い鎧……い、いや関係ねぇ！　どうだいウォーカーさん……だよな？　見慣れねぇかもしれねぇが、コイツは旨いよ⁉」

若干引き攣った笑顔を向けられた訳だが、そこに売られていたのはまごう事無くたこ焼き。

試しに一つどうだい？　なんて言って差し出されたソイツを齧ってみれば……コレだよ。

噛めば外側はカリッと、続いてフワフワと柔らかい食感を返し、更に噛みしめれば生地の旨味や野菜の歯ごたえ、そして何と言ってもコリコリと柔らかい噛み心地を返してくれるタコ。

しかも、一口でいったら絶対火傷しそうな程の熱々加減。飲み込んだ後に息を吐き出すだけで、コイツの旨味を残した様な吐息と共に、ほぉ……と熱いため息を溢してしまう程だ。

「良いね、コイツは良い。店主、十個くれ」

「じゅっ⁉」

「あぁいや、ドワーフ連中や従業員も起きてるだろうから、もっとか？」

「子供達も起きてる可能性あり」

「流石にそこまで夜更かししている子達が居たら叱らなければいけませんが……ノインとノアはまだ仕事をしている可能性は有りますね」

「ふむ、んじゃ五十だ。どうせ一人一舟じゃ足りんだろ」

「ごじゅ……いや、まいど！　やってやらぁ！」

　戸惑った様子を見せる店主だったが、俺達は大量にたこ焼きを購入した。

　ついでにタコは買えないかと交渉した所、なんと十匹程売って貰えた。

　火を通した方が安心だが、地元では刺身なんかも食っているという言質を頂き、俺の中でタコワサを作る事が決定した。居酒屋料理、たまに凄く食いたくなる。

「こうちゃんお待たせー、皆の分も買って来……たこ焼きじゃねぇか！　店主、鉄板を売ってくれよ！」

「お、お客さん、ソレは流石に……」

「えっと、海の生き物でしたよねコレ。食べた事は無いですけど、美味しいんですか？」

　帰って来た西田とアイリが、焼きまんじゅうを齧りながら店主に食らいついている。

　スマンな、と心の中で謝りながらも五十舟出来上がるまで俺達は店の前に滞在し続けた。

その結果と言って良いのか分からないが、俺等の後ろには待ちのお客さんの列が。

人数自体は多くないが、傍から見れば目立っている事は間違いない。

「サクラみてぇになっちまったか……何かスマンな、長い事居座っちまって」

「何言ってんだい！　全然売れなくて困ってたんだ、コイツに賭けて大量に仕入れちまったってのに、破産する所だったよ。また買いに来ておくれ！」

なんて会話をしながら、店主のおっちゃんがひたすらにたこ焼きを作っては渡し、ソレを南がマジックバッグに詰めていく。

一舟十二個。

俺が居た頃の日本では考えられない量が載った、旨そうなたこ焼き。

ソイツを五十舟、つまり六百個。すまねぇ、マジですまねぇ。腱鞘炎とか気を付けて。

此方が注文しておいてなんだが、今更ながら心配になる。

おっちゃんはテクニカルにたこ焼きをひっくり返していくのであった。

今日は絶対酒を飲もう。

※※※

その日、ホームに帰ると意外なメンツが揃っていた。

「帰って来たか。タイミングが良かったな」

低い声でセリフを紡ぐ支部長の片手には、ジョッキ。

おい、先に飲んでんじゃねぇよ。

更には戦風やらアイラム夫婦まで居る。

しかも皆同じくジョッキ持ってる、宴会中だった感じですかね。

「わりぃな旦那、急に押しかけちまって」

「先に始めさせて貰ってるぜ」

「お久しぶりです、皆様」

カイル、ギル、ソフィーさんも声を上げ、ペコッと頭を下げる戦風の残りのメンバー達。

いや、別に良いんだけどさ。何の集まりだろう、たこ焼き足りるかな？

「皆様お帰りなさいませ。今飲み物を準備しますね」

「遠征お疲れ様です。何やら皆様ご相談が有るそうで」

なんて事を言いながらクーアと初美がテキパキ動いて、俺達の分の飲み物や蒸しタオルを用意してくれる。

なんだろう、居酒屋に来た様な気分だ。

「初美は飲んでないんだろうな？」

「ご心配なく。〝こちら側〟でも二十歳になるまで飲まないと決めていますので」

受け答えをしながらも、さりげなく南と白にだけはそれっぽいジュースを出すあたり、慣れて来たなコイツも。

とりあえず皆してタオルを受け取って、顔やら何やらを拭いていく。

やっと一息ついた……この行動が既におっさんっぽいのかもしれないが。

まぁ良いかとばかりに兜を被り直そうとすると。

「お前等……帰って来てまでずっとフル装備なのか？　流石に疲れねぇ？」

ギルに呆れた目を向けられてしまった。

そう言えば確かに、と言わんばかりに皆してジッとこちらを覗き込んでくるが。

「南さん以外の方角メンツは基本的に鎧着てますよね。もう慣れましたけど」

「中島まで……ほっとけ」

東西北の初期トリオだけは、未だにこの癖が抜けないので仕方ない。

以前治療の為にずっと鎧を脱いでいた時、非常に居心地が悪かったのでもう駄目な気がする。

あと、今方角メンツって言ったか？　言ったよな？

いつから公式にその略され方になった、別に良いけどさ。

「お前等はいっつもその重苦しい雰囲気の鎧だからなぁ。たまには素顔で街中歩かないと、普段行ってる店にだって顔覚えて貰えねぇぞ」

「まぁ旦那達の場合は、その鎧で覚えて貰ってる可能性が高い気がするけどな」

うるせぇ、もはやその状態だわ。

鎧を着ないで街中散策した事は無いが、兜外して店に立ち寄ると誰だか分かって貰えないレベルだと容易に想像出来るわ。

「はぁ……俺等の事は良いから、今日は何の用事だ？　飲みに来ただけって訳じゃねぇんだろ？あ、それからお土産」

呆れたため息を溢しながらマジックバッグからたこ焼きを取り出し、机に並べていくと。

「おぉ……こっちにもたこ焼きが有るんですね」

ちょっと感動した様子で、何も言わなくても初美が皆に配っていく。

ドワーフメンツは珍しい食い物に即効で食いつき、支部長や戦風、そしてギル達は観察する様に眺めている。

「あっつぁ⁉　ほっほっ……ほぉ、こりゃうめぇ。酒が進むな」

「気に入って貰って何よりだよ。タコも売って貰ったから今度ツマミ作っちゃる」

ツマミと聞いた瞬間に小躍りを始めるドワーフ達。

悪食飯を一番楽しんでるの絶対コイツ等だよな、ホント。

今でも珍しい料理扱いのたこ焼を、平気で口に放り込んだし。

「さて、食事をしながらで構わないんだが……そろそろ始めようか」

場を仕切り直す様に、支部長が声を上げる。

ソレだけでウォーカー達の間にはピリッとした雰囲気が流れた。

酒を飲みながらってのは少々頂けないが。

「まずは悪食から何か報告は有るか？　また厄介事を引っかけて来たりはしてないだろうな？」

「俺達を何だと思ってんだ……今回はねぇよ。普通に依頼達成だ、詳細報告は後日で良いだろ？　イリスの所からも報告書が届く筈だ」

ひらひらと手を振りながら答えてみると、こういう場では珍しく東が「あっ」と声を上げた。

「報告って訳ではないんだけど……ごめん、トールさん。今回の仕事で僕の盾駄目にしちゃった」

「ほう、あの盾を貫いたか。どんな相手じゃった？」

「なんかでっかい蛇、〝王蛇〟って言ったかな？」

「王蛇とはいえアレを貫くか……であれば普通の個体じゃないのぉ。お前さん達、また特殊個体に遭遇したな？」

カッカッカとドワーフ連中は笑いながら、パクパクとたこ焼きを口に運んでいく。

あんなに連続で食べて熱くないのだろうか？　などと、どうでも良い事を考えていると。

「オイ……あの大盾を貫く相手だと？　既に緊急報告があっても良いレベルだと思うのだが」

「……で、でもちゃんと処理してきたし。もう居ないから大丈夫だって」

イリス達も何も言わなかったし、王蛇って皆あぁなのかと思っていたが。

確かにその通りだったかもしれない。というかあのデカい蛇、特殊個体だったのか。

「はぁ……まぁ良い。それで、戦風とギルからは？」

「あぁ、ちと長くなるが先に話しちまって良いかい？　俺等が依頼の途中で会ったのが――」

カイルの話によると、森の中に獣人の集落があったとの事。

そして彼等は〝何か〟から逃げながら生活している。

話によれば、平穏を脅かすのは〝ウォーカー〟だったらしい。

しかし支部長の話によれば、当然ギルドから獣人を狩れなんて依頼は出ていないし、今の所おかしな利益を手に入れて良そうなウォーカーも見受けられない。

だとしたら、また〝モドキ〟か？　前回は魔人、今回は獣人。

都合良く相手が同じだと考えるのは早いかもしれないが、臭いのは確かだ。

マジで何がしてぇんだ？

「キタヤマ、戦風とアイラム夫婦なら信用が置ける。話してしまって良いか？　もしもの時は、私が責任を取る」

「……あぁ、問題ねぇよ」

間違いなく、俺達とノアの事だろう。そして、前回出会った勇者とウォーカーモドキ。

許可を出せば、支部長は彼等に今までの事を説明していく。

各々驚いたり、納得したりといろんな顔をしていたが。

やがて説明が終わり、皆の顔を見回してみれば。

「しかし、その線で考えると国は何がしてぇんだ？　魔人に求めるのは魔力……いや、強化魔法か。だとしたら獣人は？」

「普通に考えりゃ戦力の強化だったり、獣人は奴隷にして売り払って……とかか？　しかしこの国、戦力自体は相当なモンだぜ？　兵士の数がやべぇ、騎士団だって腐る程有るくらいだ」

普通に問題の方へと目を向けている。

信じていなかった訳では無いが、俺達やノアの事を〝異物〟として見てくるヤツは居なかった。

ふぅ……と安堵の息を吐いてから声を上げる。

「色々と関係はありそうだが、答えが出るとも思えねぇな。答えが出た所で、俺達に何が出来るのかって話になるし」

「フッ、王の悪事を公表して革命でも起こしてみるか？　〝悪食〟の旗の下に」

「ごめんだね、俺達は勇者でもお伽噺《とぎばなし》の主人公でもねぇ。常識を変えるだの国を取るだの、そんなのは荷が重過ぎる。自分達の事で精一杯だ」

「ソレが利口な選択だ。おかしな野心を抱けば身を亡ぼす、それだけならまだしも、周りまで巻き込む事になるからな」

どこか安心した様子で、支部長が静かにジョッキを傾ける。

ふぅ、と一息ついたかと思えばまた険しい顔を浮かべ、周囲を見渡す支部長。

全く、忙しいね。

「戦風の報告と、少しは関わりが有るかと思ったのだが……私の早とちりだったかな？」

「あぁ、そういや支部長の話をまだ聞いてなかったな」

結構長くなってしまったので、普通に忘れてたけど。

用があったから孤児院に来てんだよね、この人。

最近何故かフラッと参上して、飯食って帰っていく事も有るけど。

「一部住民から調査依頼が入っている。なんでも僅かな地鳴りが続いているらしくてな。ソレだけなら気にする程でも無いんだが、最近では獣の様なうめき声まで聞いた者も居るらしい。更にこの依頼は複数件有り、依頼者の住んでいる場所が固まっている事にも違和感が有る。誰も彼も、〝壁〟の近くだ」

この国は全体を囲う様にグルッと壁があり、東西南北に出入り口の門が有る。

その壁の近くって事は、多分壁の向こうに何かしらの魔獣が居ると踏んでいるんだろうが……

街のすぐ近くに地鳴りがする程の魔獣なんぞ出れば、すぐに見つかりそうなもんだ。

兵士だって見張っているし、街の外ではウォーカーが動き回っているのだ。

そこまでの大物が居れば、見つからない方がおかしい。

「カイル達の出会ったと言う獣人達も気になる。森に詳しい、更にはサバイバルのプロとして、お前達にこの調査を依頼出来ないだろうか？　悪食」

「随分と買ってくれてる様でありがたいが……俺等はプロでもなんでもねぇぞ？　ましてや調査系なんて小難しい事、俺等で務まんのかねぇ？」

そう呟いた瞬間、周りから「え？」という声が上がって来た。

「いや旦那……アンタがサバイバルのプロじゃなかったら、誰が本業を名乗れるんだよ」

おい、マジで手探りから始めたんだぞ俺等。

最初なんか解体すらロクに出来なかったんだからな？

毛皮なんかボロ雑巾みたいになったからな？

「調査依頼でも何でもねぇ仕事で、お国に関わる情報引っ張ってくる奴が何言ってんだか……そこの調査隊やら情報屋が聞いたら泣くぜ？」

好き勝手言われ放題である。

俺達だって好き好んで兵士やら勇者やら相手にした訳じゃねぇよ。

ていうか、あれだけ派手にやって今の所お咎め無しなのが奇跡なのだ。

もうこれ以上関わりたくない。

「まあなんだ、お前達なら放っておいても面倒事が向こうから……ではなく、現地に向かえば何かしら情報を掴めるかもしれない。獣人達の集落でも、また何か話が聞けるかもしれんしな」

おい、今完全にトラブルメーカー扱いしたよな？　支部長。

俺等が何処行っても何かしら起こして来るって思ってるよな？

非常に遺憾である。

「はぁ……とりあえず、東の盾の代わりが出来てからだ。そんでもって、その獣人達と接触しろってんなら戦風とギルも来い。顔見知りが居た方が話早いだろ。それと……助けてくれって言われた場合はどうすりゃ良い？　ウチだって急に何十人も預かれる訳じゃねぇぞ」

多分依頼を受けないという選択肢は無さそうなので、面倒事を持ち込んだ当人達を巻き込んでみれば。

「おうよ、いつでもいけるぜ」

「ま、仕方ないわな」

軽い調子で了承されてしまった。あらら、意外。

コイツ等なら何だかんだ文句を言いながら、最後の最後で折れるって想像をしていたのに。

「ふむ、助けを求められた場合はギルドに連れて来い。身分証さえ作ってしまえば、国の兵も容易には手を出せないだろう。なんたってこの国のウォーカーになった訳だからな。費用なども後払いという事で、特別に登録してやる」

外堀が埋まってしまった、これはもう逃げられないヤツだ。

とはいえ東の盾が出来るまでは……と、少しくらい猶予というか休みが欲しかったのだが。

「丁度良い。お前等の〝趣味全開装備〟、出来たぞ。シロのお嬢ちゃんの様に取りつけりゃ良いだけって訳じゃないから苦労したがな」

「は？」

トールがこのタイミングで声を上げて来た。

お前等、この前俺の鎧を作る為にひたすら徹夜したばかりだろうに。

しかも今回アナベルはこっちで借りていったのだ。付与魔法の類は一切進まなかった筈じゃ。

「安心せい、パーツは既に出来ておったから、予め付与は終わらせて貰っておる。そんでもって、組み立てただけじゃ。今度の仕事にでも使って、感想を聞かせてくれ。ただな……」

「どうしたよ？」

ドワーフ四人衆が、そこまで語ってから渋い顔をして俺を見た。

「キタヤマだけは、その……なんだ。怪我すんなよ？」

「おいまさか、お前等まで俺の腕の事をネチネチ言うつもりか？　もうくっ付いたって――」

なんて言って左腕をヒラヒラと振ってみれば、ドワーフ連中は真面目な顔で詰め寄って来た。

怖い怖い怖い、髭オジが迫ってくるの怖い。

「グッと脇に挟んで、衝撃に備えろよ？　変な体勢で使おうとすんなよ？」

「ぶっ壊れたって直してやるから、無理に耐えようとするな？　無理だったら手を離して良いんだからな？」

「お前の要望通りになる様に作ったが……ありゃ失敗作と言っても良い。無理に使いこなそうとするな、いいな？」

トール以外のメンツが、やけに心配そうにアドバイスをかましてくるんだが。

俺に渡される武具〝失敗作〟の名目多くない？　つぅか、趣味全開と言うだけあってマジで色々と注文付けた上に、駄目で元々みたいな感じで依頼した気がしたんだが。

マジで出来たの？　アレ。

こちらとしてはゲームやアニメの知識だけで結果のみを語り、仕組みとかそういうのは全く理解せずにお願いした代物。

出来ちゃったか、びっくり新装備。

しかしやっぱり問題は付きまとったらしく、確か鎧も欠陥品とか言われてたよね？

自分で依頼しておいてなんだが、本当に使って大丈夫かよ？

「まぁ、その、なんだ。普通の相手には使わん方が良いぞ」

そんな事を言いながら、彼等はたこ焼きへと戻っていくのであった。

マジで、なんなの？　俺以外も結構好き勝手にロマン装備注文したよね？

東は特殊な盾を、西田は暗殺とか出来そうな刃物を。

そんでもって俺は、槍を。

だと言うのに、何故俺だけ何故これ程までに注意を受けるのだろうか。

「一応聞くけどさ……本当～に、使って大丈夫なんだよな？」

その一言に、ドワーフ達は視線を逸らした。

「……一応」

「一応って何だよ！　おいコラ！　何を搭載した⁉　結局使うとどうなる⁉　言え！」

「うっさいわ！　形としちゃお前の注文通りに作っただけじゃ！　ただちょっと威力が高くなっただけじゃわい！」

何故か逆切れされてしまったが、とりあえず現物の受け渡しは明日以降らしい。

その後色々と予定を詰め、出発は明日の予定となってしまった。

あぁ、しばらくゆっくりしていたから外に出たいとは思っていたが。

こんなにも連続で仕事が入らなくても良いのに。

非常に贅沢な感想を思い浮かべながらも、俺も兜の口元パーツだけを外して少し冷えてしまったたこ焼きをつまむのであった。

あ、普通にうめぇ。え？　ていうか冷え始めてもこんなに旨ぇの？

「でもからしマヨとか欲しいなぁ……」

「関西ではこう言うのにマヨは邪道って言われる事も有るんだっけ？」

俺と同じ様なタイミングでたこ焼を食べ始めた西田と東が、そんな事を言い始めてみれば。

「「キタヤマァァァ！　おかわりじゃぁ！　からしマヨ追加で！」」

あぁもう、面倒クセェ……。

この日買ったたこ焼は、また買いに行こうと思える程の品だったのは間違いない。

カリカリフワフワの生地に、コリコリと嬉しい食感のタコ。

踊る鰹節とソース、そして青のりとまさに〝向こう側〟を思い出させてくれる味わいだった訳だが。如何せん、落ち着いて食える環境ではなかった。

「まだ数は有るから……頼むから落ち着け、お前等」

再び迫って来たドワーフメンツを引き剥がしながらおかわりを出してみれば、周囲からも似た様な視線を向けられてしまった。

からし……まだ見つけてないんだけどな。

「フーフー！　あ、あちっ！」

「ありゃ？　初美は猫舌か？」

何だかやけに苦戦している初美に声を掛けてみれば、本人は困った様な顔を浮かべながら。

「猫舌という訳じゃないんですが、揚げ物と違った熱さというか。そういうの有りませんか？粉物って」

「そうですか？」

ひたすらフーフーする初美の隣で、声を上げた南が何て事ない顔でもっしゃもっしゃと食べている。

猫舌って何だっけ。

「南は……その、大丈夫か？」

「はい、問題ありません。揚げたての唐揚げに比べれば全然平気です」

なるほど、それで慣れてしまったのか。

というか、元々猫舌でも何でもなかった気がするこの子。

猫人族だから猫舌、とは限らないかもしれないが。

やっぱり猫舌って何だっけと思える光景が繰り広げられていた。

【第六章】★ 新装備

翌日、早速出発する運びとなった俺達だった訳だが。

「ホレ、持って行け」

ドワーフ組に色々と装備を渡され、それ等をマジックバッグに詰めていく。

俺と東の武装だけがやけにデカい。その為周りからはすんごい視線が飛んでくるが……性能のお披露目《ひろめ》は森に入ってからになりそうだ。

「では、無事を祈る」

「いってらっしゃいませ」

「ご武運を」

様々な送り出しの言葉を頂きながら、俺達は出発した。

今回のメンバー、東南西北白。

戦風とギルも居る為、当然大人数、なので半分近くのメンツがお留守番。

アイリも付いてきたがっていたが、何やら最近魔獣が活性化しているらしく、再びギルドのお仕事に戻された。

滅茶苦茶文句言っていたのは言うまでもない、すまぬ。

「んじゃ、頼むぜ旦那」

「やっとお前等に同行出来る日が来たな」

この人数でゾロゾロと街中を歩けば、不思議そうな目で見られてしまうのは致し方ない。

普段から大人数で歩いている俺達だが、流石にココまでフル装備大人数で歩いた事はほぼない。

周りの視線が痛い、というかすっげぇ見られて恥ずかしいんだが。

特に通りかかったウォーカーなんて、何だ何だと興味深そうに観察してくるし。

「ま、やれる事だけはやってみますか……」

なんて事をぼやきながら、俺達は今日も国の門を潜るのであった。

※※※

「熊二！　狐一！　蝙蝠《こうもり》多数！　ふきのとう大量に発見！」

「熊は俺と東、狐は南と白で抑えろ！　戦風は二人と一緒に狐と、蝙蝠の対処も頼む！　間違っても熊の方に来るんじゃねぇぞ！　色々試すからなぁ！　ギル、ご自慢の焚火《たきび》で戦風と一緒に蝙蝠を追っ払え！　西田は全体援護！　ふきのとうの生えてる場所見失うんじゃねぇぞ！」

「誰が焚火だ誰が！」

各々に指示を出しながら、森の中を突き進んでいく。

東の新しい盾。

アレは盾と言って良いのだろうか？　思わずそう思ってしまう程に、ゴツイ。そして厳つい。

「行くよ！　魔石消費ゴメンね！」

叫んだ東が熊に盾を叩き込み、ズンッ！　という音と共に盾の裏両脇に取り付けられた杭が射出される。

パイルバンカー。

男の子ならその名前を聞くだけで興奮してしまいそうな、ロマンの塊。

そんなモノが、盾の裏側に二本も取り付けられている。

しかも一度発射した後はパシュッという音と共に、使い終わった魔石が薬莢《やっきょう》の様に飛び出してくるのだ。

興奮しない方がおかしい、何アレ格好良い。

「どぉぉぉらぁぁぁぁ！　負けてらんねぇぇぇ！」

こちらも負けじと新作の槍を構えて、熊に向かって突撃していく。

俺が手に持っているのは突撃槍。

とにかくデカいしゴツイ、普通じゃない物が色々付いておられる。

穂先の部分だけで、南の身長くらいありそうだ。

それくらい馬鹿デカい槍を森のクマさんに叩き込み、トリガーを引き絞る。

すると。

「どわぁぁぁぁ！」

ズドォォォン！　という盛大な音と共に吹っ飛んだ、俺が。

見事に後方に吹っ飛ばされた。

反動が半端じゃない、ドワーフ連中が無理せず離せって言っていたのはこの事だったのか。

俺が依頼したのは、ゲームで見た様な特殊槍。ブッ刺して穂先から爆発が起きるみたいなヤツ。

竜を殺せるくらい強いのが良い！　と言ったのが間違いだったのだろうか。

確かに前方に向かって爆発は起きた、もちろん火薬では無く魔法だが。

そんでもって、こっちも薬莢の様に使い終わった魔石が排出される。

「熊！　熊はどうなった⁉」

後方に吹っ飛んで転げまわった後に、慌てて体を起こしてみると。

そこには足に矢を叩き込まれ、最後のトドメをカイルから貰っているでっかい狐の姿が。

そして東によって狩られた穴の空いたクマさんと、逃げていく蝙蝠達。

あれ？　俺の相手した熊は？　なんて、周囲をキョロキョロしていれば。

「ご主人様……その槍、止めませんか？　冬熊、爆散しました」

「おおぅ……」

南が指さす先には、真っ赤に染まった一帯が。

これはちょっと……使えないかもしれない。

お肉や毛皮がどうとかじゃない、ミンチだ。

更に言えば、後の現場が単純にホラーだ。

「す、すまねぇ熊……喰ってやれなかった」

「いや、そこかよ」

蝙蝠を追っ払ったギルがため息交じりに言葉を紡ぐが、俺等としては重要なのだ。

食べられない状態になってしまうなら、この武器に〝狩り〟としての価値は無い。

マジで勝てそうにない魔獣とか魔物とかに使うか？

そんな奴等、遭遇するのもまっぴら御免だが。

「やらかしたこうちゃんに、面白い報告が」

「なんだよ？」

サポートを終え、山菜を回収していた西田が帰って来た。

そして、籠手に装備された細身の刃をシャコッと飛び出させる。

「コレ、めっちゃ使いやすい。二人に比べてコスパ良いし、何より組み付かれても一人でどうにか出来そう」

「自慢かてめぇこの野郎！　どうせ俺のは、ろくに使い所のねぇロマン装備だよ！」

ギャアギャアと騒ぎまわる俺達に、周囲からは呆れたため息が零れるのであった。

※※※

「止まれ」

森を探索中、急に低い声を掛けられた。

カイル達が出会ったという獣人の集落に立ち寄ったが、もぬけの殻。

という事で周辺を調査して回った結果。夜になってようやくそれっぽい場所を見つけた……まではよかったのだが。俺達の前に仁王立ちしているのは、ライオンの様な鬣を生やしている獣人。

アレは髪の毛と髭なんだろうか？　それとも普通に鬣なんだろうか？

とにかく君はライオン丸と呼ぼう。

「カイル……これはどういう事だ？」

「よう、ガァラ。言った通り、信用の置ける奴等を連れて来た。上にも報告してあるから、この調査が終わり次第――」

「ふざけるな！」

顔見知りになっている筈のカイル。しかしながら、随分とよろしくない雰囲気である。

コイツ、和解したとか言いながら実はちょこっと話しただけで、信用されてなかったりする？

だとしたら非常に良くない状況なんだが。

何たって相手のライオン丸は、既に大剣抜いちゃってるし。

「おいおい、ちゃんと話しただろ。ウォーカーギルドのお偉いさんに話を聞いて、救援を求めるって。そんでもってどうにかなる様なら、頼りになる奴を連れてくるからって」

「あぁ、確かにそうだったな。そして俺に拳で勝ったお前を俺達は認めた……だがな。何だそいつらは！　獣人を奴隷にしてるじゃねぇか！　そんなクソ共を連れて来られて、信用しろって方が無理だろうが！」

叫んでから、ライオン丸は南を指さした。

そこまで言われて、皆して「あっ」と声を上げてしまった。

そうだよね、ここ獣人の里ですもんね。

奴隷の首輪を付けた獣人の南を連れていれば、真正面から喧嘩を売っている様なモンだよね。

「あぁ～その、なんだ。南……この子の場合は、いくら言っても外してくれないっていうか……」

「そんな訳有るか！　そこの黒鎧、貴様がその娘の主か⁉　俺と勝負しろ！　貴様をぶっ殺して、その娘を解放してやる！」

ガルルルッと見事なまでに獣の様に威嚇をしてみせるライオン丸。

あぁ、こりゃちょっとまじぃな。俺が戦った所で、信用なんぞ得られる訳が……。

「おい貴様、今何と言った？」

再び「あっ」と思わず声が漏れてしまった。

こういう事も有るかもしれないから、奴隷首輪を外そうって言ってたのに。

頑なに首輪を外そうとしなかった少女は、頬をピクピク痙攣《けいれん》させながら集落の長と思われるライオン丸の前へと歩み寄った。

その身長差、測るのも馬鹿らしいと思える程。

「猫人族の娘よ、こちらへ来い。そうすれば、自由に暮らせる」

「では貴方《あなた》方愚か者に問いましょう。自由とは何ですか？　人族にいつ狩られるかも分からない状況でビクビクと暮らす生活が、自由ですか？　ハッ、デカい図体をしながら随分と臆病な仔猫なんですね。この首輪はご主人様達との繋がりの証。事情も知らずに相手を否定する小物であれば、貴方は私の敵になりますが……よろしいですね？」

そういって、ウチの南さんは新しいクロスボウを展開した。

アカン、やる気満々ですわこの子。

「可哀そうに……人族に飼われて心まで下等生物に成り下がったか……今解放してやる。人族に媚《こ》びる必要などない、もう苦しまなくて良いのだ。お前に無理難題を与え続ける人間など、すぐに俺が殺してやる……だから」

「フ、フフフッ。貴方は人を怒らせるのが、どこまでもお上手な御様子。ハチの巣にしてあげるから覚悟しておきなさい。この木偶《でく》の坊が、〝誰〟が〝誰〟を殺すと言葉にしましたか？　己の存在の愚かさを教えてあげましょう……」

　ハチの巣にしちゃいけません。俺達はこの人達を助けに来たんです、あと森の調査です。

　なのであまり過激な事は……。

「ご主人様、この大馬鹿者を叩き潰す許可を」

　やけに鋭い目を向けてくる南が、今すぐにでも飛び出しそうな勢いで体勢を低くしておられる。

　あぁもう、どっちにしろ話し合いなんか出来る状態ではなさそうだ。

「はぁ……これは試合だ。忘れるなよ？　〝殺すな〟、〝大きな怪我を負わせるな〟。以上」

「了解いたしました」

「貴様！　我等の同胞に向かって偉そうに命令をするな！」

「あぁもう……ホラ、始め始め」

　とてもいい加減な試合開始の合図を出してみれば、両者は決死の覚悟と言わんばかりの気迫で動きだした。

　二メートルを超しそうなライオン丸が迫ってくるのは、視覚的には非常に恐ろしい。

　ただ如何せん、南を相手にするには〝遅過ぎる〟様に見える。

「すまぬ、動けなくしてから首輪を外すぞ！　少女よ！」

　なんて、格好の良いセリフを吐きながら拳を振り下ろしたライオン丸。

しかしその拳には、多分土の感触しか残っていない事だろう。

「動けなくしてから、ですか。それで？　明後日《あさって》の方向へ放った拳で、どうやって私を動けなくするんですか？」

「は？」

巨大な拳を振り下ろしたライオン丸だったが、拳が地面に到着する頃には南は彼の肩の上に座っていた。

駄目だ、これはレベルが違い過ぎる。というか戦闘経験が段違いだ。

間違いなく相手も弱くない、というか腕力と動きを見る限り強い部類に入るだろう。

些か大雑把な喧嘩殺法に見えるが……まぁその辺はウォーカーだって似た様なもんだ。

だが南を相手にする場合、大ぶりの攻撃は正直あまり意味を成さないのだ。

襲い掛かって来る獣に対して、攻撃を回避しながら突き進むくらい平気でする子になってしまったのだから。

簡単に言うと、非常に相性が悪い。

伊達に西田に付いてサポートしてる訳じゃないって事だな。

そんでもって南の奴、完全に相手の自信をへし折りにいってるな？

「なっ!?　お前いつの間に！」

「遅過ぎますよ。ホラ、足を固定されましたよ？　次はどうするのですか？」

「ぬぉ!?」

相手に比べて南が小さ過ぎる為、拳を振り下ろした後はほぼ屈んでいる状態だったライオン丸。

その恰好は継ぎ接ぎに革鎧なんかも着ているが、結構平服が露出した箇所が多い。

そこを狙われてしまった様だ。南の放った矢が、彼の服と地面を縫い付けていた。

相手を傷つけない様に矢を放ったらしく、見事に服だけを撃ち抜いたみたいだが……彼女の見た目でこんな芸当を見せられれば、流石に誰だって驚くだろう。

でかいクロスボウは普通に売られていたが、あんな小さい物はあまり見ない武器だろうしな。

なんかもう疲れた眼差しで二人の事を見守っていれば。

「ぬおぉぉぉ！　この程度で俺を拘束出来ると思うなぁぁぁ！」

彼は矢によって固定された衣類を無理矢理引きちぎり、獣の様な雄叫びを上げる。

とはいえ、南の放つ矢は非常に短いのだ。落ち着いて対処すれば普通に抜けるレベルなのだ。

だからわざわざ服破らんでも……お願いだからウチの南に、服ビリビリ状態で迫るのは止めて貰えないだろうか。

「はぁ……わざと外して〝拘束〟程度に済ませているというのが、未だ分かりませんか？　これだから諦めの悪い脳筋は……同種族ながら悲しくなります」

そう言って、南はクロスボウを目の前の彼に向けた。

おそらく、多少傷をつけてでも〝勝てない〟と思わせるつもりなのだろう。

彼女の武器は、今回ばかりは彼の体に照準が向かっている。

だが、ソレは駄目だ。あくまでも今回彼等は守る対象であって、傷つける対象ではない。

「ウォォォ！」

「少し大人しくなりなさい、熱血馬鹿」

何を言おうと止まらそうな二人。

無粋かもしれんが、ちょっとばかり横やりを入れさせて貰おう。

「はぁ……東、ライオン丸を頼む。西田は矢が発射された場合の対処、白は南を止めろ」

非常に雑な指示を出せば、全員がすぐさま動いてくれた。

「なっ!?　何だ貴様!?」

「ごめんね、ライオンさん。リーダーの指示だからさ」

ライオン丸の振り上げた渾身の拳を片手で受け止める東は、多分相当恐ろしく見えた事だろう。

しかもなんたってあの鎧だ。目の前に急にラスボスが現れた様に見えてもおかしくない。

そして。

「……何故ですか？」

「リーダーの命令だ。熱くなり過ぎ、南ちゃん」

「南、ステイステイ。一旦落ち着こ」

放った矢を西田が正面でつかみ取り、白が後ろから南を抱きしめた。

おかしいな、俺は矢をどうにかしろとは言ったが……つかみ取れとは言ってないんだが。

ヤバイ、皆が凶悪超人になり始めてる。俺も早く進化しなきゃ。

魔封じの鎧でドヤ顔している場合じゃない。

「お前等は……なんなんだ？」

「初めましてライオン丸、俺は北山。ウォーカー、〝悪食〟ってクランだ。この森の調査と、お前達次第だが……一応助けに来た」

なんて事を言いながら歩み寄ってみたが、俺だけ何もしていない。

これ、威厳とかあんのかな？

悲しくなりそうな事を考えながら、俺達は獣人集落の長にご挨拶《あいさつ》をかますのであった。

※※※

俺は、コイツ等に負けた。

小さな猫人族の少女に敗れ、周りの連中は明らかに彼女よりも強い事がやり取りから分かる。

とんでもない速さだった、今思い出してもゾッとする程の。

つまり他の連中は彼女よりも速く動けるのか、それとも俺の拳を片手で止めた大男の様な力を持っているのか。

どちらにせよ、勝機は無いのだろう。それが理解出来たからこそ、負けを認めた。

人族は色々な〝技〟を使う。カイルと戦った時だってそうだ。

単純な力では負けていないと実感出来たのに、それでもアイツは俺に勝ってみせた。

こちらの拳を逸らしてみせたり、俺の勢いや力を逆に利用するかの様な行動も見せていた気がする……もしかしたら違うのかもしれないが、どちらにせよ負けは負け。

コイツ等は、今まで俺達を襲って来た連中とは力量が全く違う。

今までは誰かをぶん殴れば誰しも慄《おのの》いたのだ、ぶった斬れば腰を抜かしたのだ。

だというのにコイツ等は、そう言った〝弱さ〟の部分が見えて来ない。

それどころか、先程の少女の様な速度で動かれたら攻撃さえ当てられずに敗北する事だろう。

カイルの奴も、恐ろしい連中を連れて来たモノだ……なんて、渋い顔を浮かべていれば。

「んだよ、まだ怒ってんのか？　昨日の敵は今日の友ってな、一回やり合ったんなら後腐れなく仲良くしようぜ、ライオン丸」

「ん？　あ、あぁ……別に怒ってはいない」

黒い鎧のリーダー、で良いのだろうか？

えらく軽い雰囲気の男が、呆れた声を洩らしながら此方に皿を差し出して来た。

何でも俺達にも飯を作ってくれるらしく、敗者である俺は大人しく従ったのだが……コイツ、本当に強いのだろうか？

さっきの戦闘で他の連中の実力は少し見せて貰ったが、コイツはただ指示を出していただけ。

確か人族には、指示を出すだけのそういう輩が居ると聞いた事が有る。

俺だったら、命令だけ出して来て戦わない奴の言う事なんぞ聞かないが。

色々考えながら皿を受け取ってみた瞬間……余計な思考が吹っ飛んだ。

間違いない、コイツがリーダーである理由はコレだ。

そう確信してしまう程の〝ソレ〟が、ユラユラと温かい湯気を立ち上らせながら俺の目の前に登場している。

肉だ、何かの肉だ。何故今まで気にならなかったのか自分でも疑問になる程、デカイ。

何かを付けながら焼いたモノだろうか？　焦げとは違う、色が変わったテカテカした表面からは嗅いだ事のない香ばしい匂い。

その香りに鼻を近づけて思い切り呼吸してみれば、思わず耳と尻尾がピンと立った。

これは絶対、旨い奴だ。

「あーもう一回確認な？　これ魔獣肉、良いんだよな？」

「構わん。食って生き残れるなら、俺達は多少の毒でも食らう覚悟は出来ている」

「あっそ、毒は入ってねぇから安心して食え」

疲れた様子の黒鎧は、ヒラヒラと手を振りながら調理場に戻ってしまった。

調理場と言っても、彼等が即興で拵えた様な簡単なモノだったが。まぁ良い、それよりも肉だ。

この集落には、とにかく戦闘出来る者達が少ない。

当然だ。人々から迫害され、逃げて来た様な連中なのだから。

戦いどころか、国の中で生きて来たモノ達はろくな知識を持ち合わせていない事が多い。

それは俺も含めて。

幸い腕っぷしには自信があった為リーダーとして認められているが、コレで軟弱だったらここまでの人数は集まらなかっただろう。

つまり何が言いたいかと言えば、俺が狩って来なければ肉が食えないのだ。

しかもこの人数で分けるとなると、本当に一人数切れしか行き渡らない。

解体が上手い奴なんて居なかったから、いつだって肉も毛皮もボロボロにしてしまい、食ってみても臭かったり不味かったりと色々だ。

それでも食べた、生きる為に。

時には野生動物に出会えず、極稀にだが魔獣だって食べた事も有る。

魔人になるなんて言われる禁忌のソレ、でも空腹で死ぬよりかマシだ。

飢えや病気で死ぬ同胞達を多く見て来たからこそ、食事だけはどうにか確保しようと奮闘した結果が……コレだった。

飯を食って体力をつければ、少しくらい病気になったって治る。

この程度の知識しかない俺は、ただただ飯になりそうな物を片っ端からかき集めた。

だが皆で知識を出し合っても、結局は獣の丸焼きとか適当に煮込んだスープとか。

そういう物ばかり食べて来た。だというのに、これは何だ？

「ガァラ、これ、美味しいよ？　食べても平気」

ポカンとしながら肉を眺めていた俺を不審に思ったのか、真っ白い兎の耳を生やしたイルが声を掛けて来た。彼女の手にも、俺の皿に載った肉と同じ物が握られている。

骨がくっ付いたままの、テカテカ肉。こりゃ肋骨か？　骨を外す手間を惜しんだって感じではない所を見るとこういう料理なのだろうか？　それとも手に持つ所として骨を残しているのか？

良く分からないが、イルが食べているソレよりずっと大きな肉の塊を持ち上げ、ガブッと噛み付いてみれば。

「なんだこりゃぁぁ⁉　うんめぇぇ！」

「ね、美味しいよね。今、皆で料理の仕方を教わってる」

イルが指差した先では、アイツ等が料理をしながら仲間達に色々と教示している姿が。

この集団のリーダーとして、俺も聞いておくべきなんだろうが……生憎と俺は馬鹿だ。

小さい脳みそで全部を理解して、記憶出来るとはとても思えないのだが……。

「私もいくつか料理覚えたよ、今度作ってあげる。皆それぞれ覚えられそうなモノを、ちょっとずつ教えて貰ってる」

どうやらいっぺんに覚えようとするのではなく、種類によって担当を決めているらしい。

あぁなるほど、考えたなコイツ等。

確かにそれなら覚える量は少なくとも、食える料理は増える。

だとしたら、俺も何か教えて貰うべきだろう。

「俺は絶対、この骨付き肉の作り方を教えて貰うぜ」

「それ、凄く簡単って言われちゃった。本当に焼くだけだって」

「そんな訳ねぇだろ⁉」

「だよね。じゃぁガァラはこのお肉担当」

ニコッと微笑みながらイルと一緒に奴等の下へと歩み寄った。

今でも皆忙しそうに、誰もが誰かに何かを教えている。

その間にも飯を作り続けているのだ、器用なもんだと言う他ないだろう。

「よう。えぇっと……悪食、だったな」

「おうライオン丸。どうだ？　飯は気に入ったかよ？」

相も変わらず軽い様子で、リーダーらしき黒鎧が声を返して来た。後ライオン丸って何だ、さっきも呼ばれていた気がするが。まぁ良い、そんな事よりもこの肉の事だ。

気に入ったなんてもんじゃない、今後もコレを食いたいが為に頭を下げに来たのだから。

「えぇと、だな。皆に料理を教えてくれているって話だが……俺にも、その。この骨付き肉の作り方を教えて貰えると助かる。俺はあまり頭が良くねぇから、簡単だと有難いんだが」

　ポツリポツリと声を洩らしてみれば、彼等はニカッと笑って見せた。

「マジで焼くだけだぜソイツ。まぁ良い、こっち来な。最初から最後まで作る所見せてやるよ」

「本当か⁉　あ、いや、その、有難い。是非頼む」

「堅苦しい奴だな、変に気を遣うんじゃねぇよ。こっちだってやりづらくなるだろ」

「お、おう？」

　そんな訳で、俺も彼等から料理を教わる事になった。

　手招きされるまま彼の隣に並んでみれば。

「いいかライオン丸、炭火だ、コレが絶対に大事だ。ただ焼くだけでも炭火は旨ぇ。ゆっくりじっくりジワジワ焼くだけでも、ハッキリ言って天と地の差が有る。デカイ肉はコレ大前提な」

「炭……炭か。どうやって作れば良いんだ？　普通の焚火とは違うのか？」

「あぁそっか、そっからだよな。まずは――」

　その後彼から小難しい説明を色々とされたが、周りで仲間達も聞いていたので、多分大丈夫だ。

　おそらく炭は作れる。

　というか街に居る頃なら、見た事も使った事も有る仲間も居たから、これは問題なさそうだ。

　そして次、問題の料理だ。

「コイツはな、マジで調味料塗って焼くだけだ。塩だけでも普通に食えるぜ？　後は肉次第にはなっちまうが……血抜きやら解体に関しては南から教わった方が分かりやすいだろうから、狩りに行くメンツは後で教えて貰え」

そういって視線を向ける先には、先程俺を負かした少女が静かに頭を下げていた。

なるほど、彼女の得意分野はむしろそちらだったのか。

いや、待て。だとしたら補助メンバーに負けた俺はいったい……いや、考えるのを止めよう。

とにかく彼女に頭を下げてから、悪食リーダーの手元に再び集中した。

「炭火焼きってのはなぁ、ほれ。まずは調理場の形を覚えろ、こんな感じ。全く同じじゃなくても良いからな？　メラメラ燃やして焼く訳じゃなくて、じっくりゆっくり。とにかく時間を惜しまない事」

などと言いながら調理場を指差した。

確かに、焚火の様に轟々と火が燃えている訳でもなく、静かな温かい炎が漏れている。

その上に設置された網、更にその上に肉。この時点で既に旨そうだ。

「まずは下味、とは言っても適当に塩とか胡椒とか振り掛けるだけだけど。それが終わったら網の上でじっくりと焼く。そんでもって表面が良い色になって来たら、こっちの調味料を塗って更に焼く、以上。骨付き肉の出来上がり」

非常に簡単に説明されてしまったが。とにかく多少時間を掛ければ出来る料理の様だ。

調味料さえ手に入れば、だが。

「やるよ、これだけあればしばらく保《も》つだろ？」

これまた軽い調子で、結構な量をバッグから取り出す悪食。

良いのだろうか？　我々はコレと言った物品を返せる訳でもないのに。

柄にもない事を考えながら、受け取った調味料の数々に視線を向けていれば。

ジュッ！　という良い音と共に、肉から脂が零れて炭に落ちた。

もうこの時点で駄目だ。調味料云々、お返し云々の前に目の前の肉の方が気になる。

思わず皆で覗き込んでいると、悪食のリーダーはカッカッカと笑いながら、平たい筆と先程俺達にくれた調味料と同じ物を準備し始めた。

「こっからが本番だ。お前等腹ペコになる覚悟しておけよ？」

先程言っていた調味料を塗る、という工程だろう。

香り立つ何かを肉の表面に塗りたくり、余った液体が炭の上に落ちる。

ジュワァッ！　と、先程より派手な音が耳に響いた瞬間。

さっきまでとはまた違う、とんでもなく食欲を誘う匂いが周囲に広がっていった。

「タレは大事、マジで大事。これがあれば肉は焼いただけで食える。あぁ、そうだ。骨付き肉が気に入ったんなら、もっと柔らかいスペアリブの作り方も教えてやっから。覚えとけよ？」

まだ何か有るのか!?　と驚きはしたが、やはりすぐさま目の前の肉に視線が戻ってしまった。

なんといっても、非常に旨そうな香りを周囲に振り撒いているのだから。

誰しも唾を飲みながらジッと眺めていると、肉をひっくり返して更にタレを塗り、これまたじっくりと焼いていく。なかなか焦らしてくれるじゃないか。

もはや飛びつきそうになる勢いで網の上の肉を見つめていれば。

「ホレ、出来たぞ。スペアリブ。マジで焼いただけだから、どっちかというと骨付き焼肉なんだけどな」

何て事を言いながら、周りに集まっていた全員に対して骨付き肉を配っていく。

やがて俺の下にも届いたソレの骨を掴み、鼻の前へと持って来てみれば。

コレだ、この香りだ。

匂いで腹の虫が騒ぎ始めるくらいに、食欲をそそる香りを放っている。

今一度唾を呑み込んでから、ガブッと豪快に噛み付いてみると。

「う、うめぇ……うめぇ！」

今までに味わった事が無い程の衝撃だった。いや、今さっき同じ物を食べた筈なのだが。

しかし作り立てという事もあったのか、さっき以上に満足感が違う。

パリッと音を立てる表面に、香ばしい匂いを放つソース。

〝肉を食っているんだ〟と感じられる満足感と、しっかりと脂の乗った柔らかい肉の味わい。

今まで食べていた物とは全く違う。

プリプリとした食感に、噛めば噛む程旨味が溢れて来るのではないかと思ってしまう程。

そして何より、この骨が付いたままというのが俺等らしくて良いじゃないか。

何て事を思いながら二口目を齧ってみれば、未だ食べている最中だと言うのにダバダバと涎が溢れて来るのを感じる。

ずっと噛んでいたいと思う程、旨い。それくらいに、腹いっぱいコイツが欲しくなる。

しかしすぐさま渡された一本は無くなり、眼の前には白い骨だけが残った。

骨に少しだけこびり付いていた肉でさえ、残すかとばかりにガジガジしていれば。

「骨は食うな骨は、ワンコか貴様は。次焼いてっから、大人しく待ってろ」

俺達が肉に夢中になっている間、彼は次の分を調理し始めてくれていたらしい。

しかも周りの連中も次々と新しい料理を運んで来てくれる。

食べて良いのか？　というか、これ全部食って良いのか？

困惑した眼差しを正面に向けていると。

「そんだけでっけぇ身体してんだ、少しじゃ足りねぇだろ？　まだまだ有るから心配すんな、食え食え。誰かと仲良くなる時はまず腹いっぱい食ってからじゃなきゃな」

軽い様子で笑う彼は、次々と料理を作っていく。それを受け取る度に、皆は笑っていた。

男連中は競い合う様に、女連中はしっかりと味わう様に。それこそ、皆涙を溜めながら。

旨い、だからこそもっと食いたい。

こんな感想を思い浮かべたのは、本当にいつ以来だっただろう。

生きる為には、食わなければ。でも、皆で食べるんだから我慢しなければ。

そんな風に思っていた食事とは全くの別物。

ただただ、満腹になるまで食べれば良い。どれだって好きな物を食べて良い。

この夢の様な環境を、コイツ等は敗者である俺達に笑顔で与えてくれたのだ。

これだけでも凄い事だというのに。

「こうちゃーん。体調崩してる人達診て来たぜー？　皆大した事なさそうだな、飯食って寝れば治るんじゃね？　一応風邪薬と解熱剤配って来た、あと自家製スポドリ。そっちには雑炊かおかゆでも作るかぁ？」

「お疲れ西田、そうすっか。白、西田の手伝い頼む。配って来るまでがセットな」

「ん、了解。卵入れる？」

「卵がゆなら、許可する」

「私も食べる」

「仕事を終えた後なら、許可する」

　これまた緩い会話をしながら、今度は寝込んでいる奴等の分の食事まで作ってくれるらしい。良いのかよ……なんて思ってしまう訳だが。誰もが当たり前みたいな顔をしてテキパキと動いているのだ。コレが集団行動、コレがチームって奴か。

　今まで俺は一人で守る事ばかり考えて居たが、こういう光景を見ると……なんというか、羨ましくなる。いいなぁ、隣に立てる仲間ってヤツは。

「おいライオン丸」

「ん？　おぉ、なんだ？」

　急に声を掛けられて、慌てて返事を返してみると。

「試作だ、食ってみろ。ゴマ増し増しの甘辛焼きスペアリブ。人種がどうこう言うつもりはねぇが、好みは有るだろうからな。気に入る様だったらこっちも作ってやる」

　そう言ってから差し出されたのは、今まで以上にデカイ肉塊。

　香りもゴマを混ぜた為か、これまで以上に香ばしい。

　思わずガブリと大きく一口齧り付いてみれば。

「うめぇぇぇ！」

「そうかい、なら良かった。じゃんじゃん焼くから、食いたい奴は並びな！」

　彼の一声と共に、集まって来る俺の仲間達。

その列の隣で、ガジガジと肉塊に齧りついていたが。

どうしても、何度でも言いたくなってしまう。

「本当にうめぇな！　お前は料理人だったのか！」

褒めたつもりだったのだが、相手からは非常に呆れた瞳を向けられてしまった。

良く分からないが、旨い。骨までガジガジする程に。

しかもコレが〝簡単だ〟と言っていたのだ。しっかりと教えて貰えば、これから毎日こういう飯が食えるのかもしれない。

調味料の類は街に買いに行くしかないかもしれないが、それくらいの危険を冒してでも食いたいと思える一品だったのだ。

料理って、すげぇんだな。こりゃ仲間が集まる訳だ。

思わず、そんな事を思いながら感心してしまうのであった。

※※※

「本当にうめぇな！　お前は料理人だったのか！」

「ちげぇよ馬鹿。つか魔獣肉使って良いのは楽だが……落ち着いたらちゃんと話聞けよ？」

「獣人は上下関係が出来た相手に歯向かったりしない！　約束しよう！」

「多分、そこまで単純なのはそこのライオンモドキだけですけどね……」

食い始めてからのライオン丸のテンションに驚きながらも、現在獣人集落で炊き出し中。

最初は街で仕入れた普通肉なんかを使おうと思ったのだが、どうやら彼等。森の中で生き抜く為に魔獣を喰った事も有るらしい。

日常的に食べている訳ではないみたいだが……まぁ戦闘員がライオン丸しか居なそうだし。ただ大した調理方法を知っている者が居なかった為、狩っても焼くだけ煮るだけを繰り返していたんだとか。獣人に一般的な知識を得られる環境が少ないってのが、身に染みて分かるね。

南だって最初の頃は、一般常識と解体しか知らなかったと言って良いレベルだった。

武器の扱いも、野営のやり方も素人丸出しの俺達が一から教えたのも今や懐かしい思い出。

そんなチビッ子がココまで健康に逞しく育っているのだ。

そろそろ「コイツは俺達が育てた」ってドヤ顔しても良い頃だろうか。

まだまだ小っちゃいけど、たまに暴走するけど。

「俺達が聞きたいのは、お前達を襲ったっていうウォーカーの話と、ここ最近変な地鳴りとか唸り声とか聞かなかったかっていう――」

「肉をおかわりだ！　これは旨い！」

「聞こうな、うん。人の話は聞こう。肉のおかわりはしてやっから」

呆れたため息を溢しながら、角牛のスペアリブをデンッと彼の皿に載っけてやる。

周りでは集落に居た面々が列をなし、各々好きな食べ物を受け取っていた。

流石獣人と言って良いのか、お肉様は大人気だ。

「俺達獣人を〝狩り〟にウォーカーが度々来ていたが、最近は大人しいぞ？　場所を変えた影響も有るかもしれんが、周りでうろちょろする人族も居なくなった。ここ数日は全然見ねぇし、聞こえもしねぇな。全部帰ったんじゃねぇか？」

「……ほう？」

彼等の脅威となっていた〝獣人を攫うウォーカー〟は今の所居ないらしい。

コレはこれで喜ばしい結果と言えるが、逆に不安も煽る内容。

単純に見失ったのか、それとも捕縛する必要が無くなったのか。

深く考えた所で、相手の考えなど分かる訳がないのだが……。

「だがな、この近くは少しばかり変な〝声〟が聞こえるのは確かだ」

「聞きたくねぇなぁ……」

「小難しい事を喋ってる声が聞こえてくるらしい、何でもウォーカーっぽくねぇとか。まぁ耳の良い連中の話だから、俺には聞こえねぇが。しかし獣の呻《うめ》き声みてぇなのが度々聞こえてくるんだ」

「はーい今俺聞きたくないって言いましたよねぇ？　聞こえませんでしたぁ？　ライオン丸君」

話を聞かないライオン丸は、俺に構わずとある方角を指差して口を開いた。

「あっちからだ。獣人の耳とはいえ、あまりにも遠い所なら聞こえる訳がねぇ。だから、そこまで遠い場所ではねぇと思うんだが」

「はい……調査しまっす」

俺達のお仕事、獣人の集落の視察と周辺の調査。

こんな話を聞けば、調べずに帰る訳には行かないのであった。

もうさ、帰って良いかな。厄介事なら支部長に追加料金請求すっからな。

※※※

結局彼等は俺達の申し出を断った。

支部長に言われた、皆ウォーカーに登録しちゃえ作戦。

「お前達は信用出来るが、他の者もそうとは限らん」

だそうで。ま、ごもっともな意見だ。

彼等は常日頃からウォーカーモドキに襲われ、家族を失った者も多い。

だとすれば、俺達を受け入れてくれた事ですら奇跡に等しい。

リーダーのライオン丸を倒してしまったから、受け入れるしかなかったと言えなくもないが。

そんな訳で俺達は集落の人々に簡単な料理を教え、調味料と食材を渡すだけに留まり旅立った。

逃げて来た獣人ともなれば、やはり一般教養すら無い者達が多かったそうで、料理なんぞした事が無かった者達が集まっていたらしい。

いやいやこれくらいは、とか思ってしまう事もあったが、やはりソコは〝あちら側〟の常識。

当たり前だと思っている事が、彼等にとっては特別なのだ。

俺達が「適当に焼いて適当に塩胡椒を振れば食える」くらいに思っている料理に対しても、知らない者にはその〝適当〟が分からない。

彼等は調理器具からして使った事が無いなんてザラ。

フライパンも使った事が無い奴等が殆どだし、油を引く事さえ知らない。

そういう者達だって平然と居るのだ。街中の雰囲気として、割と俺等の常識が通用するのかと思っていたが、下層に行けば行く程異世界あるある……と言ったら流石に失礼か。

基本的な事から教えなければいけなくなる。

街中で売っている料理は普通だし、皆食べている物は結構旨い。だからこそ気にしなかったが……南なんかは、下手すりゃ彼等の仲間入りを果たしていた可能性さえ有るのだ。

そう考えると、非常に怖いと感じられる。

俺達だって、姫様が居なければどうなっていたのか分からないのだから。

「さて旦那。救助は断られたがどうする？」

「アイツ等もまた場所を移すって言ってたしな。下手に〝救ってやる〟って上から言うのも違うだろ」

「ま、確かにな。〝俺達は勇者でも主人公でもねぇ〟だっけ？　お前の言う通りだわ」

ギルの奴がからかってくるが、まさにその通りなのだ。

俺達には全てを救える力なんぞ無い、救いの手とやらを伸ばした所で、断られればそれまでだ。

しかもソレが彼等の絶対的な救いになるかと聞かれれば、正直分からない。

だからこそ、俺達は助けを求められた者だけを可能な限り救う。

いがみ合ったり殺し合ったりするのが当たり前の世界なのだ。

俺達の力じゃ、ＲＰＧみたいに立ち寄った村や街を全て救う事など出来ない。

「ま、音のする方からは離れるって言ってたし。あのライオン丸も居るんだから大丈夫だろ。俺等が気にし過ぎる事じゃねぇって、こうちゃん」

「だね。押しつけがましく僕等が付きまとうのは絶対違うし」

西田と東の二人にも両肩を叩かれ、改めて気持ちを切り替えた。

「しゃっ！　俺達は〝音〟の調査、そんでもってさっさと帰ろうぜ！　帰ったらタコワサと特大エビフライ作っちゃる！」

「楽しみです、早く終わらせましょう」

「エビフライ、好き」

南と白も気を遣った様に声を上げる中、戦風のメンツもズイズイと迫って来た。

以前以上に距離感が近い気がする。

「キタヤマ！　私達も良いよね!?　もう魔獣肉食べちゃったし！　いいよね!?」

「もう仲間外れは無しだぜ!?」

「キタヤマは料理を、ニシダはスープの秘伝を。頼む、教えてくれ……」

ポアルにリィリ、それにザズまで。どいつもコイツも必死な顔で詰め寄ってくる。

その様子にカイルは呆れたため息を溢し、ギルは「帰ったらソフィーもこうなるんだよな……」なんて遠い目をしていらっしゃる。

どいつもコイツも、全く。

「ったく、宴会は全員参加だよ。すっぽかすんじゃねぇぞ？」

「「っしゃぁぁ！」」

魔獣肉を喰らい、黒い鎧に身を包み、そして社交的とも言えない生活を送って来た俺達。

だと言うのに、この馬鹿共は何が気に入ったんだか。

随分と悪食と仲良くしてくれる、本当に全く……有難いね。

「うっし、んじゃ行くか。こっから先はマジで何が居るか分かんねぇからな。南と白、それにリィリは耳と目で警戒してくれ。んでポアル、お前はトラップの警戒を頼みてぇ」

「トラップ？　こんな深い森の中なのに？」

不思議そうに首を傾げる戦風のちびっ子だったが、カイルにコツンと頭を小突かれて気付いたらしい。

「そっか、人の声が聞こえたんだもんね。了解、任せて」

「頼んだぜ？　高ランクの斥候《せっこう》さんよ」

ちっこい頭をグリグリと撫でてやれば、恥ずかしそうにしながらも南みたいな反応を見せる。

「北がまたセクハラしてる」

「白、早くお仕事しなさい。タイムカードはもう切られたぞ」

「時給計算が楽しみ」

「そういうのは経理の中島に言いなさい」

こちらはこちらでいつもの会話をしながらも、南と白とリィリは木々の上に飛び立つ。

一歩遅れてポアルも前進し、周囲を警戒し始める。

いいね、久々の大人数の複合戦だ。しかも今回は、気の置けない仲間達ばかり。

防衛戦に比べれば天と地程の差が有るってもんだ。

「して、我々は？」

ザズの声に振り返れば、残りのメンバー達がこちらを見ていた。

もちろん俺達にも仕事は有るさ、腐る程に。

「ザズは仲間達をしっかりと観察しろ、何かあった場合はすぐにバフを掛けられる様にな。んでもって〝何か〟が襲ってきた場合、絶対魔法を頼る事になる。広範囲系の魔法、使えんだろ？」

「当然。年寄りエルフを舐めて貰っては困る」

頼もしい限りだね。俺達が魔法を使えない分、こういう存在は非常に頼りになる。

「西田、分かってんな？　遠方は他の奴等が〝見て〟くれるが、周囲はお前頼りだ」

「誰に言ってんだこうちゃん、鼠一匹通しゃしねぇよ」

頼もしいセリフを吐いてから、西田がタンッと短い音を残して周囲の森に消える。

うし、準備は整った。

残っているのは俺と東、カイルにギル、そして仲間達を睨む様に注目するザズのみ。

つまり、おっさんズだ。急に平均年齢が爆上がりしたパーティになってしまった。

これで誰かに接敵した場合には、まず真っ先に俺達が目に付く事だろう。

如何せん見た目からして近接専門が多いが、まぁ仕方がない。ザズが居るからまだマシだろう。

「うし、進むぞ。全員警戒！」

「「了解！」」

はてさて、何が出てくる事やら。頼むから、出てくるなら蛇くらいであってくれ。

王蛇くらいなら相手してやっから。そんな思いで、俺達は森の中を進んでいくのであった。

※※※

はぁぁ……と深く吐いた息が夜の空に白く染まる。

寒い、ここの所ずっと。

毎晩の様に外に出て確認しているが、やはり……今年の初雪が近いのだろう。

つまり、〝この国の終わり〟が近い事を意味している。

「何故でしょう、貴方達が活躍する姿は見えるのに。物語が視《み》えない」

未だ視えない、厄災を退ける物語。

では、私が視ている英雄譚はいったいなんなのか？

現時点で彼等に降りかかる厄介事と言えば、多分予言に有る〝厄災〟くらいしかないと思うのだが……それとも、私の目の届かない所で彼等はまた暴れ回っているのだろうか？

とはいえ。

「視えない事には、役に立てない……」

私はどうすれば良い？　何を彼等に告げれば良い？

それさえも分からない。どう助けを乞《こ》えば良いのかさえ、今の私には分からないのだ。

「暗い洞窟の中、彼等は皆勇敢に戦う……いったい何と戦うというの？　厄災とは、洞窟内で完結する内容なの？」

それともコレは〝厄災〟とは全く関係ない出来事なんだろうか？

いくら考えても、答えはくれない。

私の称号は、求めたからと言って与えられる程便利なモノではない。

お母様の様にまだ見ぬ相手の未来さえ〝視える〟程使いこなせていれば、また違ったのかもしれないが。私はこの目で相手を見た時や、その活躍を耳にした時に僅かな〝予言〟を与えられる。

予言とも言い難い程曖昧《あいまい》な、英雄譚を授かる。

ソレを1ページずつ読み解いていって、やっと〝今〟を追い越せる程度の不便な能力。

だからこそ彼等の正確な未来が、この国の未来が視えない。

「もう一度彼等を目にすれば、少しは英雄譚が進むのでしょうか……でも、もし。次に視えた時、物語が終わっていたら……」

そう考えると、正直怖い。

物語の最後が幸せな形だったら良いのだ。しかし、英雄譚とは必ずしもハッピーエンドに終わるモノではない。更に言えば、破綻している可能性だって有る。

物語として未完成、永遠にエンディングを迎える事のない物語。

こればかりは、不安定な〝未来〟を見ている上で致し方ないと言えるだろう。

でも私は、彼等の物語の終わりなど見たくない。

「とはいえ、いつまでも待つばかりではいられませんからね」

私の見た物語。このまま私が手を貸し続ければ、彼等はお城まで来てくれる。

国王……つまりお父様に散々食らいつきながら、私を見つけてくれる。

そして、彼等はこう言うのだ。

『これで良いのか⁉　アンタの望みを言ってみろよお姫様！　違うだろ！　こんなエンディングを求めていたなら、ノアを俺達に預けたりしなかった筈だ！　言ってみろ！　俺達が助けてやる！』

叫ぶ黒鎧。コレは、未来の可能性の一つに過ぎない。

以前は視えていたこの光景が、今では徐々に薄れてきている。

また未来が変わった？　でもきっと、良い方向へと向かった訳ではないのだろう。

そう容易に想像出来てしまう程に、今〝視える〟彼等は切羽詰まっていた。

洞窟へと向かい、戦い、傷付き……その先がよく見えない。

もしかしたら、コレが彼等の最期なのかもしれない。だと、するのならば。

「そんな結末……私は認めませんわ」

キッと夜空を睨みながら、改めて覚悟を決めた。

全てを〝視よう〟。悲しい事も、苦しい事も、辛い事も。

それら全ての〝可能性〟を見る事は、何よりも辛い事だとお母様に教わった。

全ての可能性を視るという事は、何度もその人が息絶える姿を見る事になるのだという。

だがしかし、今。私も覚悟を決めた。

藁《わら》にも縋る想いで、たった1％でも可能性が有るのなら。その1％に縋りついてやろう。

この国の民が救われ、英雄達が帰って来てくれる未来を。

全てを間違えた国でたった一つ、間違わず突き進む彼等の未来を紡ぐ為　に。

そして、彼等が彼等である為に。彼等が、我が国の英雄と謳われる様に。

そう、決意した瞬間だった。

「がぁっ⁉　あぁぁぁ！」

両目に激痛が走った。

見えてくるのはおぞましい戦場の数々、その光景の中に。

「悪食が……あの三人が、いない？」

〝厄災〟に立ち向かうのは数多くの人々。

しかし、私が視た英雄譚の１ページには。

英雄たる、〝悪食〟の姿を視る事は出来なかった。

※※※

「無理無理無理！　なんだよこの数！」

「てったーい！　はい、皆てったーい！」

ズドドドッと凄い音を立てながら、数々の種類の魔獣達がこちらに向かって走ってくる。

何だコイツ等、別種の癖に仲良過ぎだろ。

思わず突っ込みを入れたくなる程に、群れを成すとは思えない種類の多さ。

その首には、白い首輪が巻かれていた。

「おいコラ！　なんだあの首輪は！　知っている奴居たら教えろ！　誰のペットだコイツ等！　テイマーって職業でもあんのか⁉」

「知らねぇよ！　何だよ魔獣をペットにするって！」

「旦那！　今はとにかく走れ！」

叫び声を上げながら、俺達は森の中を走り続けた。

ガァラが言っていた〝声〟のする方角。そちらを調べた結果、見つけたのは神殿の様な見た目の人工物。お、もしかして隠しダンジョンか？　とか思ったのもつかの間。

建物やら周辺を調べる前に、数多くの魔獣達に追われる羽目になってしまった。

その数、以前のダチョウ達にも勝るとも劣らん。

「全員ついて来てるか⁉」

俺の声に数多くの声が返ってくるが……気のせいか？

一人だけ聞こえなかった気がするんだが。

「ザズ！　遅れてんぞ！」

「年寄りに……無理を言いおって……」

カイルが振り返って叫べば、背後からは情けない声が。

斥候メンツは心配などする必要は無いだろうが、他のメンツは別だ。

それこそこの場にいる唯一の魔法使いであるザズは、今の状況に一番不向きと言えるだろう。

「東ぁ！　ザズを担げ！　ザズ、担がれたまま後方に魔法攻撃！　斥候弓兵メンツも手が空く様なら援護頼む！」

なんて事を叫んだ瞬間、周囲から矢やらナイフやらが降り注いだ。

頼りになるのは有難いが、君等本当に余裕有るんだろうな？

しかしお陰で魔獣の群れの先頭部分が崩れ、若干の距離が開く。

「ザズさん担ぐよ！」

「ほほっ、こりゃ楽で良い。後ろは任せろい！」

随分と気の抜けたセリフを吐きながら、詠唱を始めるザズ。

流石に魔女であるアナベル程に期待するのはアレだが、それでもこの場での最大火力にはなってくれる事だろう。

「デカいのを使う！　五分程待てい！」

「なげぇよ！　マジかよ！」

アナベルは〝氷界〟やら氷柱のマシンガンやら二～三分くらいで放っていたのだが。

本人曰くソレでも遅い上に周りを巻き込むからって理由で、防衛戦では後衛に徹したらしい。

「普通ならこんなもんだ！　だがザズの魔法の威力は期待していいぞ！」

わははははっと笑いながら必死で手足を動かしているカイルが叫ぶが、彼もまた余裕など無さそうだ。

その間も後ろから迫る魔獣が東に向かって飛び掛かる、がしかし。

「ありがと南ちゃん！」

「後ろは任せて下さい！　とにかく東様は走って！」

数が多い。今の悪食メンツの中なら一番足の遅い東が、やはり標的になっている。

しかもその肩に人間一人担いでいるのだから、当然と言えば当然だが。

「ギル！　ちょっと手貸せ！」

「アズマの防衛か!?　左側任せろ！」

話が早くて助かる。俺達は東の両サイドに付き、各々武器を構えながら走り続ける。

「斥候と弓は数を減らせ！　近づいてきた奴等はこっちで貰うから無理すんなよ！」

「「了解！」」

叫んでみれば周囲から声が返ってくるが、皆が何処に居るのか把握出来ない。

木々の上で枝を蹴る音は聞こえるが、四方八方からナイフやら矢やら飛んできている。

こりゃ武器だけで大損だな。

もはや考えたくないと嘆いていれば、狼というか山犬みたいなのが横から飛び掛かってくる。

あれ？　狼と山犬って一緒か？

普段見ている狼よりひと回り程小さいので違う様に見えるが、よく分からない。

「しゃぁっ！」

槍を横なぎに振って払おうとしたが、流石に全力疾走中では穂先がブレた。

すばしっこい山犬は空中で器用に槍を避け、肩の鎧に噛みついてくる。

「北君⁉」

「大丈夫だ！　そのまま走れ！」

人の鎧をほねっこジャーキーみてぇに齧りやがって、そして口がくせぇ。

「旨くねぇだろうが、離せやボケ！」

左手の指を立てて山犬の胸に突き立ててから、そのまま〝中身〟を握る。

掌にパリンッと小さな感触が返ってくれば、山犬は魂が抜けたかの様にポロッと肩から外れて後方の群れに呑まれていった。

「お前……ついにそういう事をやる様に……」

「色々あんだよ！」

ギルがとんでもなくドン引きした顔でこちらを眺めている。

非常に良くない誤解を招いてしまった気がするが、今は説明している暇がない。

とにかく追手をどうにかしないと、今にも呑まれそうな勢いで……。

「ん？」

ポウッと、鎧の模様が薄く輝いた気がする。

魔力を吸収した時のアレでは無く、普段は見た事がないパターンで。

もしやと思い籠手を開いてみれば、光っているではありませんかタッチパネルさんが。

前回王蛇やらなんやらまとめて吸わせて貰ったのが効いた様だ。

だいぶお財布には優しくなかったが。

「ザズ！　あとどれくらいだ！」

「残り一分！」

「くっそ！　こうちゃんもう追い付かれんぞ！」

未だゾロゾロと迫って来る魔獣達に視線を向ければ、先頭集団は足の速いヤツばかり。

アレなら……何とかなるかもしれない。

ダチョウの巣攻略経験者舐めんなよ？　大物が居なければ何とかなんだろ。

「全員聞けぇぇ！　〝鎧〟を使う！　後衛組は援護頼む！　前衛組、間違っても前に出てくんじゃねぇぞ！　ザズは準備出来たら声を掛けろ！　俺に構わず魔法を使えぇぇ！」

背負っていた槍も引っ掴み、二本槍スタイルで振り返って足を止めた。

そんな事をすれば、当然周りから様々な声が上がって来る。

「旦那！　何を考えてやがる！」

「キタヤマ！　頭イカレたか⁉」

先頭を走っていた馬鹿二人が悲鳴の様な声を上げながら叫んで来るが、無視して襲い掛かってくる魔獣達のおもてなしを開始する。

「しゃぁっ！」

左右の槍を止める事なく振り回し、最前列に居た犬やら狼やら山猫やらをまとめて薙ぎ払う。

非常に数が多い。多いが、妙にまとまって襲ってくる。なので、払いやすい。

「ちょっちょっちょ！　ニシダさん！　アレ止めなくて良いんですか⁉」

「大丈夫だ俺が行く！　ポアルちゃんとリィリさんは間違っても近づくなよ⁉」

西田の奴が近くに下り立ち、両手に持った短剣を振りながら戦場を駆け回る。

前回の乱戦の時よりずっと早い。アイツの姿を確認する前に、そこら中で血飛沫《しぶき》が上がる程だ。

「西田ぁ！　撤退のタイミング遅れんなよ⁉」

「余裕だっての！　こうちゃんこそ〝魔封じ〟ちゃんと使えよ⁉」

二人して叫び合いながら、滝の様に迫る魔獣を端から薙ぎ払う。

こんな時「あぁ……懐かしい感覚だぜ」とか余裕を持って言えれば恰好良いのかもしれないが。

正直に言おう。キッツイ、ただただキッツイ。明日は全身筋肉痛確定だ。

斬っても突いても次から次へとおかわりが来るし、やはり何度経験しても勘弁しろと言いたくなる。常に動き回ってないと隙が出来るし、平然と齧られる。

周りの後衛組と西田が居なければ、あっという間に押し流されていただろう。

とか何とか思いながら両手の槍を振り回していれば。

「いけるぞ！　ただ……どうすれば良い⁉」

「ザズさん、構わずやっちゃって下さい！　北君、〝鎧〟使って！　西君は離れて！」

東の声を合図に西田は再び森の中へ消え、俺は籠手を開いてボタンを押し込んだ。

「どうなっても知らんからな！　〝炎獄〟！」

次の瞬間には、背後からアホみたいな大きさの炎が俺と魔獣を飲み込んだ。

しかも勢いがヤバイ。

実際経験した事は無いが、馬鹿デカい火炎放射器を真後ろから噴射されている様な気分だ。

熱いどころじゃない空気がこの身を包んでいくのが分かるが、周囲の魔獣の様に燃えカスになっていないという事はちゃんと〝魔封じの鎧〟が発動しているのだろう。

思わずその場でしゃがみ込み、ひたすらに耐えていると。

「ガッ！　ゲホッ！」

駄目だこれ、息吸っちゃ不味い。

〝魔法で作られた炎〟自体は無効化しているが、周囲の熱せられた空気はどうしようもないって事か？　マジかよ、詰まる話、元から現実に有る物質には無力な訳だ。

例えば魔法で岩を浮かせて俺にぶつけられたら、岩を操作する〝魔法〟は殺せても岩自体は止められないって事になる。マジでこりゃ、欠陥品って言ってたのも分かるな。

魔法百パーの代物が相手なら無敵だが、下手すりゃイリスの土魔法とかには平然と負けるかもしれないってこった。

参ったねこりゃ、あとどれくらい耐えれば良いんだ？

なんて事を考えながら目と口を必死に噤み、ジッと耐えていると。

「おぉぉぉぉぉ！」

叫び声と共に、炎をかき分けてご登場した東が俺を担いで炎の外へと運び出した。

そのままベチッと草むらに放り投げられ、東自身も隣に転がる。

「はっ、はっ……はぁぁぁ。何やってんのお前。魔封じも付いてねぇ鎧なのに」

「ザズさんの魔法が終わっても動かなかった北君が悪いよ。絶対何か問題あったんでしょ？　滅茶苦茶燃えてる中に蹲ってたよ」

「もう終わってたんか……大正解だわ。こりゃ使い方考えねぇとマジでやべぇな、魔法〝しか〟防げねぇわコレ」

「あぁ……もしかしてアレ？　酸素無くなっちゃったとか？　盛大に燃えてたもんねぇ」

二人してぐてぇっと寝そべっていると、鎧の上に誰かが飛び乗って来た。

思わず「ぐはっ！」と声を上げそうになったが、腹の上に乗って来た奴の顔を見て、グッとその言葉を飲み込んだ。

「また、無茶しました」

「悪かったって、今にも追い付かれそうだったからよ。でも、援護助かった。お前等が居なかったら絶対呑まれてたわ」

頭に手を乗せてみれば、シャーッ！　と言わんばかりに猫耳と目尻を吊り上げる南。

「絶対に助けますからね。貴方がいくら無茶しようと、恰好良く死なせてなんてあげませんから」

「ははっ、頼もしい限りだ」

いつもの軽口を叩いた瞬間、スパーンッと兜を横から蹴っ飛ばされた。

普通に痛い、耳とかキーンってするわ。

「反省」

その一言と共に、兜の顔面に白の靴底が乗っかって来た。

あの、絵面的に非常に不味い光景になっている気がするんですが。

などと抗議の視線を向けてみれば、視線の先からは随分と鋭い視線が降り注いでいた。

「反省」

「……おう、わりぃ」

声を上げてみれば白は足をどけ、再び俺の兜を蹴飛ばしてから離れていった。

二度目の蹴りは、コツンっと音がする程度の軽い物だったが。

「旦那ぁぁぁ！　生きてっか⁉　死んでねぇよな⁉」

「キタヤマ！　大丈夫なのか⁉」

今度は戦風の連中とギルが、俺の下へと走り寄って来る。

あぁもう、騒がしい。そんな風に思ったりもするが……。

「悪くねぇもんだな。こんだけ心配してくれる奴が居るってのは。〝向こう〟じゃありえねぇ事だったわ」

はぁ……と息を吐きながらボヤいてみれば、今度は南からげんこつを喰らってしまった。

白の二発目より、ずっと軽い衝撃が兜に響く。

「それが分かったのなら、心配を掛けないで下さい。貴方は、私達のリーダーなんですから」

「以後気を付けます……」

素直に謝りながらぐてっと脱力して頭を地面に投げ出してみると、俺の兜を包み込む様に南の両手が触れて来た。

「それでも、無茶するのがご主人様ですからね。全く、心配で目が離せませんよ」

その言葉は、何処までも真っすぐで柔らかかった。

まるで我が子に向けて母親が放つ言葉の様で、気恥ずかしくなって思わず顔を背けてしまう。

「別に死に急いでる訳じゃねぇぞ？　今回はたまたま〝鎧〟の弱点が見つかったってだけで、ちゃんと勝算はあった」

「そうですね。なんたって魔女様とドワーフの匠が作った〝魔封じの鎧〟です。たとえ欠陥品なんて呼ばれようと、信用しちゃいますよね」

「たまたまだ、今回はたまたま弱点が見つかったってだけで……」

「はい、そうですね。お疲れ様でした、ご主人様」

そう言って笑う彼女の笑顔が、何となく直視出来なくて更に顔を逸らした。

多分コレ以上曲がったら折れるんじゃないかってくらいに。

「だから、その、なんだ。勝手に死んだりしねぇから安心しろ」

「はい、私のご主人様達は最強ですから」

にへらっと緩い笑みを浮かべる南を視界の端に収めながら、ハァ……とため息を吐いた瞬間。

「イチャイチャしてないで、帰る。報告する事が山積み」

もう一度、白の蹴りを兜で受ける事になってしまったのであった。

【第七章】★ 過ち

冒険者ギルドに、珍しい来客があった。

お披露目くらいはあったので、俺みたいな一般のウォーカー達でも知っている奴は知っている程度ではあったが……やはり有名ではあるのか、彼が入って来た瞬間ざわつくウォーカー達。

そして、殺気立つ者も少なくない。

「い……いらっしゃい、ませ……」

真っすぐカウンターへと向かった彼に、キーリが顔を引きつらせながら応対する。

彼女の今の表情は、普段悪食の連中を相手にした時の様な〝怖い〟だとかそういう感想を浮かべているモノではない。どう見ても、嫌悪感を露《あら》わにしている。

「あ、あの。依頼を、出したいんですけど……俺でも、出来ますか？　報酬はちゃんと払います。だから、その……お願い出来ないでしょうか？」

彼はどこか落ち着かない様子で、マジックバッグから麻袋を取り出しカウンターの上に置いた。

紐が緩んだ袋の口から見えるのは、どう見ても白金貨。

しかも一枚や二枚じゃない。間違いなく数十枚は入っている。

こんな大金を取り出して何を依頼するつもりかと、俺達ウォーカーが興味深く眺めていると。

「人探しを、お願いしたいんです。名前は神崎《かんざき》望、〝聖女〟の称号を持っている女の子です。俺も探してるんですけど、全然見つからなくて……だから、もしかしたら国の外に出てるんじゃないかって。森とかに居たとしたら、彼女だけじゃ生き残れなくて……だから、その――」

「ふざけんじゃねぇ！」

　ウォーカーの一人が、彼に向かってジョッキを投げつけた。

まだ中身のビールが入っていたらしく、彼は頭から盛大に酒を被った形になる。

だが、誰も止めない。止めるどころか、笑う者さえ居ない。それは受付嬢だって同様だった。

「お前が俺達に何したのか忘れたのか⁉　どの面《つら》下げて現れやがったクソヤロウが！　テメェのせいで何人死んだと思ってる⁉　どれだけの人間が職を失ったと思ってる！　そんな奴が俺等を使おうってか⁉　しかも、てめぇの女を捜してくれって？　ウォーカーを馬鹿にすんのもいい加減にしろ！」

　怒気を含んだ声を上げる彼は、確か防衛戦の参加メンバーだった筈だ。

噂程度でしか流れていないが、この反応を見るに……やはり〝アレ〟は事実だったという事なのだろう。

「申し訳ありません。当ギルドとしては、貴方様からのご依頼は御受け出来ません」

「っ！　どうしても、駄目ですか？　必要ならもっとお金を集めてきます。だから、どうか――」

「聞こえませんでしたか？　〝貴方からの依頼〟はお受け出来ませんと……そう御答え致しました」

　キーリも彼等と同じ気持ちなのか、普段は見せない様な鋭い眼差しで彼の事を見ている。

　そしてココはウォーカーギルド。依頼を断られて、はい御終いなんて当然なる筈もなく。

「おう、ちょっと付き合え。クソガキ」

彼の周りには、十数人のウォーカーが集まって来る。

誰も彼も、険しい表情を浮かべながら。者によっては既に武器に手を掛けている。

まさかギルド内で武器を抜く様な真似はしないとは思うが……相手の反応次第だろう。

なんて、思っていれば。

「なんの騒ぎだ」

支部長が低い声を上げながらカウンターに現れた。

「支部長……彼が、ウチに依頼をと言ってきまして」

気まずそうに視線を逸らしながら、キーリが目の前の彼に掌を向ける。

支部長は一瞬だけ意外そうな顔をしてから、ふむと声を洩らした。

「それで、依頼内容は？」

「支部長⁉　何を言っているんですか！　彼がウォーカーに対して行った行動を考えれば、これくらい当然――」

「黙れキーリ、お前はいつから依頼を独断で断れる権限を持った？　それとも規定に違反する依頼だったのか？　報酬が足りなかったのか？」

「そ、そういう訳では……」

誰しもその光景を、唖然としながら見守っていた。

まさか、受けるつもりなのか？　彼からの依頼を？

「初めまして、私はこのウォーカーギルドで支部長を務めている。繰り返させる様だったらすまない。それで、君は我々に対してどんなお願いがしたいのかね？　〝勇者殿〟」

「えっと、その……初めまして」

それから彼は、再び依頼内容を告げた。

更に詳細な情報も、正確な報酬金額も。それはもう必死で、懇願するかの様な勢いで。

そして、話を聞き終わった支部長はと言えば。

「ふむ……ギルドとしては、特に問題なく依頼として受ける事が出来る」

「支部長！　何考えているんですか⁉　だってコイツは！」

「口を慎め、お客様の前だ」

「……くっ！」

悔しそうに唇を噛みながら、キーリは視線を逸らした。

周りに集まっているウォーカーだってそうだ。

皆歯を食いしばって剣を抜くのを我慢している様な状態。

だと言うのに、支部長は落ち着いた様子で再び口を開いた。

「ギルドとしては問題ない。だが、おそらくこの依頼を受けるウォーカーは居ないだろうが、構わないかね？」

「……え？　どういう事ですか？」

「言葉通りだ。クエストボードには掲載してやる、だが依頼を受ける者が現れる事を期待するなと言っている」

「そんな⁉」

「当然だろう。自らがやった事を忘れたのか？　それとも知らないとでも言うつもりか？　五人が命を落とし、手足を失ったウォーカーも少なくない。その原因を作った相手に助けてくれと頼まれて、誰が手を貸すのだ？」

支部長の言葉に、集まった連中は唖然としながら視線を向けた。

業務をしっかりとこなしながらも、遠回しに相手の依頼を断っている。

流石支部長！　なんて周囲から小声が上がって来る中、彼は再び口を開いた。

「とはいえ、物好きやら事情を知らない人間は受けるかもしれない。だから掲載はしてやる。我々が出来るのは、それくらいだ」

「……えっと」

「もう少しだけ語ろうか。貴様が行った行為は、確かに罪に問われる内容ではないかもしれない。新種に対して無謀な攻撃、その結果味方に犠牲者が出た所で、そんなものは戦場では〝当たり前〟の事だ。むしろお前が攻撃したお陰で、相手の特徴が分かったとも言える。軍事としては褒められるかもしれんな？　しかし、個人の感情とは戦績やら法律とは別問題なのだよ。分かるか？　我々ウォーカーは、人類の希望とも謳われる〝勇者様〟であろうと、家族の仇《かたき》として見ているモノも少なくない。簡単に言うと、今すぐにでも殺したくて仕方がない連中だって居るという事だ」

「……っ、はい」

今まで見た事もない程重苦しい雰囲気を放つ支部長の前に、誰しも息を呑んだ。

普段から険しい顔をしていたり、怖い事を言ったりする人ではあったが。

だが誰かを〝殺したい〟なんて口にする事は無かった。

だからこそ雰囲気に呑まれ、誰も動けずにその光景を眺めていた。筈だったのだ。

「……勇者？」

随分と幼い声が、静まり返ったその場に響き渡った。

声の主へと視線を向けてみれば、そこには〝悪食〟の所のちびっ子が。

しかし、メンツとタイミングが悪かった。

普段は雑用系の仕事として、隣の建物メインで通っていた子供達。

しかし追加報酬でも出たのか、それともランクアップか。

そういう時でしかこっちに来ない子供達が、この場に居合わせてしまった。

その中でも、エル。悪食が連れてくる、一番チビっこい男の子。

彼の父親は――。

「……チッ！　アイリ！　何処に居るアイリ！　緊急だ！　早く来い！」

支部長が叫んでいる間にチビッ子は姿勢を低く構え、そして走り出した。

途中に居たウォーカーの槍を奪って、子供とは思えない程力強く振り回しながら迫っていく。

エルの子供離れした動きに、周囲のウォーカーはろくに動けないまま視線で追いかける事しか出来なかった。

「ッシャァァァ！」

獣の様な雄叫びを上げながら、少年は勇者に向かって槍を振るう。

何処までも鋭く、確実に殺す為の一撃を。

「エル坊！　待て！」

集まったウォーカー達が制止の声を上げるが、彼は止まらない。

何処までも獣の様で、それでいて完成された一撃。あんなの、今更止められる奴が居る訳――

「止めなさい、エル」

「ズアァァァっ！」

「落ち着きなさい」

彼が突き放った槍を横から掴み取り、更に暴走する彼を蹴飛ばして距離を空ける受付嬢の姿が。

いつからソコに居た？　そんな疑問が浮かんでしまう程、自然とその場に立っていた。

「なんでっ！　なんで止める⁉　だってソイツは僕の父さんを！」

「そうだね、ぶっ殺してやりたいくらいに憎いね。でも、私達のリーダーはなんて命令を出した？　〝食べる以外の目的ではなるべく殺すな〟だったわね？　それを破るの？」

何処までも自然体で、一見全身の力を抜いているんじゃないかと思う程の構え。

歪な構えを取る受付嬢、アイリがそこに立っていた。

「でも！　だってソイツは！」

「仇だもんね、殺してやりたいって思うのは仕方ない。でも、ココで彼を殺せばエルは犯罪者だよ？　しかも、国の重要人物を殺す事になる。それに……この出来損ない勇者と同列に堕ちるの？　仇討ちだろうがなんだろうが、殺しは殺しだよ？　しかも身分が違う以上、エルは重罪人になる。その覚悟は有る？　〝悪食〟全体を巻き込む覚悟は、有るのかしら？」

そう言って拳を構えるアイリからは、容赦のない敵意が感じられた。

身分の違い、立場の違い。ソレによって、同じ行為でも見方が違ってくるのなんて当たり前だ。

だからこそ止めようとしているのだろう。

でも、ソレを子供に求めるというのは……些か酷に思える。

だが言っている事は間違ってはいない。

勇者は罪に問われなかったとしても、エルの坊主が彼を殺せば確実に罪に問われるのだ。

「でも、だったら！　僕はどうすればいいのさ！　コイツはお父さんを殺した！　でもこっちからは手を出しちゃいけないって何⁉　どうすればいいのさ！」

「耐えなさい」

「……は？」

「耐えなさい。相手に対して罪を償わせる行為は、今後君が頑張ればいつか出来るかもしれない。でもこの場で殺してしまえば、貴方は国にとって害悪に変わる。法律とはそういうモノよ」

非常に怖い言葉だった。目の前に親の仇が居たとしても、手を出してはいけない。

ソレをすれば、悪者はこちらになる。法律では仕方なくとも、とてもじゃないが納得出来る話ではない。

しかしそれが、世界のルールなのだ。相手の方が上の立場で、更には状況さえ整ってしまえば。

殺人さえも許される。頭では分かっていても納得の出来ないルール。

それを彼女は、まだ十歳を超えたばかりの子供に対して突き付けているのだ。

「でも、でもっ！　そんなの納得出来る訳ない！　コイツは！」

「分かっている、だからこそ強くなりなさい。いろんな意味で、貴方はまだまだ弱い。君の憧れた人は感情に任せて、自身の恨みに任せて、誰かに向かって槍を振るう人だったかしら？　誰かを〝殺す〟人だったかしら？　よく考えなさい」

「――っ！　でも！」

「でもでもでもでも煩い！　いつまで甘えているの!?　君が勇者を殺せば、〝悪食〟は終わるわ！　それで良いの!?　貴方はその責任が取れるの!?　それにもっとよく考えなさい！　貴方がそんな事をしようとしたと知ったら、あの馬鹿が貴方の代わりにソイツに槍を向ける事くらい想像出来ないの!?　人を殺せないお人好しのリーダーが、貴方の為に人殺しに変わる可能性が有るのよ!?」

その言葉に、少年はビタリと凍った様に動きを止める。

正直、成人さえしていない子供に放つ言葉じゃない。

それが分かっていても、誰も声を掛ける事が出来なかった。

全てが間違っていて、間違っていないのだ。

親を殺した相手を前に、武器を向けるエルも。

彼を保護する立場である〝悪食〟のメンバーであるアイリの言葉も。

だからこそ、部外者である俺達は何も言えない。ここで何か言える奴が居るとすれば、〝勇者〟によって命を落とした亡霊か、怪我を負った被害者くらいのものだろう。

後は、残された家族くらいか。

「いつか……いつか殺してやる！　お前なんかこの国にいらないんだって、僕が……〝俺が〟証明してやる！　この国には〝悪食〟が居れば大丈夫なんだって、そう証明して。それから殺してやる！」

　そう言い放ち、少年は床に槍を突き立てた。

「よく、我慢したね。偉いよ」

「うぅ……あぁ、うあぁぁぁぁ！」

　アイリが彼を抱きしめれば、少年は泣き叫んだ。

　彼女に身を任せたまま、全ての嗚咽《おえつ》を吐き出すかの様に。

　ただただ、叫び続けた。恨みも悔しさも、自身の弱さも全て吐き出しながら。

　その光景を見たウォーカー達は、もはや声を上げる事なんか出来る訳がない。

　いつもは死んだ様な目をしながら受付をこなす受付嬢が、普通じゃない怨念を吐き出す子供の嗚咽を、聖母の様な顔をして受け止めているのだ。

　この光景を前に、野次を飛ばす馬鹿など居る筈がない。

　誰も彼も口を噤み、彼女と少年を無言で見守ってしまった。

　コレが〝悪食〟の現実。

　普段から幸せそうに笑みを浮かべる彼等彼女達の裏の顔は、こうも脆《もろ》い。

　そんな子供達の笑顔を、アイツ等は守っているのだ。

　真っ黒い鎧に身を纏い、魔獣肉を喰らい。禁忌だらけの彼等は、なりふり構わず子供達を守っているんだ。

　彼等はいったいどんな表情を浮かべながら、傷付いた子供達を癒しているのだろう？

　あの鎧の下の表情を知っている奴等は、あまりにも少ない。

それくらいに、俺達は何も知らずにアイツ等を避けていたんだ。

「ふざけんなよ……」

何処からか、苛立った声が聞こえて来た。

「だったら余計にこんな奴の依頼なんか受けられるか！　エル坊の仇なんだろ!?　そんな奴がのうのうと生き残ってる上に、俺達に助けてくれ？　ふざけてんじゃねぇぞ！」

「舐めてんのかテメェ！　今すぐ死んで詫びろや！」

更なる怒号が、周囲から上がって来る。

あぁ、コレは……非常に不味い雰囲気だ。

空気に毒された無関係な人間が、場を飲み込もうとしている。

殺せ、殺せと雄叫びの様に声が上がる。

その声はギルド内を包み込み、当事者など無視して正義感を振り回している。

こんな時、俺に毛皮を被せてタコ殴りにしたアイツ等なら叫ぶのだろう。

〝黙れ〟と。

その一言で場を収められた筈だ。でも、今この場に彼等は居な――。

「黙れ、貴様等」

ズダンッ！　と音を立てながら、支部長が靴の踵で床を蹴った。

たったソレだけ。それだけで、ギルド内は静かになった。

「我々は正義の味方でも無ければ、法の執行者でもない。何を偉そうに囀《さえず》っている？　お前達の正義感は、エルを……この子を救うのか？　勇者がこの場で死ねば、誰もが幸せになるのか？

確かに気は晴れるかもな。それで、どうなる？　〝人を殺す様な奴は殺して良い〟という矛盾だらけの戯言をこれ以上漏らすなら、全員ウォーカー登録を剥奪するが……構わないな？　自らの鬱憤《うっぷん》を晴らす為だけに、人の人生を狂わせる様な馬鹿はウチにはいらん」

　支部長の言葉に、再びギルド内が沈黙で包まれた。

　トップからの言葉だ、簡単に反論出来る奴が居る訳がない。

　周囲を見渡して、誰も口を開かない事を確認してから。

「アイリ、勇者を摘まみ出せ。後は〝頼む〟、分かっているな？」

「はぁぁぁ……分かりましたよ、支部長。後は〝彼女〟に任せます。ホラ！　アンタはさっさと出ていく！　これ以上残ったって良い成果は得られないって分かったでしょう⁉」

　支部長の意味深な言葉に頷いたアイリは、勇者の襟元を掴んでギルドの外へと引っ張っていく。

　これで、終わったのだろうか？

　誰しもその後ろ姿を見つめるだけで、ろくに言葉が紡げずにいた。

　そんな中、残されたエルの坊主に対して支部長が歩み寄り。

「よく頑張ったな、偉いぞ。復讐とは、相手を殺す事が全てではない。忘れろ、許してやれなんて口が裂けても言わん。許さない事さえも、復讐に変わる事だって有る。生きて、気が済むまで恨め。そして強くなれ、それから決断しても遅くはない。辛くは有るが、ソレがお前の復讐だ」

　その言葉は何処までも重く、悲しい言葉であった。

　それでも、唇を噛みしめながらコクンッと頷く少年は。

　今、どんな覚悟を決めたのだろうか。

※※※

「待ってくれ！　俺の事はどうなっても良い！　でも望を、それにあの子にだってちゃんと——」

「煩い！」

首が捥《も》げるかと思う程の一撃を顔面に貰い、盛大に吹っ飛んだ。

そして俺に馬乗りになった彼女は、泣き叫びながら再び拳を叩きつけて来た。

でも、今度は非常に弱い。全然力が入っていない。

さっき見た鬼の様な彼女の覇気が、全く感じられない。

癇癪《かんしゃく》を起こした子供みたいに、ポカポカと殴ってくる。

でも、今まで以上に苦しいと感じる程に……胸の奥がズキズキと痛む。

「アンタみたいなのが居るから！　アンタみたいな半端者が居るから！　ウチの子達は、ウチのリーダー達は！」

叫びながら、彼女は俺の顔面を殴り続ける。

ボロボロと涙を溢しながら、ひたすらに拳を振り上げる。

「下らない依頼を寄越すなら、まず友達を頼りなさいよ！　誰にも気付かれない様に昔の仲間を頼りなさいよ！　何堂々とウォーカーを頼ってるの！　そんな事したら、ウチの馬鹿リーダーはアンタを助けちゃうかもしれないじゃない！　ふざけんじゃないわよ！　片腕飛ばされたってていうのに、あの馬鹿達はアンタにさえ手を差し伸べちゃう馬鹿なのよ！　いい加減にしろ馬鹿！」

叫びながら、彼女は俺の事を泣きながら殴り続けた。

　ふざけるな、いい加減にしろと嗚咽を溢して。

「もう、止めてよ……皆を、コレ以上傷つけないでよ……ただでさえ、怪我の絶ぇない人達なんだから……もう、勘弁してよ。嫌だよ……」

そう言って彼女は、俺の鎧の上で泣き始めた。あぁ、なんでこうなってしまったのだろう。

俺の〝こちら側〟での行動は、どこまでも間違っていた。

最初から自分の頭で考えていれば、すぐに分かる事だっただろうに。

調子に乗って、唆されて、タカを括って。ホント、馬鹿みたいだ。

今ではもう、謝罪するのも許しを請うのも間違っている気がする。

だからこそ、どうやって償えば良いのか全く分からないのだ。

暫く泣き続けた彼女は、バッと起き上がり鋭い視線を向けて来た。

「ウォーカーギルドじゃなくて、まずは〝友達〟を頼りなさい。少なくとも、ハツミちゃんなら話を聞いてくれるでしょ。手を貸してくれるかは知らない、本人次第よ。それから、あの大馬鹿者の皆を〝アテにする〟事は許さないわ。本人達が〝俺達を頼れ〟と言わない限り、同情を引いて手を借りようなんて思わないで。そんな事したら、私がその場で殺してやる」

　今まで以上に鋭い眼光を放ちながら彼女は立ち上がり、俺の胸倉を掴んで無理やり立ち上がらせた。

「だから……クラン〝悪食〟のホームに行きなさい。そこにハツミちゃんは居るわ。貴方が滅茶苦茶迷惑を掛けた上に、さっきの男の子みたいな被害者も居る。それでもどうにかしなきゃいけないんでしょ？　〝聖女〟がどうのって言ってたみたいだし、放っておけば面倒な事になるのは目に見えてる。そこまでの状況になれば、結局ウォーカーも動く他なくなる。だから、今の内にほんの少しだけ手を貸してあげるわ。でも私達がアンタを許す事は絶対にない。他のメンバーに見つからずに、彼女に会いなさい。見つかったら、マジで殺されるわよ？」

「は、はい！」

そう言って渡された名刺。その住所を頼りに、俺は走り出した。

〝悪食〟ってヤツのホームに向かって。

失敗してばかりの俺だ、もはやプライドなんて欠片も残っちゃいない。

地面に頭を擦りつけてでも、初美にお願いしよう。

望を捜すのを手伝ってくれって。彼女以外は何もいらない、全部捨てても良い。

彼女を救い出してくれた後なら、あの少年に殺されたって構わない。

だから、だからこそ。

「絶対、絶対見つけてやるからな！　望！」

名刺を握りしめて、俺はひたすらに走り続けたのであった。

※※※

「だぁぁぁもう、ふざけんじゃねぇよぉぉぉ」

情けない言葉を吐きながらも、俺達は街に帰還した。

ろくな稼ぎにもならず、武器は大量に消費してしまった。

矢と短剣、ナイフの類だからドデカイ出費という訳ではないが……数が多い為懐《ふところ》が痛い。

そして何より痛いのは、せっかく溜めた魔力を使い切ってしまった事だろう。

アレのお陰で魔獣の群れはどうにか出来たが、また一から魔石クラッシャーすんのかぁと考えるともうね。

「生きてるだけ儲けもんって考えるしかねぇよなぁ……あの数だし」

「だねぇ。いたた……帰ったらクーアさんに全身治療して貰わないと」

武器がほぼ空っぽになった西田は既に悟りを開いた様な顔で全てを諦め、魔封じ無しに炎に飛び込んだ東は全身に軽く火傷を負ったらしく、体がヒリヒリするそうだ。

何ともまぁ、見事なまでにマイナスしかないお仕事であった。

「あぁ、その、なんだ。悪かったな旦那」

気まずそうにしているカイル達に「気にすんな」とヒラヒラ手を振って答える。

こればっかりは彼等を責めた所で仕方がないだろう。

流石にあんな数の魔獣が襲ってくるなんて想像も出来ないし、ましてや首輪の付いた訳の分からんペット共が種族関係なしに番犬してるとは予想も出来まい。

とはいえ一応依頼としては達成したのだ。

獣人達に話は聞けたし、助けはいらないと答えも貰えた。

平穏を脅かすウォーカーってのについて正確な情報は掴めなかったが、最近は見ないって言ってたしな。代わりに別の奴等は居座ってるみたいだが。

そんでもって支部長の持ってきた仕事の〝獣の声〟、確定。

魔獣大集団が動いてりゃそりゃ振動するわ、しかも唸り声の一つくらい聞こえてくるだろ。

ひと通り結論が出た所で、報告の為にギルドへと向かっていたのだが。

「お？　知った顔の集団が居る」

ギルの一声に視線を向けてみれば、そこにはアイリと支部長。

更には子供達の背中が見える。こうして見ると完全保育園のお出かけだな。

流石に保育園に通っている子供達より年齢層は高い訳だが。

若干大人二名の恰好がピシッとし過ぎているので違和感が凄い。

「にしても支部長が子供と手を繋いでる所見ると……なんか、うん、すっげぇ……」

「だよねぇ。普段おっかない顔してるのに」

リィリとポアルがそんな感想を漏らしている。

はて、と首を傾げてみるが言われて見れば確かにそうかもしれない。

あの厳つい顔のおっさんが、ニコニコしながら子供の相手をしているのだから。

最近孤児院に顔を出したり、仕事中の子供達に声を掛けたりする姿ばかり見ていたから、あんまりソコには違和感を持っていなかった。慣れって怖いねぇ。

「おーい、お前等も今帰りかぁ？」

支部長も居るなら丁度良い、このまま直帰してしまおう。

これ幸いと声を掛けてみれば。

「お前達か……無事で何よりだ」

非常に渋い顔を浮かべる支部長。そんでもって、周りの子供達やアイリも同じ様な表情。

何かあったのだろうか？　思わずもう一度首を傾げてみると、無言のままエルが俺に向かって突っ込んで来た。

そりゃもう抱き着くっていうより、ガツンってな勢いで。

「おいおいおい、今の俺めっちゃ煤《すす》だらけだから汚れるぞ？　何たって豪快に丸焼きに――」

「キタ……そのままでいて。変わっちゃ嫌だ」

「あん？」

俺の鎧に額をくっ付けながら、ボソボソと呟くエル。

えらく深刻そうに喋っているが、その声は今にも泣き出しそうに聞こえる。

「今日、ギルドに勇者が来たんですよ……ソレで」

ゆっくりと歩み寄って来たアイリもまた、随分と酷い顔をしている。

ダチョウの巣から戻って来た時と同じ様な顔。

あの時と違うのは、喜びの感情が微塵も感じない事だろうか。

また大泣きしやがったな、コイツは。

「何かやらかしたのか？　勇者は」

俺の問いに、アイリは静かに首を振った。

「依頼を出したかったんだそうです。仲間を助けて欲しい、探して欲しいって。前とは違って、必死な様子でした。でも皆に追い返されそうになって、その時……エル君と」

鉢合わせした訳だ。エルの言葉から察するに、飛び掛かって大人達に止められたって所か？

遭遇したのがまだギルドだったのが救いだな。

街中で顔を合わせなんかしたら、周りに止めてくれる奴が居なかった事だろう。

未だ引っ付いているエルの頭に手を乗せれば、ビクッと反応を返してから更に力強く鎧にしがみ付いて来た。

「エル、どうしてもってんなら……俺が代わってやろうか？　お前の代わりに……」

「ヤダ！」

叫びながらグリグリと顔を鎧に押し付け、一向に離れる様子の無いエル。

正直、コイツ等が誰かを殺す事態になるってんなら、代わってやりたいと思っている。

俺には多分人が殺せない。だがそれ以上に、仲間に殺させたくない。

完全に俺の我儘だし、仲間や子供達に絶対駄目だと押し付けるつもりはない。

こんな世界なのだ、善悪抜きにして人を殺す事例なんぞその辺に転がっている事だろう。

だが、だからこそ。誰かが〝殺す〟時が来るなら、代わってやりたい。

矛盾しまくってるし、仲間が殺されそうになったら間違いなく迷う前に動ける自信は有る。

寸前で迷うかもしれない、でもそれは仲間を守った後で良い。

その結果として怪我をするなら、傷付くのなら、それはリーダーの俺であるべきだ。

「アイツを殺して、お前が幸せになれんなら代わるけどよ。そうじゃないなら、駄目だ。辛いだろうし、苦しいだろうけど。そうじゃないなら、やっぱり駄目なんだよ」

「……ん」

「ごめんな、情けない保護者で」

「ううん。でも、悪食はずっと一緒にいるよね？」

「おう」

ハッキリ言って、子供に求める判断ではない事は分かっている。

気持ち的にはぶっ殺してやりたいだろうし、傍観者だったら俺だってそう思うだろう。

第三者であれば、ゲームやお話の類であれば。

プレイヤーをスッキリさせろって意味で、ぶっ殺せと言葉を紡いだだろう。

しかしコイツ等は、〝悪食〟のメンバーなのだ。クランってのは、家族みたいなモンだと言う。

実際そう感じているし、悪食に加入していない孤児院のメンバーだってそう思っている。

そんな奴等に「殺して良い」って、言えるのか？

自分の子供の様に感じているコイツ等に、スッキリする為には人殺しになっても良いと言えるのか？　更に言えばコイツ等を守る立場に有る俺達が、何も考えず〝犯罪者〟になる事が許されるのか？

馬鹿野郎だ。

俺はギャラリーじゃねぇ、関係者だ。

どう考えたってお先真っ暗な道を子供に選ばせる親が何処に居る。

たとえ苦しくても、悲しくても。どうにかして幸せになる道を見つけてやりたい。

綺麗事だと笑われるだろうが、俺は子供達を預かる時にそう決めた。

だからこそ、〝食べる以外の目的ではなるべく殺すな〟なのだ。

最初は狩りの鉄則みたいな感じで、そう南に教えた。

次には「ゴブリンなんかも殺したら食うのか」なんて意見が出てきたらどうしようって事で、孤児院のルールではそういう言い回しにした訳だが。今となっては随分と意味合いが重くなって来た気がする。

でも俺は、出来ればソレを突き通したい。本当にどうしようもない事態にならない限りは。

そのお手本として、俺自身はそうありたいと願っている。

「キタ、抱っこ」

「随分と今日は甘えん坊だな」

「ん」

「別に良いけどよ」

一応は踏ん切りがついてくれたらしいエルを担ぎ上げ、皆と一緒に歩き始める。

納得した訳ではないのだろう、しかし一旦飲み込んだ。

そんな調子のエルは、再び額を鎧に押し付けたまま何も喋らなかった。

「キタヤマ、一応言っておくが……本当に殺すなよ？　相手は国のトップが抱え込んでいる様な存在なんだからな」

「やらねぇよ……ていうか出来ねぇよ。切り札もさっき使い切って来ちまったからな」

妙に心配になったのか、支部長が小声で注意して来る始末。

俺ってばここまで信用無いのかね、思わずため息を溢していれば。

アイリまで静かに隣に並んできて、ボソッと。

「先に謝っておきますキタヤマさん、すみません。実は――」

「――マジか」

どうやら、帰ってからもまだ面倒事が続くらしい。

※※※

なんでも、現在我が家に勇者が来ているらしい。

一応見つからない様に初美に会う算段になっているらしいが……大丈夫かよ、と思わず言いたくなる。現在孤児院には、何処ぞの魔女様が全力で監視する為の魔法を掛けているのだ。しかも、トラップ付きで。

子供達の安全の為と言われ、俺も中島も承諾したが……悪い予感しかしない。

そして勇者からの依頼。個人の感情を抜きにすれば、彼の持ってきた依頼はどうにも無視出来るモノではなかったそうだ。

〝聖女〟の捜索。

勇者と一緒に召喚された女の子だった筈。更にはウチのメンバーである、初美の友達。

そんでもって、国からも随分と手厚く保護されていると初美からは聞いていたが。

そいつが何と消えてしまった、と。放っておいたら今よりも面倒になる事が目に見えているが、ウォーカー達の手前しっかりと話を聞ける状況では無かったんだとか。

だからこそ、とりあえず初美を使って情報を引き出そうって腹づもりだったらしいが……残念な事に、ギルド受付に度々戻るアイリはアナベル包囲網を知らなかった。

　あっちゃぁ、週一とかで会議の場でも作らないと駄目かねこりゃ。

「なんもなけりゃ良いが」

「すみません、キタヤマさん……こんな事なら、私が話を聞いておけば……」

「あぁいや、こっちの報連相《ほうれんそう》の不備だ。気にすんな」

「ほうれん草？　キタ、今日はほうれん草食べるの？」

「美味しいよね。でもほうれん草はまた今度な、エル」

　まぁ勇者が変な暴走しない限りは問題ないだろうし、他のメンツも残っているから大事には至らないとは思うが。

　そんな事を思っていた時期が、俺にもありましたとさ。

「なんだありゃ……」

　ホームの上、というか空に真っ黒い雲が集まっている。

　なんかゴロゴロ言ってますけど、所々ピカピカしてますけど。

　この時期にあんな入道雲モドキって出来るんですかね。

「間違いなくアナベルさんだね……」

「あぁ〜……急がねぇと魔女様の雷が落ちそうだなありゃ、比喩とかじゃなく」

　思いっ切り検知に引っかかってんじゃねぇか！　あの馬鹿勇者！

　てな訳で、戦闘メンツは全員ホームへ向けて全力で走り始める。

　やがて見えて来た庭先には、複数の人影。

数名ずつに分かれて対峙している様だが……あ、一人土下座してる。

「退いて下さい二人共……そこ立たれると巻き込んでしまいます」

「アナベルさん落ち着いて下さい！　たとえ相手が勇者だったとしても、この様な行為をリーダーが許すとは思えません！」

「本人もアイリさんの紹介で来たと言っていますから、まずは事情を聴きましょう！　お願いですから！」

　杖を振り上げるアナベルに、周りには槌《つち》を担いだドワーフ達。

　その後ろに子供達を抑えているクーアやノイン。それに相対するのが、中島に初美。

　残る一人は、未だ土下座している勇者様。

「何を聞く必要が有ると言うのですか？　彼は防衛戦で許されない事をしでかした上に、私達のリーダーの腕を切り飛ばしたんですよ？　何故庇《かば》う必要が有るのですか？　一度死んで許されるなんて思わないで下さいね？　無理やりにでも蘇生して、殺して、不可能になったらアンデッドにしてまた殺してあげます」

　完全ブチギレ状態の魔女様はゆっくりと杖を振り下ろしていく。

　不味い、非常に不味い。魔獣の群れが可愛く見える程の威圧感をビリビリ感じる。

　あんな魔法使われたら、多分黒焦げじゃ済まねぇぞ。

「南！　俺の槍を出せ！　馬鹿デカイ方！」

「え……あ、はい！」

　南から渡される〝趣味全開装備〟、長いから突撃槍で良いか。

全力ダッシュしながらソイツを後ろに構え、脇に挟んで力を入れる。

背後に人が居ない事を確認してから、スイッチオン。

ズドォン！　と凄い音を立てて背後で爆発が起きたかと思えば、前方……というより若干上空に吹っ飛ばされる。

「どわぁぁぁ！」

俺、今飛んでる……とかアホな感想を一瞬だけ思い浮かべてから、すぐさま地面が迫り、ベシャッと情けない音を立てて彼等の間に着陸した。

もとい、墜落した。

「「リーダー!?」」

前後から声が上がる中、プルプルしながら立ち上がる俺。

駄目だ、非常に恰好悪い。

予定としては恰好良く登場して「待て」とか言ってやるつもりだったのに。

こんな事なら西田を走らせた方が早かったかもしれない。

というか脇が痛ぇ、肋骨折れてないと良いなぁ……。

「あぁ～いてぇ……落ち着けお前等、特にアナベル。子供達がビビってんぞ」

「でもソイツは！　それに貴方の腕を、それに――」

「わーってるよ、だがお前が手を下す必要はない。一応当事者の俺が止めろって言ってんだ。今すぐ魔法を解除しろ」

「それで良いのですか!?　だってコイツは――」

「アナベル。すまん、先に謝っておく。こいつは悪食リーダーとしての〝命令〟だ、魔法を止めてくれ」

スッと頭を下げてみれば、魔女様はグッと唇を噛みながら、次の瞬間には大きなため息を吐いた。

「分かり、ました……でも、納得はしませんよ」

「今はソレで良い。ありがとな」

「貴方は馬鹿です……大馬鹿者です」

渋々と言った様子のアナベルが再び空へと杖を向け、クルクルと回せば真っ黒い雲が散っていく。とりあえずこれで一触即発って雰囲気では無くなってくれた筈だ。

はぁ、とため息を溢してみれば今度はドワーフ達に睨まれる。

「何故庇うのかは知らんが、ソレで良いのか？　キタヤマ」

「庇ってる訳じゃねぇよ、コイツには色々聞かなきゃいけない事が有るだけだ。ついでに言えば、俺が庇ってんのはお前等の方だ。コイツを殺せば、何を敵に回すか分かってんだろ」

「……フンッ！　大将のお前がそう言うなら、一旦引いてやるわい」

「わりぃな、サンキュ」

それだけ言って、ドワーフ四人衆はドスドスと足音を立てながら去っていく。

非常に機嫌が悪そうだ、後で何かツマミを作ってやろう。

さてさて、残る問題は。

「く、黒鎧……？　アンタのクランだったのか？　そういえばあの受付嬢さん、見覚えが……」

「よぉ、久しぶりだな」

振り返ってみれば、まるで幽霊でも見るかの様な顔で土下座状態の勇者が顔を上げていた。

何を口にすれば良いのか迷っているみたいに、口をパクパクさせる勇者の胸倉を掴んで、とりあえず立ち上がらせる。そして。

「歯食いしばれ、腹に力入れろ。ちっとばかし響くぞ」

「え？」

「しゃぁぁっ！」

思いっ切り、勇者の腹を左腕でぶん殴った。

鎧は盛大にヘコみ、更には吹っ飛んでいく。

こっちは腕一本持って行かれたんだ、これくらい良いだろう。

「ガッ、ゴホッ！」

鎧が曲がる程の力で殴ったと言うのに、咳き込みながらも普通に立ち上がる勇者。

やっぱ生物としては最強なんだなコイツ。

俺だったらしばらく地面に転がっている自信が有るぞ。

「大馬鹿野郎が、どの面下げて来やがった。と、言いたい所だが……はぁぁぁ」

「う、腕……大丈夫なのか？」

「ハッ、てめぇをぶん殴ったって取れねぇくらいにはな。舐めんな」

「そう……なんだ。良かった」

意外なセリフを吐いたかと思えば、勇者は再びその場に蹲ってしまった。

おや、何か前と雰囲気が違っていてちょっと気持ち悪い。
「は、ははは……さっきのは、効いた。いってぇ……」
そんな事を言いながら、腹を押さえて転がってしまった異世界最強。
あれから随分時間も経ったし、レベルも更に上がっているだろうに。
「情けねぇなぁ勇者様。鍛え方が足りねぇんじゃねぇか？」
偉そうなセリフを言いながら、ハッと鼻で笑ってやれば。
「ホント、その通りだ。アンタに言われた通りだったよ。俺は、〝未熟モン〟だ」
そう言って仰向けに寝転がる勇者。
前同様ならてっきり怒り出すかと思ったが、何やら吹っ切れた面をしていやがる。
全く、どんな心境の変化があったのやら。
以前の生意気クソガキ坊ちゃんは、何処かへ行ってしまったらしい。
とはいえ、全部許してやるつもりはないが。あくまで腕の件だけ。
それだけは、さっきの一発でチャラにしてやるつもりだ。
くっ付いたからからこそ言える、甘ったれな考えだってのは自分でも分かっているが。
結果的に俺の腕はくっ付いた上に、コイツも何やら大人しい性格になっている。
だったら、いつまでもネチネチ言った所で恰好悪いだろ。
本来ならもっと色々言うべきなんだろうが、知らん。
言葉だけでしっかりと反省させる術なんぞ、俺は知らん。
はぁぁぁっともう一度思いっきり息を吐き出して、それから。

「腹、減ってっか？」

「へ？　あぁ、そう言えば……しばらく何も食べてないかも。二日くらい」

　くっそ情けない勇者様に向かって右手を差し出して、グイッと引き起こしてやる。

「なら、飯だ。話はそれから聞いてやる」

「ありがとう、ございます」

「今更敬語なんぞ止めろ、背中が痒《かゆ》くなる」

「あ、はい……じゃなかった。おう。でも、その……良いのか？」

「良い訳ねぇだろ。また馬鹿な事言い出したら〝悪食〟全員でボコボコにしてやる、覚悟しておけ。死なない程度にはするが」

「むしろその方がありがたいかも……」

「開き直ってんじゃねぇよ、お前にその資格はない。話を聞いた所で俺達が依頼を受けるとも限らないし、少なくともココでボコされたくらいじゃ許されるモンじゃねぇ。一生後悔しながら償い続けるこった」

「あぁ、分かってる……アンタにも、本当に申し訳ない事をしたと思ってる」

「ケッ、調子狂うな」

　最初は〝勇者〟って言葉を聞くのも嫌だったのに。

　勝手に期待されて、失望されて。何にも持たされず捨てられそうになって。

　挙句に防衛戦では邪魔をされ、終いには腕を切り飛ばされた。

　だとしても、だ。

〝こっち側〟に来て、チート貰ってもてはやされ。

調子に乗った挙句失敗したコイツ。

それは許される事が無い失態だったとしても。〝許してやる〟と言ってくる馬鹿共しか周りに居ない。もしも俺が〝勇者〟だった場合、違う結果になっただろうか？

俺もコイツと同じ様に調子に乗って、好き勝手やらかしたかもしれない。

なんて想像を膨らませてみれば、古巣が同じの俺達くらいは少し見方を変えても良い筈だ。

死ねと言うだけなら簡単だが、それで何が変わる？　もっと悪い方向に進むだけだ。

調子に乗って道を踏み外した若造、そんな奴等は腐る程〝向こう側〟にも居ただろうに。

そいつ等全員に、今すぐ死んで詫びろと言って刃物を突き立てるのが正解か？

関係ない人間からしたら、スッキリしたで終わるのかもしれないが、当事者としちゃどうだ。

許した訳じゃない、償いも罰も必要だろう。

だが俺がコイツに槍の穂先を今すぐ叩き込むのは、ちょっと違う様に思える。

何処までも甘い考えで、自分達の手を汚したくないっていう方便なのかもしれないが。

しかし手本となる筈の俺達大人メンツが、子供達の前で見せられない姿だという事は間違いないだろう。

「ありがとうございます、北山さん。こんなのでも、一応友人なモノで」

すぐ近くに居た初美が頭を下げながら、申し訳なさそうに呟いた。

「こうでもしなきゃ、お前一人で手を貸すつもりだったろ。もう一人の友達の為なら、〝悪食〟を抜けてでも協力した。違うか？」

「……違いません」

「馬鹿が、困った時は大人を頼りゃ良いんだよ。ま、お前が居なけりゃこんなクソガキ放り出してたかもしれねぇがな」

彼女の頭をちょっと強めにぐしゃぐしゃと撫でてから背を向けると、今度は入り口方面から鋭い視線が飛んできている事に気付いた。

「キタヤマさん……まさかとは思いますけど、ソイツをホームに入れて皆でご飯とか言わないですよね？　周りの反発が凄い事になりますよ？」

「キタ、それはちょっと無理」

「ご主人様、害虫なら〝殺すな〟という命令に反しませんよね？　駆逐するだけです」

アイリと……そしてエルと南に関してはガルルルッとばかりに唸っておられる。

あぁもう、あぁもう……仕方ないって事は分かってるんだけどさぁ。

「……はぁ。おい勇者、ちょっと付き合え」

「え？」

「居酒屋行くぞ」

ここでは、お話が聞けそうにないのは明白だった。

※※※

「らっしゃっせー！　何名……様……」

「大人数ですんません、八人です。出来れば個室が良いんだけど、空いてる？」

「ご、ご案内いたしゃーす……」

先頭の俺等黒鎧集団を見た店員のお兄ちゃんが、顔を引きつらせながら店の奥へと案内してくれた。すまん、と心の中で謝っておきながら各々席に向かう。

こちらの食事処って奴にも色々足を運んでは見たが、酒場ってヤツはやっぱり良い。

ゲーム世界に飛びこんだ様なガッと飲める場所もあれば、ココみたいに転生者絡みか？　なんて疑ってしまう程の〝居酒屋〟も存在する。

あぁ、ここの居酒屋には何が有るんだろうか。

基本的にこっそり飲みに行かないと南も付いて来ようとするので、意外と好みの店を探すのも大変なのだ。前回トール達と飲んだ時の様になっては困る。

「ご主人様……本当によろしいのですか？　アレのやった事を考えれば、我々こそ最初に放置すべきだと思いますけども……」

「コレばかりは私からも謝ろう、すまない。だがそういう訳にもいかん。ギルドと国は直接ではなくとも、結構繋がりが有るんだ。だからこそ、聖女の失踪は見逃せる問題ではない。大事になってから巻き込まれたのでは、堪《たま》ったモノではないからな」

「しかし、私達には関係ないです。ウォーカーは基本的に仕事を選べる立場にありますから」

「戦争にでもならない限りは、な」

「……」

相変わらずピリピリした様子の南に対して、何だかんだ付いて来た支部長が苦笑いを浮かべながら対応している。

実際の所、他のメンツも付いて来ようとしたり、噛みついて来ようとする奴は多かったのだが。

何とか中島とクーアが押し留めてくれている。

最初から喧嘩腰ではろくに話が進まないだろうという事で、二人が頑張ってくれている訳だ。

しかしながら、南と白だけはついて来てしまった。

「私は、北達のお守《も》り。変な依頼だったら断る様に、中さんに頼まれた」

「俺等は威厳とか信頼とか無いのかな」

「こういう事に対しては、全く無い。北は変な依頼でも受ける。頭脳は筋肉、見た目は蛮族」

「あ、はい」

とか何とかで、中島以外に一番棘《とげ》の少なそうな白がお目付け役に付いた。

女子高生に監視されるおっさんっていったい何なんだろう。

そして誰が脳筋蛮族じゃい。まぁ、今は良いか。

「とりあえず飯にしようぜ、食いながらでも話は出来るだろ。さって、お前等何にする？」

「もう少し警戒しようぜこうちゃん、腕斬り飛ばした相手だぜ？　座った瞬間荷電粒子砲が飛んで来たらどうするよ」

「でもくっ付いたし、今日は戦う気無いみたいだし」

「とは言ってもねぇ……まぁ北君がそう言うなら良いけどさ」

席に付けば、両サイドを固める形で西田と東が呆れ顔で腰を下ろした。

いやぁ、懐かしい。昔居酒屋行くとこういう並びだったな、なんて事を思っていれば。

「ご主人様はもう少し人の悪意というモノを重く見るべきです。今は大人しいからといって、人がそう簡単に変わると思わない方が……」

何やらキョロキョロしながら席を捜す南が、未だに厳しい声を上げている。

どうやら何処に座れば良いのか迷っているらしい。

「あ、ごめんね南ちゃん。居酒屋だといつもこの並びだったから、つい。北君の隣が良い？　はい、ココ座って」

東がニコニコしながら一人分隣にズレると。

「す、すみません東様……」

「いえいえ、定位置じゃないと落ち着かないよね。そう言えば最初に飲みに行った時もこの並びだったっけ」

懐かしい事を喋り始めた東と俺の間に南は腰を下ろし、白は何も言わずに西田の正面の席に腰を下ろした。

アレだろうか？　仕事の飲み会みたいに、席順とかも決めておいた方が良かっただろうか？

ちょっと失敗したなぁ……などと思っている内に、白の隣に支部長と初美が。

そして気まずそうな勇者が、端っこにそろりそろりと腰を下ろした。

やけに西田に対してビク付いている様子が有るが……ま、何でも良いか。

「ではまず、今回の報告から聞こうか。本来なら戦風達からも報告が欲しい所だったが……この状況ではな。まずはこちらの話を済ませた後に――」

「すんませーん！　生四つ！　あ、支部長もビールで良いか？　未成年組はジュース選べ、ホレ」

「おい、聞け」

居酒屋に来たら、まずこれが礼儀でしょうに。

大人組の前にビール、子供組にはジュース。そして全員に御通しが出て来た。

俺等の鎧を見る度にビクッとされる訳だが、もう慣れっこだ。

いい加減色変えろよと言われるかもしれないが、黒鎧は山の中で便利なのだ。

そんでもって恰好良いのだ。だから変えん。

「そんじゃ、いただきます」

「「いただきます」」

お通しは五つの小鉢に分けられた量の少ない料理。

舌を慣らすというか、ココの店を知ってくれと言わんばかりの良い雰囲気だ。

ほうれん草のおひたしに、きんぴら。厚焼き玉子に、ベーコンの厚切り。

そして何故かピスタチオ。

「組み合わせが良く分かんねぇな……」

「でも結構旨いぜ？　ほうれん草うめぇ」

「何でも作れるよってアピールなのかな？　とはいえ見た目的にはもう少し合わせた方が良い気がするけど。でも旨いから良いや」

そんな事を呟きながらお通しを摘まみ、最初のビールで喉を潤す。

確かに旨い。ほうれん草の塩ゆでに鰹節、そして醤油。もうこれだけでもご馳走だよね。

茹でると滅茶苦茶少なくなるのは、アイツの一番の難点だと思うが非常にさっぱりする。

そんでもってきんぴら、コイツも旨い。

ピリッとする辛みを味わいながら、ゴボウのコリコリした歯ごたえを味わう。

どっちも〝こっち側〟に来てから食ってなかった代物だ。

懐かしいなぁ……という感想と共に、酒が進む。

若い頃ならガッツリ系とか菓子とかで酒を飲んでいたが、歳をとるとこういうのでまったり飲みたくなる事も有るのだ。いつもながら、ちょっと年寄り臭い事を考えていると。

「ご主人様。私も成人していますしお酒を頼んで良いですか？　今日は流石に飲みたい気分です」

「駄目です、お酒は二十歳になってから。あとヤケ酒はろくな事にならないから止めなさい」

「北、ここおでんが有る。頼んで良い？」

「良いです、全員分頼みなさい」

二人が各々好きな物を注文していく。

おでん各種、唐揚げ、串焼きなどなど。ついでに注文した枝豆などもテーブルの上に到着し、何だかんだパーティー状態になってきた頃。

やはりメニューが非常に〝あちら側〟に近い。

味付けや料理もそうだが、この店はおそらく召喚者が関わっているのだろう。もしくは召喚者がやってる会社の子会社かフランチャイズか。

何にせよ、俺達にとっては有難い事この上ないが。

旨いし懐かしい物が食えるのだ、文句なんぞ有る訳がない。

「キタヤマ……そろそろ良いだろうか？」

仕事終わりの為、普通に飯を食い始めた俺達に対して支部長が苦い顔を向けて来た。

忘れていた訳ではないが、面倒事は一旦大人しくなっただけでまだ終わってはいない。

ちびちび酒を飲みながら困った顔をする支部長と、気まずそうにしている勇者と初美が視線に入る。

「まずは食え、腹減ってんだろ」

適当に盛り合わせたおでんを差し出せば、勇者はおずおずと器を手に取った。

「いいのかな、俺……その、アレだし。今更だけど、〝向こう〟で言えば重罪人だし。それにお前達にだって……」

「〝向こう〟と〝こっち〟じゃルールが違う。気にすんな、とは言わんが。人間生きてりゃ腹くらい減るだろ。とりあえず食え」

「いただき、ます……」

促してやれば、やけにしおらしい勇者も飯を食い始める。

ちょびちょびと遠慮がちに食い始めたが、途中からガツガツと勢いよくおでんを頬張り始めた。

まだ詳しく聞いた訳じゃないが、〝しばらく何も食ってなかった〟ってのはマジなのだろう。

そんだけ必死に〝聖女〟を探し回っていたという事だ。

異世界主人公になって調子にさえ乗らなきゃ、結構ガッツが有る奴だったってこった。

全く……何やってんだか。

「すんませーん！　生四つおかわり！　あとホッケとキムチ鍋！」

「北、シソ入り厚焼き玉子も」

「こうちゃん手羽先も頼もうぜ、手羽先」

「さっぱり系も欲しいねぇ。あ、大根サラダとか良いんじゃない？」

「お前等自分で頼めよ！」

何だかんだわちゃわちゃしながら、久しぶりの居酒屋飯は進んでいくのであった。

若干支部長に呆れた視線を向けられている気がするが。

まぁ良いさ、難しい話は腹を満たしてからだ。

「えと……俺も注文して良いかな」

「好きにしろ。腹減ってちゃ頭も回んねぇぞ」

「お、おう！　すみませーん！　注文良いですかー!?」

幾分か顔色の良くなった勇者も、皆に混じって声を張り上げるのであった。

※※※

それからしばらく食事を続け、その後ポツリポツリと話を聞いたりこっちが話したり。

どうやら勇者の方もお国のお偉いさんから話は聞ける状況ではないらしく、最近は日帰りであれば出かけても構わないが、なるべく国の中に残っていてくれと言われているらしい。

なんともまぁ雑な扱いですこと、最初の頃の手厚いサポートは何処へ行ったよ。

呆れたため息を溢してしまうが、何やら城の中でもきな臭い空気が蔓延《はびこ》っているらしく、そちらに掛かり切りになっているという。

聖女の失踪と同時に教会側の人間、そしてソレに関わってる兵士達などが姿を消したんだとか。

その話を聞いた支部長が、随分と苦い顔を浮かべながら。

「これは、本当に戦争になるかもしれんな」

とかなんとか、とんでもなく嫌なセリフを吐いておられる。

そこまでヤバイ事態になっているのなら、確かに若造一人に構い続けている暇はないだろう。

とはいえ、コイツ勇者よ？

人類の希望なんでしょ？　もう少し詳しい事情を説明してやっても良いんじゃないかね。

「私が見ていた限りは、彼等は〝異世界人〟の事を道具としか見ていない様子でした。だからこそ、戦闘が始まった時に近くに居てくれれば良いと考えているのでは？」

当時を思い出しているのか、眉に皺を寄せた初美が口を開いた。

「そんな簡単なもんかねぇ。まぁ呼び出しておいてハズレだったら放り出す連中だから、はなから信用なんぞしてないが……」

大きなため息を溢しながら、焼き鳥の串をガジガジしていると。

ジョッキを傾けていた支部長が「ふむ……」と静かに溢しながら腕を組んだ。

難しい顔をしながらも、俺達同様疲れたため息を溢している。

「キタヤマの報告にあった獣人達は……まぁ良い、我々も手が伸ばせる範囲は決まっているからな。全てを救える訳ではないのは最初から分かっていた事だ。しかしお前達が遭遇したという

〝白い首輪〟をした魔獣。これに見間違いはないな？」

「あぁ、そうだな。どっかのペットか何かか？」

「それは、教会の連中が使用する〝奴隷の首輪〟だ。重罪人なんかを更生させる為に使用される、強力な付与が掛けられた代物だ。そして、勇者が言っていた聖女と共に教会の関係者の失踪。雑な考えではあるが、目星はついたかもしれんぞ」

　是非とも勘弁して頂きたい。前回の調査で終わりって事にして頂けませんかね。

　今度の相手は教会ですか、クーア達を切り捨てた連中ですか。

　聖女の召喚に成功してから教会が調子に乗った、という話は聞いたが。

　そこまで簡単に攫《さら》えるもんなのかね？

「教会にとって聖女とは、勇者よりも価値が有ると言われている。そしてどういう利害関係なのかは知らんが、教会の人間の上層部は普段から王城に出入りしている。つまり、大事にせずに〝聖女〟を連れ出せる立場に有るという事だ。そしてお前達の遭遇した〝白い首輪〟の魔獣……しかもその数だ。いったい何を守らせているんだろうな？」

　何か、どんどん話が嫌な方向へと向かって行ってる気がする。

　何の企みかは知らんが、教会は聖女様とやらを攫った。

　んでもって森の奥深くに身を潜め、周囲を自分達の使役する魔獣達に守らせている、と。

　うわぁ……絶対ろくな事してねぇ。悪の秘密結社です！　って言われたら、ですよねって答えちゃうくらい見事に悪い事してそう。

「だったらその場所に望が！」

「まだ決まった訳じゃない。しかし、可能性は高いだろうな」

「黒鎧、頼む！　その場所を教えてくれ！」

今すぐにでも飛び出しそうな勢いの勇者の頭を掴んで、元の席へと押し戻す。

脊髄反射で行動し過ぎだコイツは。

俺等もあまり人の事は言えないかもしれないが、ココまでじゃない気がする……多分。

「俺達が調べた場所は歩きで数日は掛かる上、足場がとにかく悪いからな。お前は日帰りしか出来ねぇんだろ？　どうすんだよ」

「そんなの関係ない！　俺はっ――」

「国を裏切ってでもお前は聖女を助けるってか、そりゃご立派だ。流石主人公様って所だな。そんで？　お前が居ない間にマジで戦争だ何だと起こった場合はどうすんだ？　今まで頼り切ってた国の連中と、迷惑掛けまくった奴等は放置するって事で良いんだな？」

「そ、それは……」

コイツの立場は、何処までも不安定だ。

王族にとって、というか国にとっては最終兵器。民にとっては希望の光。

しかし被害者やウォーカーにとっては……殺してやりたいくらい憎くても、殺せない相手。

実力的にも、立場的にも。そんな奴が今度は単独で好き勝手してみろ。

次は国からも民からも〝肝心な時に居ない勇者〟なんて言われる事だろう。

コイツは帰る場所が無くなり、恨んでる奴等からは更に恨みを買う。

そうなってくると、国を逃げ出す以外の選択肢が無くなってしまう様に思える。

だが、ソレは許されない。

コイツは、まだ一欠片としてエルの様な奴等に償いが出来ていないのだから。

死ねとは言わん。しかし全てを放り出す様な真似をするなら、俺等〝異世界組〟の中でも最底辺の評価……にはもうなっているかもしれないが、更生を望む事は出来そうにない。

そして逃げた先で再び愚行を繰り返す様なら、その時は間違いなく〝処理〟が必要な存在になってしまうだろう。俺等と関わりが無ければどうぞご自由にってもんだが。

出来れば、そうなって欲しくはないのだ。

「てめぇは償うって決めたんだろ。だったら、守れ。迷惑かけた連中にどれだけ恨まれようと、罵倒されようと、とにかく守れ。それがお前の唯一出来る事じゃねぇのか？　それとも、ごめんなさいって頭下げるだけで償うつもりでいんのか？」

「ぐっ……」

とは言えホレた女を助けに行きたいってのも、分かるには分かるんだけどな。

はぁぁぁと大きなため息を溢せば、白からジロリと睨まれてしまった。

「北、また馬鹿な事考えてる」

「んだよ」

「確かに、悪食を公に動かすべきじゃないな。勇者に手を貸したとなれば、ウォーカー達からの評価にも関わる上……エルの様な者達にも示しがつかん」

支部長からもため息交じりに、言葉を追加されてしまった。

「けど支部長さんよ、聖女ってのを放置する訳にもいかないんだろ？　そんでもってウォーカーで動こうとする奴も居ない上、国も戦争の準備で大忙しな訳だ。どうするってんだ？」

「僕達だって勇者に手を貸すのは思う所が無い訳じゃないけど、その聖女には何の恨みは無いしねぇ。結局戦争になって駆り出されるなら……ねぇ？」

　こういう場面では珍しく、西田と東が口を挟む。

　どうやら〝そういうつもり〟で居るらしいが、どちらも何故か俺に向かって呆れた視線を向けて来ているんだが。解せぬ、お前等だって一緒だろうに。

「はぁぁぁ……」

　もう一度思いっ切りため息を吐いてから、ひとつ頷いて顔を上げる。

　そして。

「今回、〝悪食〟は依頼を受けない」

「っ！　やっぱ、俺の頼みじゃ駄目か……？　俺に出来る事なら何でもする！　だから――」

「ふぅ……ソレが正しい判断だ。聖女の調査は勇者の名を伏せて、こちらでどうにか――」

「だが、俺達はしばらく自由気ままな野営生活を送ろうかと思ってる。行き先はちょっと分かんねぇなぁ……メンツも自由参加にすっから、ホームには何人か残ってるだろうよ。何か用があったらそっちに伝えてくれ」

　支部長と勇者の声を遮り、続けざまにそんな事を言い放ってみれば。

　対面席から「は？」という顔を向けられてしまった。

「もちろん俺は参加するぜ」

「僕も。熊鍋とか美味しそうじゃない？　そう言えば前回行った所にいっぱい居たね。また行ってみる?」

「ご主人様方はどうして……いえ、今更ですね。誰にでも手を差し伸べる、底抜けのお人よしです。だからこそ、私も救われたんでしょう。納得はしませんが、私もお供いたします」

そう言って、こちら側の席に座るメンツは全員手を上げてみせた。

わりぃな、と心の中で謝りながら向かいの席に視線を向けてみると。

「まぁ、こんな馬鹿じゃなければ、私や中さんをわざわざ助けに来たりしないか。ん、私も参加」

「なっ⁉　お前達、分かっているのか⁉」

支部長が慌てた様子で立ち上がるが、俺達はヘッと軽く笑って見せてから酒を呷った。

「何を勘違いしてるのか知らねぇが、俺等は森に〝遊び〟に行くだけだ。そんでもって戦争に巻き込まれるなんて御免だからなぁ。外に逃げ出して、しばらく様子を見ようって腹づもりよ。だがもし聖女様ってのに出会ったら、攫ってきちまうかもしれねぇな。お持ち帰り出来れば、どっかのチートクソガキが俺達の事もついでに守ってくれるだろうし。そうでなくても、何かしら調査して来れば大金が貰えそうだ。生憎と今回は大赤字でね、少しは冒険しねぇと儲かるモンも儲からねぇ」

軽い調子で言い放ってみれば、勇者は随分と間抜けな顔をしながらポカンと口を開けている。

コイツの事を全力で助けてやろうなんて思っちゃいない。

ただただ、少しだけ手を貸してやるだけだ。あとは、コイツ次第。

コレが同じ古巣のよしみとして、最後にしてやる事。

ここで変わるなら良し、変わらないのなら今度こそ見限る。

その判断基準として俺達は。

〝悪食〟としてではなくただの個人として、コイツの願いを聞いてやろう。

望みを叶えてやれるかどうかは分からないし、仲間が危険に晒される状況になるならすぐにでも撤退してくるが。

それでも、何にも知らずに急に戦争に参加させられるよりはずっとマシな気がする。

「すまん……頼む、黒鎧」

「頼むな、俺達はお前の依頼は断ったんだ」

「えと、そんじゃ……ありがとう」

「空気読めや、クソガキ」

そんな訳で、今後の予定が決まった。

今回ばかりは仕事でも何でもない。ホームに帰って何て言われるか分からないし、今回もまた俺の我儘を押し通した形になる訳だが。

はてさて、どうなる事やら。

「ま、調査っつぅか遠目から見るだけにはなりそうだよなぁ」

「もしかしたら戦争を準備してる奴等が相手だしねぇ。魔獣も多いのは確認済みだから、相当準備していかないとねぇ」

友人二人からは、やけに呆れたため息が零れるのであった。

【第八章】★【　　】の英雄

アレから数日が経ち、俺達はドワーフ組から前回失った装備の代わりを受け取った。

そりゃもう、山の様に。

「ニシダやミナミの分だけじゃねぇ。キタヤマの槍やアズマの盾も補充しておいた。無事に帰れよ？」

やけに険しい顔をしながら、ドワーフ四人衆は次々と武器の類をマジックバッグに放り込んでいった。そして。

「しばらく孤児院を空ける事になりますが、よろしくお願いいたします」

「えぇ、お任せ下さい、ナカジマ様」

業務連絡の如く、数々の指示をクーアや子供達に飛ばしている中島。

その恰好は、久々に見たと言っても良い革鎧と燕尾服組み合わせスタイル。

西田の様な兜も被っている辺り、完全に戦闘態勢だ。

「今回は今まで以上に過激なピクニックなんでしょ？　理由さえ聞かなければ、十二分に楽しめたかもしれないのにね」

「本当ですよ。何故あんなのに手を貸すのか……なんて、いつまで言っていても仕方ありませんね。ウチの三人衆は、そういう人達ですから。若い子には可能性を、更生のチャンスを与えようとする人達です」

「馬鹿が付く程のお人好し、じゃなきゃこんな悪ガキ、預かったりしない」

「おい、シロ。何で俺の方を見てるんだよ」

アイリ、アナベル。そして白の言葉に、顔を顰める待機組のノイン。

各々好き勝手喋りながら、俺達遠征組の準備を進めていく。

「勢揃いになっちまったな」

「こればっかりは仕方ないっしょ」

「だね、北君だし」

「俺なのか？　俺が問題なのか？」

「「だろうよ」」

友人二人から突っ込みを頂きつつも、準備は整った。

最初期から持っているマジックバッグを腰に取り付けながら、南がドワーフの下から帰ってくる。

「準備完了です、ご主人様」

「おうよ」

南に返事を返してから、俺の腰に付いた茶色のマジックバッグをクーアに投げて渡す。

驚きつつも慌ててキャッチした彼女は、次の瞬間険しい顔を浮かべていた。

「何のつもりですか？　まさか自分達が帰って来られなくなった時の保険、とでも言うつもりじゃないでしょうね？」

急に、すんごい怒られてしまった。

「あ、いや。俺等しばらく帰って来られないだろうから、その間にも一つはあった方が良いだろなって……今回は解体する暇もないだろうし、土産は期待するな」

「あ、そういう事ですか」

「そういう事です……」

何やら誤解を招いた様で、お互いにちょっと恥ずかしい雰囲気になってしまった。

こういう時、気の利いたセリフでも言えれば良いのだが……生憎と特に思いつかない。

「キタ。こんな時は指輪の一つでも入れておけば上手く行くって、ウォーカーのおっちゃんが言ってた」

「エル、その人とは今後関わらない様に。ソイツはきっと死亡フラグだ」

「脂肪ふらぐ……脂が乗るの？」

「むしろ美味しくなってしまったな」

気の抜けた会話を交わしていると、今度はでっかい魔女帽子を被ったノアがやって来る。

最初は違和感があったが、今では随分と馴染んだその姿。

アナベルの弟子ですって言われても、多分納得してしまうだろう。

そんな彼女が、俺の籠手にソッと手を触れてから。

「皆を守って。それから、無事に帰って来て。ソレがボク達の憧れたリーダーで、悪食だよ」

「なら、期待に応えてやんねぇとな。んじゃ元気の出るバフでも掛けてくれよ」

「〝頑張って！〟それから、〝行ってらっしゃい！〟」

「ハハッ、充分だ」

皆から見送られて、俺達はホームから出発した。

今回のメンバー、東西南北白中。そしてアイリにアナベル。

初美は念の為勇者に付かせ、クーアには孤児院に残って貰った。

という事で、ほぼフルメンバーでの〝キャンプ〟が始まった。

「ったく、こんな事に付き合わなくても良いのに。お前等だって、納得してる訳じゃねぇんだろ？」

呟いてみれば、周りのメンツからは呆れた様な笑みが返って来た。

「気に入らねぇ事情は有るにしても、相手は俺等と同じ〝向こう側〟のクソガキだ。調子に乗ってもおかしくねぇ。現に俺一人で特別だったら、同じ間違いをしてたかもしれねぇしな」

「だね、調子に乗っちゃうのは仕方ないかなとは思うよ。でも、許せないなら償わせるべきかな。その為にも、まずは償わせる環境を作って上げるのは、大人の役目でしょ。頭ごなしに言っても、どうすれば良いか分からないだろうし」

友人二人はいつもの調子だ。全く、変わんねぇなぁコイツ等は。

「私はご主人様の決めた事だからこそ、従うだけです。アレを許す気はありません。しかし想い人を助けたいという気持ちで、必死で駆けずり回る姿は……多少共感出来るものでした。同情はしませんが」

「勇者が調子に乗るのは分かる、私もゲーム好きだし。多分、私が〝特別〟だったら、もっと派手にやる。そして誰も居なくなった、ってくらいに。そうじゃなかったからこそ、非難出来る立場に有るだけ。ズルイ考えかもしれないけど、私は〝ハズレ〟で良かった。でも、協力するのは

〝悪食〟の為。勇者の為じゃない」

二人してフンスッとばかりに鼻息荒くされておられる訳だが。

それでも協力してくれるのだ、何ともまぁお優しい白黒コンビだ。

「私は正直納得していませんけどねぇ……未だにムカついてますし、ぶん殴ってやりたい気持ちもあります。でも、放っておいた方が厄介になる案件ですから。私情を抜きにすれば、〝悪食〟が自主的に動くのが一番早い解決法って事で飲み込んだだけです」

「私達も随分染まってきましたねぇ……それに今回も魔獣の群れに飛び込むのですから、魔術師は居た方が良いでしょう？」

アイリとアナベルの大人組も呆れた微笑みを浮かべながら、やれやれと首を振っている。

頼もしいねぇ、仲間としても戦力としても。

「いくら罪を犯した人間とは言え、我々が勝手に罰を与えるのは違うでしょうからね。変われる余地が有るなら、本人に選択させてみるのも悪くはないでしょう。辛い道にはなりそうですが、ソレばかりは自業自得です。リーダーは被害者な訳ですから、何かしら手を出しても良いとは思いますけどね？」

馬鹿勇者とはいえ、俺達が彼に牙を向く事を一番反対していた中島がそんな事を言ってくるが。

生憎とこの前の一件で、落とし前は付けたつもりでいるのだ。

左腕をヒラヒラさせながら「へっ」と鼻で笑ってやる。

「結局繋がったし、アレのお陰でノアが自分の力に自信を持ったのは確かだ。感謝はしねぇが、この前の一発で許してやったよ。ついでにお高い鎧も盛大に凹ませてやったしな。ざまぁみろ

だ」

「それで許すリーダーもリーダーですが、よくあの勇者死にませんでしたね。今では魔獣を貫く拳をお持ちだというのに」

「中島、お前まで変な事言うな。俺は拳で魔獣を貫いた事はねぇぞ」

「あれ？　でも無手で魔石を握り潰したり、腕を魔獣に突き刺して討伐したって聞きましたが、何処の誰の話なんでしょうね」

「……黙秘」

出来ればコレ以上おかしな噂が広がらない事を、切に願う。

会話しながら歩いて行けば、すぐにいつもの国の出入り口が見えて来る。

毎日込み合っているココも、随分と見慣れたモンだ。

大人しく列に並んで待っていれば、そう掛からずに俺達の順番がやって来た。

「クラン〝悪食〟だ、まとめて頼むぜ。仕事で外に出る」

門番に全員分の身分証を手渡し、その場で待機していると。

普段はそこまで時間が掛からないのだが、今日に限ってはやけに確認作業に手間取っている様に見える。何かあったのか？

はて？　と首を傾げていれば、一人の門番がこちらに走って来た。

「あの、すみません。キタヤマ様という方はいらっしゃいますか？」

「え、あ、はい。俺ですけど」

急に名前を呼ばれ、更に深まる困惑。あれ、俺何かやったっけ？

別に悪い事したつもりとかないんだけど。

「すみません、皆様通って頂いて問題ないのですが、キタヤマ様だけは少しだけお待ち頂いてもよろしいですか？」

「えっと……？　俺、何かやりました？　指名手配とか？」

「いえいえ！　そういう訳ではありません。ただちょっと、立場の高い方から〝彼が来たら一度止める様に〟と言伝がありまして。お話がしたいそうです」

「はぁ、そうっすか」

よく分からないけど、しばらく待つ事になるらしい。

そもそも立場の高い人って何よ、俺が知っている限り関わりが有りそうなのってイリスの家くらいしかないんだけど。

「えぇっと、どうしましょうか？」

困り顔を浮かべながら口を挟む南に、他のメンツも揃って困惑顔。

そんでもって、待合室というか取調室というか。

疑わしい人間が連れていかれるであろう部屋へと案内しようとしているのは、俺のみ。

言葉にはしていないが、全員でぞろぞろ向かうのは遠慮して貰いたい雰囲気を放っている。

「はぁぁ……仕方ないか。俺だけで向かう、お前等は門の外で待っていてくれ。まさか数日待て、とまでは言わないんだろ？」

「えぇ、もちろん。今ディアバードを送りましたので、そこまで長く掛からず〝その方〟も訪れるかと思われます」

だ、そうで。まぁなんにせよ無視して通る訳には行かないのだ、従う他ないのだろう。

そんな訳で皆と分かれ、俺だけが扉を潜る。

こんな所、初めて入ったが……結構物々しいというか、プレッシャーが凄いな。

天井は低いし通路は狭い、そんでもって、牢獄かな？　って程に、分厚そうな扉が並んでいる。

たまに、何処からか怒鳴り声が響いてくるんだが……誰かを取り調べ中なのだろうか？

「すみません、お手数お掛けします。こちらでお待ち下さい」

案内されたのは、他と同じ分厚い鉄扉の一室。室内には机と一対の椅子。

完全に取調室だ。

うわぁ……ここで待つの？　ちょっと気が滅入りそうなんだが。

「本当にすみません、ココにはこういう部屋しかなくて……あ、扉開けたままにしておきますね？　あと、すぐお茶か何か準備しますので」

「あ、はい。お構いなく～」

俺のドン引きした様子が伝わってしまったのか、門番さんは慌てた様子で扉にストッパーを噛ませ、すぐさまお茶とやらを淹れに走った。

よく分かんねぇなぁ……。

〝こっち〟で取り調べされた事なんぞ無いので、普段はどういう状態なのかは知らないが。

なんであそこまで門番は慌てているんだ？　しかも誰かしらお偉いさんからお願いされたからと言って、俺にまでこんなに気を遣うか？

部屋までは流石に気を遣えなかった様だが。しかしこの部屋で、お茶って。

ため息を溢しながら奥の椅子に腰を下ろし、ボケッとしながら待たせて頂くと。

「失礼いたします」

しばらくして、カートを押したメイドさんが入って来た。

え、こんな所にもメイド居るの？

驚きつつも彼女を眺めていると、綺麗な動きで俺の前にお茶と茶菓子を用意してから、頭を下げて部屋から去ろうとする。

「ちょっと待った」

「はい、なんでしょう？」

背は低い、まだ子供の様に見える。

長いストレートの金髪を揺らしながら、真っ青な瞳がこちらを真っすぐ見つめている。

〝射《い》貫《ぬ》いてくる〟

まさにその表現が正しいと思える程に、俺の事を真っすぐと見ていた。

この瞳を、俺は知っている。

「なんで、給仕ごっこなんかやってるんだ？　お姫様」

「まさか気付かれるとは……これでも、〝影〟の称号から得られる魔法を使っているのですよ？」

そこには、間違いなくこの国のお姫様が居た。

〝こちら側〟に来た時、最初に手を貸してくれた彼女。

マジックバッグと、金。そして俺達に生き残る術を教えてくれた彼女が、何故かメイド服に身を包み、驚いた表情でこちらを眺めていた。

「いや、うん。魔法の事はよく分かんねぇけど……とにかく、なんだ。久しぶり……じゃなかった。お久しぶりでございます？」

「えぇ、お久しぶりです。敬語などは必要ありません、いつも通りで構いませんよ」

「あ、はい」

クスッと微笑みながら、お姫様は俺の正面の椅子に腰を下ろした。

何だこの状況。国のトップに近い人間と、取調室で対面しているんだが。

「それで……話ってのは？」

「えぇ、まずは色々と説明しなければいけない事は多いのですが……」

「あ、俺等と関係ない情報は説明しなくて良いですよ？　〝悪食〟は国だのなんだのに関わるつもりないんで」

何かしら説明する前に釘を打ってみれば、王女様はポカンとした表情を浮かべ、クスクスと小さな笑いを溢した。

笑い方ですら上品です事。

豪快に喰らって酒を飲む俺等のクランでは、ちょっと想像も出来ない程に綺麗な微笑《ほほえ》みだった。

「分かりました。では、貴方方に関わりそうな情報だけ。そして質問だけにいたしますわ」

「たのんます。余計な事は知りたくねぇ、というか聞いたところでどうしようもないんで」

そんな訳で、物々しいお部屋で何故かお姫様とお話し合いをする事になってしまった。

椅子の背もたれに体重を預けながら、やけに楽しそうなお姫様と目を合わせる。

どこまで真っすぐで、こちらの事を見透かしている様な瞳。

だというのに、この〝作った様な〟雰囲気はなんだ？

まるで〝向こう側〟の社会人の様に、何処か緊張している様な感じ。

「姫様、もしかして緊張してます？　なんか、変ですよ」

「へ、変ですか？」

「えぇっと、上手く言えないですけど……そわそわすんのを無理矢理隠してる、みたいな？」

「そう感じますか？　私が偽っている様に見えると？」

「えぇまぁ。〝営業のリーマン〟って言っても分かんないでしょうが……そんな雰囲気があります。無理して笑って、無理してハキハキ喋って、みたいな？　当の本人は疲れ切っているのに、無理にでも笑うんですよ。そういうのって」

なんて、言葉を溢してみれば。

「分かってしまう、モノなんですね。貴方には」

ポロポロと涙を溢し始めた、先程までと同じ微笑みを浮かべたまま。

「うえぇ!?　ちょ、え、あ。何かすみません！　変な事言いましたかね俺!?」

慌てて席を立ち上がり、バッグからハンカチの一つでも取り出そうかとバタバタしていると。

彼女はスッと手を差し伸べ、再び腰を下ろす様に促して来る。

なので、一旦腰を下ろしてみるが。

「すみません、〝私〟を見てくれる方は少ないモノですから。お話しします。貴方が知りたいであろう情報と、私が知りたい情報のみを。余計な重荷を貴方方に背負わせるつもりはありませんので、ご安心下さいませ」

という事で、俺とお姫様の〝お茶会〟が始まったのであった。

ホント、何なんだろうこの状況は。

※※※

まずは俺達の現状を説明し、姫様からもお話を伺う。

予想はしていたが、やはり姫様は〝未来予知〟が出来るご様子で。

「その魔法……称号？　で俺達の事を見たから助けてくれたって事なんですかね？」

「聞こえは悪いかもしれませんが、そうなりますね。私は、というよりも私の能力は国にとって重要なモノ。おいそれと人前に出る事自体が許されておりませんので」

「と言いつつ、俺等と会う時大体アグレッシブな気が……」

「それくらい重要だと感じたという事です。貴方方が召喚された日、急に英雄譚が見え始めるのですもの。その瞬間に貯金箱を叩き割ってマジックバックに突っ込んだくらいです」

あの金……姫様の貯金箱から出た金だったのか……。

非常に便利そうな能力に思えるが、彼女の説明によると思ったより不便なモノなんだとか。

まず一度未来を視ても、確定ではないらしい。

少なからず、というか未来が大きく変わる事も少なくない。予想外の人物の介入だったり、ほんの少しのズレがその後大きくなったり。それ以上に、俺達〝異世界人〟の未来は非常に変わりやすいのだとか。

そんでもって彼女の見た最初の〝未来〟では、俺達が〝英雄〟として語られていたらしい。

いや、普通にありえませんがな。

今ではその光景が見えなくなってしまったという事で、ひと安心な訳だが。

「それってさ、あんまりアテにしなくても良いんじゃないか？」

「と、言いますと？」

だって、そもそも俺等〝悪食〟は英雄って柄じゃないし。なんて言える筈もなく。

「目星くらいな考えで留めて置いて……あぁ～その〝厄災〟？　は、確かに警戒しておいて損はないと思いますけども。全部〝英雄〟様に期待するのも違うんじゃねぇかなって」

「……えっと？」

「あぁいや、姫様の称号を否定してる訳じゃないんだ。でも、そんだけ未来が変わるなら、振り回されっぱなしじゃないかと思って。確かに大事の時に活躍した奴等は語られるだろうよ。でも、活躍すんのは、その〝英雄〟様だけじゃない訳で。色々居るだろ？　指示を出す奴、裏方、サポーター、現場管理、現場で先頭に立つ奴。ソイツ等全員ひっくるめて〝英雄〟でも良いんじゃねぇかなって。あぁもちろん旗印は必要だろうが……ソイツだけを〝英雄〟って語るのは違うんじゃねぇかなって思ったんだが……違うのかな？　すまん、ちょっと良く分かんねぇ」

どうしても〝こっち側〟の常識に不慣れな俺は、頭を……というか兜をポリポリと掻きながら言葉を紡ぐ。結構慣れて来たとは思っていたのだが、流石に英雄様が云々《うんぬん》かんぬんなど分かる訳がない。

姫様の言う、彼女の能力。〝まだ見ぬ英雄……なんとやら〟。

未来で活躍した人物を彼女に読み聞かせする様な能力だと言うが。

「まぁ何というか、そういうデカい事って一人で片付ける事じゃねぇと思うんだわ。〝こっち側〟の英雄様なら分からんが、俺の感覚では一人だけならどうしたって大した事は出来ねぇ。だからこそ、俺は仲間を頼る。俺が出来る事ならやるが、出来ねぇ事は仲間に頼んでやって貰う。ソレが俺達、〝悪食〟っていうクランだ。だからこそ、姫様の言う〝英雄〟にはなれないんじゃねぇかなって。そもそも、俺等の活動は〝語り継ぐ〟奴がいねぇからな。いっつも森の中で、見てる奴なんか居ないし。英雄ってのは、語り継がれてなんぼなんじゃないのか？」

「……確かに。誰にも見られずに偉業を成すのなら……ソレは英雄にはなり得ない、かもしれませんわね」

「だからこそって訳じゃねぇが、一応宣言しておくよ。俺達は、〝勇者〟にも〝英雄〟にもならねぇ。そんでもって、俺達は〝物語の主人公〟にはならねぇ、というかなれねぇ。俺達は何処までも一般人で、どう頑張っても普通のウォーカーだ。すまんな、期待に沿えなくて」

そう言いながら席を立ち、ペコッと頭を垂れる。

「で、でも〝聖女〟を救いに行くんでしょう？　それは普通の人では出来ない偉業です、その功績を国に訴え掛ければあるいは――！」

「言っただろ、俺達は何処までも一般人だ。そもそも今回の仕事を達成出来るかも分からねぇし、達成したとしても求めるのは金だ。庶民ってのは、その為に毎日汗水垂らして働くもんでね」

自分で言っていて思い出した、返さないといけない物があった事に。

マジックバッグに手を突っ込んで、白金貨三枚を彼女の前に並べる。

「今の内に返しておくよ、ありがとう。本当に助かった、感謝してる。マジックバッグは……すまん、もう少し貸しておいてくれ。コイツには今、皆の装備もしこたま入ってるんでな」

　スマン、と手を合わせてみれば、彼女からは呆れた様な微笑みが返って来た。

「全て、貴方達に差し上げたつもりでしたのよ？」

「無償で貰う訳にもいかんだろ。俺達は、姫様に何かしら対価を返せる〝すげぇ奴等〟じゃねぇからな」

　そう言って笑ってみれば、彼女からも微笑みが返って来た。

　そりゃもう、歳相応の可愛らしい笑みで。

「どこまでも偏屈で、真っすぐな人達ですね。確かに、〝英雄〟は似合いませんわ」

「だろ？　とはいえよ、俺等に出来る事だったら……その、なんだ。借りも有るし」

「？」

　ガシガシと首を掻きながら、恥ずかしいセリフを口にする。

「もしもの時は、アンタの望みを言ってくれよお姫様。ノアを……魔人の子を俺達に預けたアンタの事だ。何かしら望んだエンディングが有るんだろ？　本当に困った時はちゃんと言ってくれ。その時は、出来る限り協力してやる……てか、全力で助けてやる。俺等の今の生活は、姫様が居たからこそ成り立ってる訳だからな。出来る限り、になっちまうが、俺達も姫様一人くらいなら守れる程度には鍛えたつもりなんで。いざとなれば姫様一人攫って、他所の国に逃げる事くらいはやってやるよ」

「私だけなら、助けてくれるのですか？　私を、〝そちら側〟へ連れて行ってくれるのですか？」

「ま、緊急事態ならな。今やったら犯罪者になっちまうから無理だが。もしもその〝厄災〟とやらで国が亡びる様なら……国を救うのは無理でも、姫様だけは助けてやるよ。どんな手を使ってでも、な。攫われる準備だけはしておいてくれ」

それだけ言って、俺は部屋を後にした。

向かうのは、待ちくたびれているだろう仲間達の下。

どうという事は無い、いつも通り〝狩り〟の為に俺達は森に向かう。

こんな英雄が居てたまるか。

国の危機、人類の危機。悪いとは思うが、俺達にどうにか出来るとは思わない。

危ないと思ったら逃げるのだ。家族総出で、夜逃げすれば良い。

それが俺達で、〝向こう側〟でも〝こちら側〟でも性格は変わっていない。

何処までも庶民で、特別な何かなど持っていない。

こんな俺達が、〝英雄〟なんぞに祭り上げられる訳が無い。

きっと、姫様が見たって言う未来が間違っていたのだろう。

そして〝見えなくなった今〟こそが、正常なのだ。

「この仕事が終わったら、夜逃げの準備はしておくか……」

情けなくもそんな事を呟きながら、俺は仲間達の下へと戻るのであった。

※※※

「姫様、いらっしゃいますか？」

一人の兵士が中に入って来て、キョロキョロと室内を見回している。

どうやら、近くに居るというのに見つけられないらしい。

「ココに居ます」

「しっ、失礼しました！」

先程から席に座りっぱなしだったというのに、彼には私が〝見えなかった〟。

これも〝影〟の影響。普段から気配が希薄になり、意図的に視界から外させる。

もはやパッシブの魔法みたいなものだ。

こちらから何かしらのアピールをしない限り、相手には気付かれない。

まるで、この世界に私が居ないみたいに。だというのに。

「あの人は、私を平然と見つけるのですね」

キタヤマコウタ。

彼だけは、最初から私の事をしっかりと見つめていた。

声を掛けた次の瞬間にはすぐさま私の事を瞳に捉え、逸らす事も意識を外す事も無かった。

他の人物が目を逸らしたり、気付かなかったりする中で。

彼だけは、私の瞳を真っすぐに見てくれたのだ。

多分、アレが彼の特性。

報告では〝無属性〟な上に魔法も使えないと聞いているから、〝特性〟という他ないのだろう。

他の魔法や称号の効果を無効化するのか弱らせるのか、それとも〝見る〟事に特化しているのか。もしくはそんな特別な事では無く、誰かを見つける事が純粋に上手いのか。

　詳しくは分からないが、それでも。

　アレだけ真っすぐに見つめられたのは、いつぶりだろうか？

　また、英雄譚の続きが見えてしまった。

「名も無き英雄、その活躍を知る者は無し。かの者の名も姿も、そして活躍さえも、誰も知らない。だがしかし、彼等は英雄だった。自らの為、仲間の為に勇敢に戦い、清らかなる者を救い出すその姿は、金色の剣を掲げる英雄よりも、遥かに英雄たらんと知らしめる行い。しかしその道は修羅の道、茨の道。その姿は、血塗られた獣が必死に生きようと足掻く滑稽な姿にも見える事だろう。彼等の名は語られない、だからこそ「　　」の英雄。黒き鎧は誰にも知られる事もなく、この地に偉業だけを残す事であろう」

「……姫様？」

　ブツブツと呟き始めた私に、兵士は不審そうな瞳を向けてくる。

「あぁ、なるほど。貴方の言った通りです。英雄とは、語る者が居なければ成立しない。だからこそ、貴方達は英雄にはなり得ない。しかし英雄以上の活躍を見せる。それ故に、〝無名〟。名も無き英雄。語られない英雄譚、多分語り手はただ一人……私だけ。あは、あはは……そっか、そういう事ですか。甘えるなって事ですか。頼ってばかり居るなって、そう言っているんですね？　でも、最後にはちゃんと助けてくれるんですね。貴方達は……」

「ひ、姫様？」

　オロオロとしている兵士を睨みつけ、勢いよく立ち上がる。

その際、ビクッと反応されてしまったが。

もう私は迷わない、全てを〝視る〟と決めたのだ。

今この瞬間にも、数々のシナリオが頭の中に浮かんでは消えていく。

私自身が行動する事で選ばれる未来も有る、という訳だ。だったら。

「すぐに馬車を用意なさい！　王宮に戻ります！　そして……お父様を引っ叩いてやります！　自分の国くらい自分で守れと、一発ぶん殴ってやります！　英雄を待つのではなく、私達が英雄になりますよ！」

「は、はっ！」

訳が分からないであろう言葉を受けながら、兵士はすぐさま走り出してくれた。

〝彼〟を再び直接見た事で、はっきりと〝理解〟する事が出来た。

私が間違っていた。過去のお告げを信じて、私自身も〝異世界人〟に頼り切っていたのだ。

これでは、お父様と何も変わらない。それどころか度々口をつぐんで、放っておいた。

こんなんじゃ家族を悪役に仕立て、私は悪くないと目を逸らしている大馬鹿者じゃないか。

そんなの、嫌だ。私が見た〝英雄〟は、私に見えなくなった所でも〝英雄〟だった。

だったら、私は。彼等から見て、ちゃんと〝お姫様〟であろう。

彼等が敬ってくれる様な、立派なお姫様とやらになってやろうではないか。

「前線に立ってやります。この力を使って、犠牲を最小限に抑えてみせますとも。この国のお姫様は凄いんだって、知らしめてやります。他の国にも、〝彼等〟にも。だからこそ、必ず帰って来て下さいね。今の私には、色々と〝視えて〟いますから」

十年後、初雪が降るその日。この国を亡ぼす〝厄災〟が降りかかる。それに立ち向かうのは、異世界から訪れた勇気有る者達。

〝異世界から訪れた勇気有る者達〟。

そりゃこれだけ呼べば、戦闘に異世界人も参加する事だろう。

勇者やらその友達やら、下手すれば〝悪食〟だって。

そして当然、この国の兵士やウォーカーだって大勢参加する事だろう。

その全てが、〝勇気〟を持って立ち向かう。お母様の英雄譚が外れているとは言わない。

しかし私達の称号は、どこまでいっても〝物語〟なのだ。

現実がそうとは限らない。

伝え方によっては、主人公だけが輝いているかの様に描かれる事だって有るのだ。

彼の言った通り〝脇役〟である私達が活躍してこそ、厄災は退けられるのなら。

「旗印は異世界人の誰かだったとしても、〝厄災〟を止めるのは私達であっても何の問題も無い」

この国の、全てを使おう。国を亡ぼす厄災を防ぐ為に。

戦える人達には、全員に頭を下げて回ろうじゃないか。

情けなくとも、意地汚くとも、〝生き残る〟為に。

泥にまみれて、この姿が〝真っ黒〟になろうとも。

助けを求め協力を叫び、喉が涸《か》れて〝獣〟の様な声になろうとも。

私は、この国の民を救う為に愚者となろう。

頭を下げて回る王族と、〝世間知らず〟と罵られようと知った事か。

〝生き残る為に足掻く〟。それが、私の今出来る事なのだから。

「やってやります。私は今から、彼等の様に〝我儘〟になる」

私は今日この時から、籠の鳥ではなく、〝お姫様〟になってやるのだ。

※※※

『本当に良いの？』

声が、何処からか聞こえた気がする。

うっすらと目を開ければ、忙しそうに動き回る人々。

どうしたんだろう、いつもならもっとみんなゆったりと動いているのに。

私にも何か手伝える事が有るかな？

そんな感想を抱きながら、ボーッとその光景を眺めていると。

『貴女は、コレで良いの？』

まただ、あの声が聞こえた。

「……誰？」

声を返せば、周囲に居た人々は驚いた顔をしながら私の事を見上げている。

この人達じゃない。というか、女の人の声だった。

周囲には神官服を着た男の人しか居ないし、多分違う。

じゃあ、いったい誰なんだろう？

ゆっくりと周囲を見渡してから、部屋の奥に広がる洞窟で視線が止まった。

別に確信があった訳じゃない。でも、何となくこっちから聞こえた気がする。

というよりも、アッチに何かが居る気がするのだ。

「おいどうなっている！　聖女が起きているぞ！」

誰かが叫んだ。

あぁ、嫌だなぁ。大きな声で怒鳴られるのは好きじゃない。

私に向けられた声じゃなかったとしても、思わずビクッと身をすくめてしまう。

「落ち着いて下さい……多少目が覚める事などいつもの事。慌てる程では――」

「いい加減な仕事をするな！　国を落とすのであろう⁉　俺がトップに立った暁にはお前達〝教会〟の地位も確たるモノに保証してやると言っているんだ！　いい加減緊張感を持て！　失敗は許されないんだぞ！」

そんな事を叫ぶ彼を、何処かで見た事が有る気がする。

そうだ、確か国の王子様だった気がする……よく覚えてないけど。

お城の中でも教会の人と話している所を良く見かけたし、彼がここに居ても不思議じゃないのかな？　良く分からないけど、すごく機嫌が悪そうだ。

あんまり近づきたくないなぁ……なんて思った所で、私は今動けない訳だが。

『助けてあげようか？』

再び、あの声が聞こえた。

「何から？」

『言葉にしなくて良い。思い浮かべるだけで、私には伝わるから』

「おい、完全に覚醒しているじゃないか！　こんな調子で他の術式は大丈夫なんだろうな！　緊急時の魔法陣ももう一度確認しろ！」

「落ち着いて下さい王子。全て順調ですから――」

やけに耳障りで、怖い声を上げる彼に顔を顰めながら眼を閉じる。

そして。

『これで、聞こえる？』

『大丈夫、聞こえるよ』

不思議な相手とのお話が始まった。

聞いている限りは私と同じくらいか、もう少し幼い印象を受ける声。

なんだか、久しぶりだ。こうして同い年くらいの子と話すのは。

『えっと、はじめまして。私は神崎望って言います。良かったら望って呼んで下さい』

『カンザキノゾミ……変な名前だね。どんな意味が有るの？　貴女、異世界人でしょう？　異世界では、名前に意味を乗せるんでしょ？　まるで魔術みたい、面白いよね』

『えっと、意味……ですか。望っていうのは、こうしたい～とか、こうありたい～みたいな？その人が望む……じゃそのままか。でもそうですね、その人の願い……みたいな感じでしょうか？　まぁ、その、読んで字のごとくです』

正直、何故両親が私にこの名前を付けたのかは知らない。

だからこそ、私の〝名前〟の意味としては違うのかもしれないが。

でも、〝望〟という言葉の意味としてはコレくらいしか思いつかない。

きっと初美なら、もっと綺麗な答えを出してくれたんだろう。

きっと優君なら、呆れた顔を浮かべながらも「大体合ってるよ」なんて言ってくれるのだろう。

その二人は、今この場に居ないが。

『寂しそうだね』

『……やっぱり、寂しいのかな？』

『分からないの？』

『うん……私、考える事が苦手っていうか。生まれつきそうなの。普通の人より、ずっと不器用で……上手く考えが纏まらないの』

『ふ～ん？』

しばらく、会話が途切れた。

とはいえ気まずい様な沈黙では無く、相手が悩んでいるのを待っているかの様な沈黙。

こういう静けさは、結構好きだ。初美も優君も、答えに迷うと黙ってしまう。

そして二人共、口元に手を当てながら必死で答えを捜すのだ。

どんな些細な質問でさえ。それを見ると、なんだかすごく嬉しくなる。

私みたいなのの相手をしてくれるばかりではなく、ちゃんと真剣に考えて答えを返してくれるんだって実感出来るから。

そんな二人が、大好きだった。

『偉そうな事言っておきながら、私に出来る事って結構少ないんだ。でも、もう一回聞くね。寂しい？』

「……寂しい、かも」

　ポロッと、思わず声が漏れた。

『何も出来ないけど、私なんか何の役にも立たないけど。それでも隣に居たかった、近くに居たかった。迷惑掛けちゃうし、負担にしかならない。だから私はココに居ようって、役に立てるならって思って。でも、やっぱり友達と一緒に、好きな人と一緒にずっと居たかった。こんな望み、我儘以外の何でもないけど……』

　考えながら、乾いた笑いが零れた。

　こんなの、普通の人から見たら笑われちゃう。どの面下げてって言われちゃう。

　でも上手く出来なかったんだ、自分で考えて良い結果を出す方法が導き出せなかったんだ。

　どうしたって目先の問題に集中すると、他の事が分からなくなってしまう。

　そういう症状だから、なんて言い訳だ。

　私は弱い。弱いからこそ皆を、身近な人を頼った。

　でも、ソレだけじゃ〝この世界〟は生き残れない。

　多分、〝向こう〟の世界だって。だからこそ。

『私にあげられる物なら何でもあげる、だから〝力を貸して〟欲しい。私も、役に立ちたい……』

　この身を、対価に支払おう。

　それくらいしか、私には差し出せるモノがないから。

それくらいしか、出来る事が無いから。

『〝助けて〟、じゃないんだね。意外だよ、人間はもっと弱い生き物だと思っていたのに。いいよ、〝私〟をあげる。だから、名前を頂戴。出来れば、貴女と関係する様な名前が良い』

『名前、関係する名前……』

ただ一つの事に集中する、コレだけは得意だった。

とはいえ、別に他の人より成果を上げられるかと言えば……そういう訳ではないが。

『叶うって書いて、〝カナ〟はどうかな？　私は望む、そして望みが叶うって事で〝カナ〟。二人で居れば、きっと望みは叶う。あはは、結構安直ではあるけど』

頭の中で提案してみれば、しばらく沈黙が続く。

やっぱり、簡単過ぎたかな？　なんて事を思い始めたその時、建物内に獣の雄叫びが響いた。

ビリビリと肌で感じる様な、とても大きな雄叫び。

『私の名は〝カナ〟。聞き届けるよ、聖女。魂さえも蘇らせてくれた対価を、支払おう。さっきも言ったけど……〝私〟をあげる、貴女の足りない所は私が補ってあげる。だから、ね？　もう魔法を止めて？　コレ以上は、私の体だけが蘇っちゃう』

洞窟内に、再び鼓膜が張り裂けそうな獣の叫びが響いたのであった。

「カナ……？」

その声は何処か、泣いている様に聞こえた。

【第九章】★　〝悪食〟報告書

悪食の報告書、今手に取ったのは日付的に少しばかり前の物。

王蛇依頼の前辺りか？

最近忙しさにかまけて、悪食から上がる報告を後回しにしてしまっていた。

それもこの状況であれば仕方ないと思わせる様な、慌ただしい事態が続いているのは確かだが。

まぁ良い、今回も読んで行こう。


まず初めに、今回はキタヤマさんの負傷により〝悪食メンバー〟が外に出る事に消極的なった為、大人しめです。

新しい魔獣の情報も増えない上、どういう行動を取った、どういう影響が出たという報告はかなり控えめなモノとなっています。

そこをご了承頂いた上、読んで頂ければ幸いです。


アイリの報告書にしては珍しく、そんな言葉が最初に綴《つづ》られていた。

ほぉ？　つまりなんだ。いつもの様な激しい内容は無いと言いたいんだな？

この言葉を信じるのであれば、本日は何も用意していないが苦しむ事はないと。そういう解釈でよろしいな？

用意していない理由は非常に単純で、悪食の面々が皆して遠征に行ってしまったからである。

その為、こうして空いた時間に報告書を読み出した訳なのだが……。

思わず眉根を寄せ、う～むと唸ってから続きの報告書を捲《めく》ってみれば。


本日のメニュー。キタヤマさんが外に出られない鬱憤を晴らす為に拵えた豚の角煮。

結構な時間を掛けてゆっくり作った物らしく、トロットロになっていました。


「ホラ見た事か！　こういうのだと思ったんだよ！」

叫び声を上げながら、とりあえずテーブルに報告書を叩きつけた。

※※※

こちらは以前から報告してる、貴重なトリュフを探す豚が使用された模様。

最近では普段から食べていると言っても良い程お世話になっている魔獣だが、あの子は非常に万能だ。生姜焼き、トンテキ、そして本日の〝角煮〟である。

一言に角煮と言っても千差万別。

作り方から掛けた時間、種類や味付けによっても好き嫌いが分かれるだろう。

だがしかし、この角煮を食べて不味いと言う人がいるのなら私は言うと思う。

お前は明日から肉を食うなと。

それくらいに、美味しいのだ。プリプリでプルプルで、しかも噛んだ瞬間ブワァって旨味が広がる。こんなの美味しいに決まってる、むしろそれ以外の感想が無い。

最初は試作品だと言って渡された一口大の角煮だった。

それだけで、もう駄目なのだ。

目の前でグツグツと皆を焦らす様に煮込まれている肉塊を発見してしまってからは、もう駄目だ。食べたくて仕方が無くなる。

早く食わせろとばかりにキタヤマさんに皆で圧を送っていれば、やがて彼は観念したのか。

「あぁもう……そろそろやるか、どうせならもう少し煮込みたかったけど」

呆れたセリフを溢しながら取り出した豚肉を切り分け、調味料を加えた別の鍋で煮込み始めた。

これは、どういう事だろう？　これから味付け？

今さっき食べさせて貰った角煮には、かなりしっかりとした味と匂い。更には色が付いていたと言うのに。

彼が今取り扱っているモノに関しては非常に綺麗な色をしている。

簡単に言うと、味が染み込んでいなさそうな色をしているのだ。

はて、それでは味付けが終わった残りは何処に？　と首を傾げている間に、視線の外では戦争が起こっていた。

私が角煮の試食品を味わいながら震えている間、他の物は既に皆配られていたらしい。

悪食の皆も、孤児院の皆も。彼等は自らに配給された分を既に食べ終わり、更なるおかわりを求めて残った〝試作品〟を奪い合っていたのだ。

それくらいに、中毒性が高い。これは魔獣肉における最重要報告書になるかもしれない。

そんな事を思いながら私もその争いに参加したが、結果はとても小さな肉片をアズマさんが分けてくれるだけに終わった。角煮、恐るべし。


「いや、えっとそれは……魔獣肉云々というより……うん、旨かったんだな」

本日も良く分からない報告書を読みながら、ふぅと息を吐いた。

角煮、角煮かぁ。

酒場などで食べた事は有るが、結構値段が高かった記憶が有る。

他のツマミよりも値段が跳ね上がっている、というより同じ様な金額で随分と小さいモノが提供されていたのだ。

確かに旨いし、手が込んだモノなのだと分かりはしたが……アレをドデカイ状態で食べた事はない。

それに今回の報告に有るのは魔獣肉だ。きっと胃もたれや胸やけなど、そちらの心配も少ないのだろう。

不思議なものだ、この歳でもガツガツと食べられてしまうのだから。

やはり魔獣肉を食べた影響が出ているという事なのか、それとも多く魔素を含むという事が関係有るのか。

生物として成長しているとも言えるのかもしれないが、私の場合は主に食欲が向上して、前よりも脂っこい物が食べられる様になった、程度。

彼等の様に戦闘面での成長を感じた事は無いが、これもまぁ人によるのかもしれない。

そしてやはり悪食や孤児院の面々を見ても、コレと言った悪影響は出ていない。

後はもう彼等や自らの状態を観察するだけで、報告書は不要だと伝えるべきだろうか？

だが、うーむ……まぁまだ現状維持という事にしよう。

確かな決定が下るまで、情報が多いに越した事はない。

上がどう判断するかなど、まだまだ先の話だろうしな。

何て事を考えながら、今一度報告書に視線を落とした。


私達の悲しい争いは皆が食べ終わると同時に終わり、大きな肉を食べた者、小さな肉しか食べられなかった者という形で終戦を迎える。

阿鼻叫喚しながら叫ぶ私達と、高笑いを浮かべる子供達とニシダさん。

今回に限っては、アズマさんは泣き叫ぶ側に回ってしまったらしい。

ちなみにクーアもその立場に陥っていた。しかし、神は居た。救いの手とは、確かに存在するのだとこの日実感してしまった。何たって、作っている本人が呆れた笑みを浮かべながら。

「あーえっと、んじゃさっき食えなかった面子優先な。次出来たぞ、角煮丼だ。飯だ飯、ならべー」

適当な言葉を上げながらも、敗北者側を優先してくれたのだ。

コレばかりは先程高笑いを浮かべていたメンバーが悲鳴を上げ、敗者だった私達が拳を振り上げる事態だった。

さっきは角煮を逃したが、今回は誰よりも早くありつける。

しかも視線の先に有るのは丼に盛られた真っ白ご飯と、山盛りの角煮。

思わず涎が零れそうになってしまった、その時。

「あ、北君！　そう言えばアイリさん休憩中！　急がないと時間無いよ！」

「やっべ、そうだった。アイリはこっち来い！　お前は一番先だ、さっさと飯食って仕事に戻れ！」

この時ばかりは、私はギルドに勤めていて良かったと心より思った。

何たって猛獣の様に涎を垂らす皆を悠々と追い越し、誰よりも先に〝角煮丼〟にありつけるのだから。

思わずフフンッと余裕の笑みを溢しながら一列に並んだ皆を抜かして、彼が差し出す角煮丼を手に取ってみれば。

もはや余計な思考が全部吹っ飛ぶ程の衝撃を受けた。

もう、香りからして普段とは違うのだ。ふわりと香って来るソレは嗅覚を柔らかく刺激し、見た目は特盛で視覚を満足させる。

いつもだったら作っている時にこう……色々と匂いが漂って来て、お腹空いたなぁってなる筈なのに。

本日は即効性が違うのだ。目にしたら最後、近づいたら最後。

ドンッと存在を主張してくるソレは「こんなの、食べるしかない」そう思わせてくれる代物が眼の前には特盛で君臨しているのだ。

「いただきます！」

食前の挨拶を済ませててっぺんの角煮を口に放り込んでみれば……ほぉっと熱い息を吐きながら口元が緩んでしまう程。

ホロホロと解れるお肉、まるで溶ける様に口の中に広がって行く脂身。

しかも、どちらもしっかりと味を吸い込んでいらっしゃるのだ。

口の中にジワリジワリと旨味が広がっていき、甘く煮込まれた味わいに食べている間も唾液が溢れ、本能がすぐさま次を求めて来る。

だが待て、少し落ち着けと自分に言い聞かせながら、ご飯を探した。

「くっ！　そんなっ⁉」

しかし、見つからないのだ。

この角煮と一緒に食べたいご飯が、真っ白い誰にでも合わせてくれそうな汎用性の高いあの子が。今日に限って顔を見せてくれないのだ。

口の中は角煮一色。すぐにでもお供になってくれる相手を求めていて、ガッと口の中に放り込みたい。だというのに、目に映る所には美味しそうな角煮ばかりが滞在しているのだ。

盛り過ぎだ、特盛にしても多過ぎなのだ。でも嬉しい、不思議。

良く分からない事を考えながらも、この旨味が失われない内に次の角煮を口の中に放り込んだ。

正直に言えば諦めたのだ、真っ白いご飯と食べる事を。

だって丼なんだ、上を減らさないと下にたどり着けない。

だからこそ、食べるしかない。でも、お米と一緒に食べたい。

私はとても苦しい葛藤を味わっていると言うのに、お口の中は至高の味に再び包まれていく。

お米！　お米が欲しい！　この味と一緒にご飯が食べたい！

かき分ける様にして角煮を退かしてみようと挑戦するが、やはり諦める他なかった。

下手にズラせば山盛りお肉が崩れてしまいそうだし、かき分ける動作さえ申し訳なくなってくる程に美味しくて柔らかい。しかも適当に箸で移動させれば形が崩れてしまいそうなのだ。

味だけではなく、見た目さえもテラテラとして美しいお肉様達。

コレを無情に崩す事が、誰に出来ようか。

などと、自問自答をしている時だった。

「アイリさん、チンゲン菜いるー？　追加茹でたんで、どーぞ」

アズマさんが、丼に新たな強敵を載っけて来た。

今まで肉色一色だった筈の丼に、確かな緑。しかも凄く美味しそうだと思ってしまいそうな程の瑞々しさ。あぁこれはもう駄目だ、午後は仕事に行けそうにない。

このまま満腹になって、午後はゆっくりしたい。

活力は空気の中へ溶けていき、はぁ……とため息を溢していると。

「ありゃ、アイリさんお疲れ？　んじゃこういうスープはどうだい？　セロリ使ったから好みは分かれるんだけど、結構スッキリするぜ？」

そんな事を言いながらニシダさんがスープを差し出して来る。

二人共さっきまで列に並んでいた筈なのに、今では食事片手に追加料理を作っているくらいだ。

あぁ、本当に駄目。この環境は本当に駄目なのだ。

皆でのんびりしながらも、片手間にどんどん美味しい物を作ってくれるこの環境は、誰だって駄目になる。もう働きたくない。

心の中で呟きながら皆から色々頂き、あっちを食べてこっちを啜ってなんて繰り返している内、やっと姿を現してくれたお米。

待っていましたとばかりにガッと口の中に放りこんでみれば。

「あぁ、角煮の味がご飯にも染み込んでる……うんまい……」

もはやこれだけでも美味しい。だと言うのに、お肉はまだまだ残っているのだ。

そしてやはりコッテリしたお肉からのお米と来れば、野菜が欲しくなりチンゲン菜をパクリ。

お口切り替えのチンゲン菜を頬張って、更にセロリのスープを啜るまでがセット。

「ふぅ……」

思わずそう溢してしまう程に、完璧な流れだった。

まさに〝食べた〟と言わんばかりの欲張りセット。

しっかりと味の染み込んだお肉、ソレに合わせるかの様に追撃してくるお米。

更に追加されたチンゲン菜はシャキシャキとしていて、さっぱりとした味わいが優しい。

最後にセロリのスープは、コテコテになったお口の中を完全にリセットしてくれた。

詰まる話、もう一度最初から先程のお肉コンボを味わえるという訳である。

こうなってしまえば、食べる他有るまい。

「改めて、頂きます」

「「どぞー」」

三人の気の抜けた返事を聞きながら、私は再び強敵達に挑んだ。

こんなの駄目だ、止まらなくなってしまう。

お腹いっぱいになるまで食べたいという欲望が湧いて来るが、この脂っこさが有るからこそ早めにお腹に限界が訪れると思っていた。

角煮とご飯だけなら、満足して〝ご馳走様〟と言わせてくれる優しさが有るのに。

チンゲン菜、この子のせいで終わりが見えてこない。

肉、米、野菜と順番に食べて行けばなかなかどうして、不思議な事に食べられてしまうのである。

しかも一息つきたい時にスープを飲んでみればどうだ、再び口が先程の連鎖を求め始めるのだ。

これは……危険な組み合わせだと言う他有るまい。

今日の夜は三人に全力の模擬戦を頼まないと、私のお腹がデッドラインを越えてしまいそうだ。

それくらいに、止まらないのだ。

子供達はバクバク食べているし、クーアや白南コンビも黙ってモグモグし続けている程。

前半は成長期な上、後半三人は〝太らないバフ〟の様なモノが掛かっているとしか思えないので、あまり気にしていないのか。

同じ動作を繰り返す魔導人形の様にモグモグモグモグと……私も彼女達の様なバフが使える様にならないものだろうか。

動かないと本当にヤバいんですが、しかも現在皆外に出たがらないので余計に不味いんですが。

という事で今夜、主に脂肪を燃やす為に皆の防衛ラインを突破しようと思う。

今日だけは本気で勝つつもりで行かないと、色々と燃やしきれなくなってしまう。

そして模擬戦に勝利した暁には、好きなモノいっぱい作って貰うんだ……何て、結局食べ物の思考に行きついてしまうあたり、私もだいぶ染まって来てしまったのだろう。

しかし本日、また新たに好きな食べ物が生まれてしまった。

今までは豚肉よりも牛肉の方が好きだったけど、若干逆転しそうな雰囲気を放っている。

でも牛のステーキ、角牛のステーキも負けてないぞ！　頑張れ牛！　負けるな牛！

必死にエールを送りながらも、今日の私は完全に豚肉に敗北していた。

また明日会おう、牛。

色々諦めながら角煮丼を味わっていれば。

「アイリ、そろそろ戻らなくて平気か？　もう結構経ってるぞ」

ウチのリーダーは、無情だった。

今だけは仕事の事を考えたくない気分だったのに。

「今日の夜模擬戦で全力出してくれるなら。渋々戻ります。本日の私はデッドラインさえ越えてしまうかもしれません」

「急にすげぇ発言だなおい、怖ぇよ」

呆れたキタヤマさんに対して、私は大急ぎで角煮丼を平らげるのであった。

これだけ食べたのだ、動かないのは不味い。

そして相手がキタヤマさんとなれば、一番動き回る相手に他ならない。

アズマさんは脚を止め、じっくりと隙を狙う。

ニシダさんは常に動き回る事を意識するが、相手の気配を常に探る分神経の方が疲れる。

しかし彼が相手となるなら、全力で真正面からぶつかれば良いのだ。

戦闘において、これ以上気持ちの良い事はない。

あまりやり過ぎると、またクーアから「病み上がりですからねこの人」とか怒られてしまいそうだが。

「むしろ今から一戦やりましょう、今すぐ」

「お前は食休みって言葉を知らんのか……というか仕事に戻れ仕事に。また支部長から怒られても知らんぞ」

結局拒否されてしまい、運動は帰るまでお預けとなってしまった。

退職届は諦めますんで、せめて体動かす仕事に変えて貰えませんかね、支部長。

※※※

「あほかコイツは！　コレの何処が大人しい報告書だ！　そしてお前の贅肉事情は知らん！」

藻《も》掻《が》きながら、報告書を壁に叩きつけた。

魔獣肉を食した影響があったら洩らさず報告しろとは言ったが、最後の方は魔獣肉云々と全く関係ないではないか。ただの食い過ぎだ。

今に始まった訳ではないが、アイリの腹事情など報告されても知らんとしか言い様が無い。

しかも角煮の報告にばかり意識が持っていかれてしまって、贅肉がどうとか運動がどうとかの話が出て来ると、余計にどうでも良いと感じてしまう。

そしてお前は一応まだ若い婦女子なんだから、もう少し慎みというものを持て。

行き遅れだなんだと言ってはいるが、本当に堅苦しい貴族社会に生きている者か貧乏貴族でも無い限り割と普通だ。

前者は昔からの習わしで、後者は早くから有力者との繋がりを持つ為。

それに比べ我々の様な半端な位に居る者は、実績さえ出せるのであれば独身のまま歳を重ねている貴族だって多い。

まぁ彼女のお家事情だからこそ、俺が口を挟む事では無いが……。

しかし今はそっちじゃない、角煮の方が大事だ。

部屋の中をウロウロと動き回り、思考を巡らせているが答えが出てこない。

「くそ……代用品は何か有るか？　今から酒場に行くか？　しかしこれ程の欲望を酒場の小さな角煮だけで済ませられるものなのか……？」

もうアレか、彼等の所に向かって実物を食わせてくれとお願いするか。

いや待て、今はアイツ等自体が居ないのだった。だとすればどうする？　孤児院の子供達もなかなか料理上手になって来たと聞くし、金を払ってでも作ってくれと頼みに行くか？

いや、それは人としてどうなんだ。

あそこは孤児院であり、子供達に食べさせる事が最優先。

これまでは〝悪食に頼む〟という形で、ご馳走になる事もあったが。

大の大人が孤児院に図々しくズカズカ入り込んで飯を強請《ねだ》るというのは……ちょっと。

仮に作ってくれたとしても、報告書にも書いてあった通り手間が掛かる料理だ。

今から行って、すぐに食べたいと言っても食べられる訳がない。

「ぐあぁぁ！　どうすれば良い⁉」

一人支部長室で悶え、もう一度壁に報告書を投げつけようとしたその時。

コンコンッと、小さく部屋の扉がノックされた。

「……ごほんっ、どうぞ」

「失礼しま～す」

姿勢を正してから返事をしてみれば、子供が一人バスケットを持った状態で姿を見せた。

孤児院で見た事の有る獣人の女の子。

おぉ、なんというタイミングか。

思わず頬を綻ばせながら招き入れてみれば、おや？　何だか良い匂いが。

「今日はどうしたんだ？　何か報告でも有るのか？」

少しだけソワソワしながらも、なるべく冷静な様子を取り繕っていれば。

彼女は一枚の用紙を此方に差し出して来た。

依頼書、という訳では無さそうだが。なんだろう？

「えっとですね、孤児院の収入を増やす為に新しい事を始めるご相談に。魔獣肉が関わって来ているので、今は関係者のみという形になってしまいますけど。ご意見が欲しいのと、支部長もよろしければと思いまして～」

何だか間延びした声で喋る獣人の女の子から受け取ったソレには。

お食事宅配サービス始めました、とデカデカと書かれているではないか。

思わず変な声を上げて立ち上がりそうになったが、何とか押しとどめながら続きを読んでいく。

どうやらメニュー表と料金一覧。そして距離、時間帯によって値段が変動するというモノだ。

更に言うなら時期や状況によって、注文出来なくなる品も発生するなどの注意事項が。

「これは、またナカジマが考えたのか？」

「院長先生が出発前に指示をくれまして、悪食が遠征中に皆様に相談して反応を見ておけと。注文してくれる人が一定数居そうなら、本格的にお仕事開始ですね～。食糧庫、どんどん圧迫されてますし～」

「アイツ等は考え無しに狩って来るからな……」

「私達も成人したら、更に増えますからねぇ～きっと食べきれませんよ～」

やけにのんびりと話す少女はピコピコと耳を揺らしながら、バスケットを漁り始めた。

そして、登場して見せたのは。

「なっ⁉」

「基本的に配達料理は孤児院の皆で作るので。コレ、お試し品でーす」

眼の前に現れたのは、今しがた食いたくて仕方がなかった、角煮。

待っていました、待っていましたとも。

しかも酒場に行って欲求を満たそうとしていた私を嘲笑《あざわら》うかの如く、超特大サイズ。

お試し品に肉塊をドンッと出して来る孤児院は、完全に悪食一色に染まっている様だ。

だがこれ以上ない程、今私が求めている物だった事に違いはない。

「コレも皆で作ったのか？」

「リーダーを始めとする料理上手な人達から、色々教わっていますので～」

なるほど、アイツ等もホームに居る間はやはり〝先生〟をしているという訳だ。

更には登場した角煮は非常に旨そうな匂いを漂わせている、子供達の実力も相当なモノと見て間違いない。なればこそ、私が下す決断は一つ。

「仕事終わりに……大体この時間だな。毎日ココに配達する事は出来るだろうか？　メニューはお任せで、その日その日の旨そうなモノを頼みたい」

「試供品、食べてからでなくて大丈夫ですか？　リーダー達のご飯を想像しているんでしたら、ちょっと味とかは変わっちゃいますけど……」

今までのんびり話していた筈の少女は、驚いた様子で目を見開き、耳をピンと立ててちょっと固い喋り方になってしまった。

まさか即決されるとは思っていなかった様だ。

「では、今一口頂こうかな。すまない、箸は有るか？」

「あ、はいっ！」

慌てた様子でバスケットから出してくれた箸を頂き、手を合わせて目を閉じた。

深呼吸をしてから、今しがた読んでいた報告書を思い返し。

「いただきます」

一言呟き、肉厚の角煮を口に運んだ。するとどうだろうか？

あの報告書に書かれていた旨そうな角煮。

書かれた内容だけで想像すれば「食い過ぎだ、よくそんなに食えるな」と言いたくなってしまった訳だが……あぁ、なるほど。

　これは、喰える。

　それこそ山盛りで丼に載っかっていようが、完食出来てしまう気がする。

　プルンプルンと揺れ動く様な柔らかさ、舌触りも良く溶けていく様な脂身。

　そして何より、噛んだ瞬間口の中に充満する甘めな肉の味わいと、鼻に抜ける柔らかい香り。

　呑み込んでみれば、思わずホッと息を尽きたくなる程の満足感。

　コレだ、これなのである。

「あぁ、全く問題ない。先程の注文通りで頼みたいのだが、大丈夫か？」

「ありがとうございます！　お客様第一号です！」

「ほぉ、それは光栄だな。あとそこまで緊張する事は無い、ココへ配達にくる子達は皆自然体で構わないと伝えてくれ」

　ニコッと微笑んでみれば、ちょっと恥ずかしそうに頬を掻く先程の女の子。

　孤児院の子供達は基本的に皆礼儀正しいが、個性が強い子が多い。

　だったら皆の個性が見られる様に自然体で接して欲しいと思ってしまうのは、私も肩入れし過ぎなのかもしれないが。

　それでも、子供達はいつでも笑顔の方が似合うと言うものだろう。

　なんて、らしくも無い事を考えながらもう一口角煮を頬張ってみれば。

「やはり、旨い。これからもよろしく頼むぞ」

「は、はいっ！　あ、そうだ。ご契約頂いたお客様には、サービス品を配ろうって話になってまして」

「語尾は伸ばさないのか？」

「きょ、今日の支部長は意地悪です……」

「ハハッ、すまないな。でも本当に、挨拶に来た時くらいに気楽な感じで構わないからな？」

「りょ、了解しました～」

という訳で、続いてバスケットから出て来たのは袋詰めされたビスケット。

ほぉ、此方はシスターから教わった物だろうか？　確かお菓子関係は彼女が得意だった筈。

本当に、人が増えるごとに料理の幅が広がる連中も居たものだ。

「それ、ナッツを砕いて混ぜてまして～甘さ控えめです。お酒のお供にもなるって、ドワーフの皆さんも言ってくれましたぁ」

「おぉ、それは嬉しいな。こういう細かい配慮まで出来るとは、もう立派な商売人だな」

「えへへ～いっぱい稼いで、悪食装備を作るのが目標です」

「そ、そうか……装備なのか。確かに悪食装備は高級な素材を使っているからな」

なんとも子供らしい雰囲気で、子供らしからぬ目標を掲げる彼女に苦笑いしてしまうが。

それでも、目標があり努力するのは素晴らしい事だろう。

更には大きな目標を成し遂げた、という経験は是非とも子供達には味わって貰いたいものだ。

大人になってからも、そう言った経験が出来ない人間など吐いて捨てる程いるのだから。

「では、配達の件。明日から頼めるか？」

「了解しましたぁ。明日からもまた、お邪魔しま～す」

緩い笑みを溢しながら、彼女は部屋を後にした。

なるほど、配達か。そして明日からは毎日仕事終わりにこういったモノが食えるのか。

思わず零れてしまいそうになる笑みを何とか抑え込み、今は目の前の角煮をじっくりと味わう。

旨い、非常に旨い。そしてやはり。

「酒が欲しくなるな……」

それだけ呟き、頬が緩む程柔らかい肉を噛みしめるのであった。

【書き下ろし番外編】★野外の粉物パーティー★★★

はてさて、本当にどうしたもんかねぇとボヤキながら、本日も野営開始。

姫様から色々聞いた話を仲間達に共有した結果、皆からはポカンとした様な表情を返されてしまった。

「まぁ急にこんな事言われてもそういう反応になるわな」

ため息交じりに呟いて、大人しく鉄板に向き直った。

現状聖女が居るかも？　という前回の依頼で行った場所へと向かっている訳だが、結局は乗合馬車やら徒歩やら。

到着するまでだって時間が掛かるのだ、いくら急ごうが限界が有るし腹だって減る。

という訳で夜も深くなって来た頃、本日の野営飯。

この間たこ焼を食べてから、どうしても食べたくなってしまったコイツ。

外でやるのはどうなんだと言われてしまいそうな代物だが関係ない、喰いたいから作る。

「真面目な話をお好み焼き作りながら話されてもなぁ……でもま、久々に姫様に会えたなら良かったな。金も返せたんだろ？」

「おーキッチリ白金貨三枚返して来たぜ」

「お陰でお財布はスッカラカンだけどねぇ。まぁ街に戻らない限り使わないから良いけど」

西田と東も納得している御様子で、三人並んでお好み焼きをクルリ。

う〜む、良い焼き加減。しかも以前遭遇したたこ焼屋のおっちゃん。大量のたこ焼と、タコを数匹売って貰ったオマケとして、違う国の鰹節まで頂いてしまったのだ。

こいつは楽しみだぜ、ニヤニヤしつつ立ち上《のぼ》る湯気を感じていれば。

「色々と話が意味分かんないんですけどぉ……」

「北の妄想、という可能性有り」

ポカンとしているアイリと、とんでもない事を言い出した白。相変らずひでぇ言われ様だ。

まぁ話の方も内容がアレだし、取調室で王族と会ったとか言っても……ねぇ？

こればかりは、皆の反応も仕方ないのだろう。

白と中島の時はお姫様も登場しなかったと言っていたので、この二人からしてもパッと信じられないのも無理はない。

もっと言うなら、厄災がどうとか英雄がどうとか言われても、俺でも人から聞いたらポカンとするわ。

「その未来を視る称号、というのが本物だったとすれば、将来ご主人様方は英雄として語られるという訳ですものね」

「南〜。さっきも言った通り、その未来は視えなくなったそうだ。そもそも俺等が英雄ってなんだよ、ありえんありえん」

以前のノア救出の依頼の件もあり、〝未来を視る力〟については結構皆様納得している御様子だが。英雄云々に関しては失笑しか漏れないのが正直な所。

白なんて呆れを通り越して、半目で可哀そうな人を見る瞳を向けて来たし。

アナベルには静かに微笑まれてしまった。

「キタヤマさんって、今でも英雄願望持っていたりします？　男の子ですね」

出来れば聞きたくなかった。

本気で微笑ましそうな目で此方を見るな、頼むから。

「なはは、本当にそんなすげぇ存在になるならお好み焼き焼いてねぇってのな。今頃もっと贅沢してるぜ。あ、そろそろ良いんじゃねぇか？　こうちゃんソース取ってソース」

「だねぇ、いくら何でもそれは無いでしょ。鰹節準備するよ～」

緩い声を上げる西東も大して真剣には捉えておらず、もはやお好み焼きに夢中だ。

「英雄云々は置いておいても、厄災というのは些か不安を誘いますね。やはり支部長が懸念していた戦争に発展するかもしれないというのが、厄災に当たるのでしょうか？」

うーむと唸る中島は、多分このメンツの中で一番真剣に頭を捻ってくれている様だ。

ま、考えても仕方ないというか。

こんな森の中では調べようもないし、結局分からないのだが。

「とりあえず前の所を調べて何か分かればそれで良し、分からなければさっさと帰って夜逃げだ夜逃げ。国を亡ぼす厄災だなんだと言われても、俺等に対処出来るかよ。ホームは惜しいが皆でお引越しだ」

「賛成、命張ってまで守ってやる義理も、全く無い」

淡白な白猫娘だけは即座に反応を返すが、他のメンツはやや困った様に眉を下げている。

アイリなんかは特に、実家があの国に有るんだもんな。コレばかりは後でまたお話し合いか、彼女の家族も夜逃げにお誘いするかだろうな。

後は関係各所には声を掛けて回らなければいけないだろうが……あぁもう、今考えても分からない事だらけで面倒くさい。

「とにかく、今は飯にしようぜ。あんまり難しい事考えながら飯食っても旨くないだろ、ホラ出来たぞー食え食え」

鉄板から次々とお好み焼きを皿に移し皆の前に並べてみれば、そこら中からゴクリと唾を飲む音が聞こえて来る。

それも仕方がない、だって滅茶苦茶旨そうな匂いしてるし。

「腹が減っては何とやらってな。とりあえず腹いっぱい食って、明日の事は明日考えようぜぇ」

「セリフだけなら西君まんま駄目人間だねぇ。はいこれ、マヨと青のりと鰹節好きなだけ掛けてー」

結局緩い空気に戻った俺達は皆揃って手を合わせた。

「それでは、いただきます」

「「いただきまーす」」

難しい事はさておき、まずは飯だ。しかも今日はお好み焼き。

場所によって名前が違うというか、ちょっと作り方が違ったりするんだっけか？

広島焼きには麺が入ってる、くらいの感覚でしかなかったが……アレは別物の扱いになるのだろうか。こういう事を言うと、それこそ各所で戦争が勃発するらしいので声には出さないが。

「お、鰹節すげぇ良い匂い。海の方だとやっぱ違うのかね？　マヨマヨマヨ〜」

「西田様……それは流石に掛け過ぎでは？」

南から驚いた視線を向けられる西田であったが、本人は気にした様子もなくドバドバとマヨ注入しておられる。相変らず好きね、マヨ。

〝こちら側〟の調味料関係も助かったが、一番はマヨが有った事が助かった気がする。

もしもマヨが存在しない世界だったら、このマヨネーズ中毒者はウォーカーの前にマヨ作りを始めた事だろう。

「おぉ……久しぶりですが、やはり良いモノですね。豚肉がカリッとしている所とか、最高です」

「お好み焼き、初めて。次、焼いてみて良い？」

中白コンビもお気に召した様子で、ほっこりしながらハフハフと熱そうな息を吐いて齧りついている。という事で白の前には、おかわり用の既に混ぜられているタネを寄せておいた。

やってみるが良いさ、案外楽しいからコレ。

「あっついけど、コレ良いね。作るのも難しそうじゃないし、お腹にも溜まりそう」

「ですね。マンドレイクの育てた山芋を使っているせいもあって、見た目以上に栄養もありそうですし。それに寒い時期には体も温まります」

アイリとアナベルの大人コンビも、ほっこりと顔を緩めながら口に運んでいる程。

おおむね気に入って貰えたという認識で良さそうだ、では……次はちょっと遊び心を加えようではないか。

クックックと笑いながら俺の分のお好み焼きをガブリ。切り分けたりなどしない、丸ごとだ。

フワフワと柔らかい生地に、しっかりと食感を返して来る野菜各種。

ソースの香ばしさと鰹節のじわりと広がって来る優しい香りは鼻に抜け、お好み焼き本来の旨味と多めに掛けた青のりが舌先を満足させてくれる。

カリッとした食感が返って来る程に焼かれた豚肉は、憎たらしいと思ってしまう程に旨さを主張し、更には肉を食っているという欲求を満たして来る。

一度やってみたかったんだ、切り分ける訳でもなくデカいままのお好み焼きに齧り付く行為。

〝向こう側〟で言うと一枚の相場がどれくらいだったか。少なくとも俺の経験では、とてもじゃないが独り占めしてガブガブ食える値段では無かった。

皆でチマチマ食べながら酒を飲んだり、ちょっと余裕の有る時に色々と種類を頼んで食べ比べするなどなど。店によっては庶民の味方になってくれるが、トッピング増し増しになんてすればビックリするくらい高くなる代物。

しかし、今日は違う。

懐に余裕……は無いか。姫様に金返したばっかりだし。

だが食材は自分達で現地調達、更には食い切れない程バッグに入れて来たのだ。

ならばやるしかあるまい。

「北君、何か悪い事考えてるでしょ」

「ふはははっ！　東、今の俺達が食費に困っていないという事実を、改めて実感させてやるぜ！」

俺より早くお好み焼きを平らげた東は、次のタネの準備をしている様だが。

お好み焼きと言えば種類の豊富さが命よ。

ガンガン混ぜ込み、いろんな味が食べたいじゃないの。

という訳で、マジックバッグから以前捕獲したデカ海老を取り出しバキッと殻を剥く。

既にボイル済みだ、抜かりはない。

フフンッと、自信満々にソイツを準備し始めれば。

「じ～～～」

「……アナベル、鉄板で髪焦げるぞ」

「す、すみません！」

やけに身を乗り出して来たアナベルが、慌てて元の場所に戻っていった。

相変わらず甲殻類を出すと暴走する魔女様である。仕方ないね、美味しいもんね。

本来こういうのを入れるのなら、もっと小ぶりと言うか。小エビをいっぱい入れているイメージは有るが、知らん。今手元にデッカイ海老が有るんだから入れるんです。

身を解してみたり、食感を出す為に大ぶりに切ってみたり。それらを遠慮なく東が作っていたタネに投入する。

「こ、これは凄い事になりそうだ……」

ボウルの中に放り込まれた大量の海老を見て、若干引き気味の東が声を洩らすが。

「北！　こっちにも！　何か！」

今度は口元をソースで汚した白が声を上げ、先程寄せてやったタネをこね回している。

安心するが良いさ。市場を毎日探っている子供達が増えたからな、珍しいモノだって結構な頻度で見つかるのだ。

　という訳で彼女の前には大量のチーズ、そして米を売ってくれるいつもの場所で頂いた餅を取り出して見せた。

「モ、モッチーズ⁉」

「旨いぞ？　食ってみろ。それからコイツはオマケだ。いつも通りに目玉焼きにしてから、乗っけてみろ」

「卵！」

　大興奮の白は、俺が渡した食材をタネの中にぶっこみ意気揚々とかき混ぜ始める。

　隣にいる中島が、完全保護者な感じで面倒を見てくれているので多分あちらは問題ないだろう。

　さて、次だ。

　デカイ鉄板を出したなら、色々とやってみないと勿体ないってもの。

「ご主人様、ソレは？」

「うむ、試作品も試作品。初めて作ったから上手く行くかも分からないが……もんじゃ焼きだ」

「もんじゃ……とは？」

「もんじゃだ」

「もんじゃですか」

　よく分からない会話をした後具材だけを鉄板に放り込み、輪っかを作る様に拡げてみれば。

「先程とは違うのですね」

「もんじゃだからな」

「これが、もんじゃ」

　不思議そうに眺めている南を横目に、火が通って来た辺りで液体も追加。

　ジュワジュワと良い音を立てながら真っ白い煙が立ち上り、周囲にこれでもかと言わんばかりの旨そうな匂いが立ち込めた。

　グツグツと煮立つ液体を南やアイリが覗き込んでいるが……クックック、行くぜ。

「おらぁぁ！」

「あぁっ⁉　そんな事して良いのですか⁉」

「ちょっとキタヤマさん⁉　これじゃ形も何もあったもんじゃ……もんじゃ、って、え？　そういう事？」

　多分、違うと思います。

　急に変な事を言い出したアイリに白い目を向けてから、もんじゃ焼きをワシャワシャとかき混ぜる。もしもアイリの予想が合ってたらどうしよう、語源がオヤジギャグみたいな……実際そういうの結構有るから怖いんだよな。

　そんな事を思いながら調味料各種を追加していき、やがて色が変わって来た所で。

「さて、食うか」

「この状態で食べるんですか⁉」

「どう取れば良いのコレ⁉」

　南はともかく、アイリは居酒屋巡りをすればもんじゃくらい出会った事がありそうなモノだが。

　それくらいあの国には〝そういう店〟が探せば見つかるのだから。

アレか、俺等と関わるまではしっかり貴族令嬢していたという事なのか。

令嬢ってのが何歳までの女の子を指し示す言葉なのかは知らんが。

もしくは、軟骨も食った事が無かったと言っていたし、コイツは意外と食わず嫌いが多かっただけかもしれない。

「こうやって、押し付けて焦がして〜」

「あえて焦がすんですか？」

「なんか、ちょっとずつ食べる感じ？」

もんじゃ用のヘラなんぞ無かったので鉄製スプーンで代用しているが、二人は興味深そうな眼差しを向けながら俺の真似をして焦がし始める。

そして、ある程度してから一口パクリ。

「あぁ〜コレ、コレだよ。割と上手く作れてて良かった……失敗したら絶対訳分からん料理になってたもんな」

口の中に広がって来るのは、香ばしい焦がしもんじゃの香りと爆発的な旨味。

コイツは食うって言うより、味わうが正しい表現な気がする。

とにかく口に放り込んだ瞬間広がる旨味。お好み焼きが食事なら、こちらは間違いなくツマミ。

尖った食い方を貫いた様なその姿は、若い頃の俺には理解出来なかった。

旨いけど、う〜ん？　食いづらくね？　みたいな。

だが今なら分かる。コイツを食った瞬間、物凄く酒が飲みたくなった。

「こうちゃん、もんじゃくれ！　俺にも！」

隣から乗り出して来た西田が、グイグイと俺を押しのけながらもんじゃを奪っていく。

変な体勢のまま口に放り込み、ほぉぉっと熱い吐息を溢してから。

「あぁぁっ！　酒飲みてぇ！」

「だよなぁ。ビール欲しぃ……」

「ご主人様方、それはちょっと駄目です」

「気持ちは分かるけど、街に帰ってからにしようねぇー。でもしかし、慣れないと取りづらいわねコレ……」

南は呆れた視線を溢し、アイリはもんじゃに悪戦苦闘しながら口に運んでいる。

いやぁ、良い夕飯になった。なんて、ココで終われば良かったのだが。

「皆こっちも焼けたよー？　特大の海老入りお好み焼き、もうね、香りが凄いの。もんじゃ焼きも頂戴～？　僕も食べたい」

緩い声を上げる東の方を見てみれば、それはもう幸せそうな表情で魔女様が海老入りの問題児を食しているではないか。実に旨そうだ、アレは食わなければ。

「皆さん、こっちも出来ましたよ。餅チーズです」

また別の場所から声が上がると、中島の前にはいくつも並ぶお好み焼きが並んでいる。

ハッハーッ！　今日は宴じゃ！　なんて言いたくなってしまったが、やけに大人しいのが一人。

「おい白、どうした」

「失敗しちゃった……」

お好み焼き用のヘラ、という訳ではないが。鉄製のフライ返しを持った白が、何だか悲しそうな表情で俯いていた。

彼女の取り皿と中島の取り皿には、崩れたお好み焼きが載っかっている。

なるほど、やっちまった訳だ。

「何度も言いますが、最初は誰でもそうですから」

中島が優しい御言葉を掛けているが、当の本人は結構ショックな御様子で。

まぁ今までの経験も有り、失敗を恐れている節が有るのだろう。

こんなもん、何て事無いってのに。全くコイツは……思わずため息を溢してから、西田と東に視線を送ってニヤリと笑って見せる。

二人も何がやりたいか把握してくれた様で、グッと親指を立てて返事を返して来た。

いよし、こういう時の対処法ってヤツも教えておいてやろうではないか。

「そいつが白作第一号と見た、頂きっ！」

「あっ、北！　それ崩れてるし焦げてる！」

止めに入ろうとした白を無視して、彼女の前にあった皿を奪い取り口に放り込んだ。

もっしゃもっしゃと噛みしめ、それこそ一口で行く勢いで噛みしめてみれば。

「うん、問題ねぇ。ちと焦げてるが、こんなもんオコゲだオコゲ。綺麗に作りたいなら練習するこった。充分うめぇから気にすんな」

料理ってのは、誰だって最初は失敗するもんだ。

しかも初めて作った料理なんざ、失敗してなんぼ。

俺の時なんか真っ黒になった料理を三人で齧った事もあったくらいだ。

「カッカッカ、中島さんもまだまだ脇が甘いな。白ちゃん作、第二弾は俺が頂いた！」

「西田さん⁉　いつの間に！　返して下さい！」

「嫌だね！　コイツはもう俺のもんだ！」

　取り返そうとする中島の攻撃を避けながら、西田がひょいひょいっと崩れたお好み焼きを口に放り込む。

「だははっ！　焼き料理なら俺より上手いから気にすんな白ちゃん。俺がお好み焼き作った時は、一発目鉄板の向こう側に吹っ飛ばしたくらいだからな」

　豪快に笑う西田だったが、コイツの言っている事はあながち嘘ではないから困ったものだ。

　過去一緒にお好み焼きを食いに行った時、対面席に居る東にお好み焼きを吹っ飛ばした事が有るのだから。

　あれは大惨事だった。

　それは良いとして、中島の方もちゃんと白の作ったお好み焼きを食うつもりだったらしく。

　わりとマジな動きになって来た所で西田が諦めてシェアし始めた、おっさん同士でお好み焼きを分けるという誰も得しない状況がくり広げられてしまったが。

「こっちは第三弾かな？　凄いじゃん。ちょっと形は崩れてても、段々上手くなってるよ。あ、卵載ってるけど……食べて良い？」

　一人だけナチュラルに近づいた東が、白の近くで隠す様に置かれていた皿を回収し眼の前に掲げてみれば、白は何も言わずに一つ頷いて見せた。

　対し、仏の様な笑みを浮かべている魔王（風の見た目の）東が、バクリと一口でお好み焼きを平らげてしまう。

やるねぇ、軽々とお好み焼き一気食い。

白の作ったヤツが小さいってのもあったが、あんなに余裕でバクリというのはなかなか見られる光景じゃない。俺も無理やり押し込んだが。

「うん、全然問題ないじゃん！　美味しいよ白ちゃん、料理上手くなったねぇ」

などと言いながら、魔王東が彼女の頭に手を置いてみれば。

「皆して、お節介……でも、ありがと」

「いえいえ、御馳走様です」

おかしいな、俺が頭に手を置いた時はセクハラだなんだと怒られるんだが。

そこはアレか、東のみが成せる業《わざ》なのか。

まぁ、その辺はどうでも良いとして。

「ホラお前等食うぞ！　あんまり放置すると悪い意味で焦げるからな！」

大声を上げながら皆を急かしてやると、各自大慌てで鉄板の上に広がっている料理各種に飛びついていく。

餅&チーズはとにかくコクがあり、白が載っけた目玉焼きによりちょっとした日新しさが有る。

半熟卵の黄身がトロリと零れる前に頬張れば、どいつもコイツも味を主張してきて、最後には卵がまとめ役の様に包んでいく。

コレ、マジで旨いな。

何て事を考えながら次に海老入り。

こっちはもう分かっている、絶対旨いヤツだ。

噛み付いてみればプリプリとした海老の食感に、広がって行く海鮮の香り。

川に居たのに海鮮と言うのもおかしいかもしれないが、それでもシーフードって感じは非常に堪能出来る。

海老自体が相当旨いのもあるがこれはヤバイ、ハマる。

そして再びもんじゃに帰って来てみれば、やはり。

「あぁ……酒飲みてぇ……」

「帰ったら一緒に晩酌《ばんしゃく》しよっか、今は我慢我慢」

アイリから「分かるわ」とばかりに声を掛けられてしまい、グッと我慢しながら腹いっぱい今日の飯を味わう。

コレで満足、俺達の野営は基本こんなもんだ。

だったら、良かったのだが。

「北君、鉄板の隅で何作ってるの？」

「こうちゃん、普通にバレるからな？」

二人から声を掛けられてしまい、恐る恐る視線を向けてみれば……皆覗き込んでいた。

やだ怖い、そんなに見ないでくれ。

「海老のレモン焼きと、前回分けて貰ったタコを少々……」

「「ギルティ」」

「ちゃんと全員分作るから！　お前等の分も有るから！」

「「無罪」」

すまんトール達。

お前達に作る予定だったタコのツマミ、材料が足りなくなるかもしれない。

という訳で、俺達は本日も野営飯を楽しむのであった。

今日も今日とて今日を生きる、実に俺達らしい生き方じゃないか。

あ、焼きだこウッマ。

ミディアムの焼き加減なのに柔らかいっ!?
この噛むと溢れる肉汁とソース！
そしてそのままほうりこむ
美味しい…
お口の中がリセットされるようですぅ！
はぁ…
もぐ
もぐ

勇《ゆう》者《しゃ》になれなかった三《さん》馬《ば》鹿《か》トリオは、今日《きょう》も男《おとこ》飯《めし》を拵《こしら》える。④

2023年3月1日　第1刷発行

著　者　くろぬか

発行者　島野浩二

発行所　株式会社双葉社
〒162-8540　東京都新宿区東五軒町3番28号
［電話］03-5261-4818（営業）　03-5261-4851（編集）
http://www.futabasha.co.jp/（双葉社の書籍・コミック・ムックが買えます）

印刷・製本所　三晃印刷株式会社

［電話］03-5261-4822（製作部）
ISBN 978-4-575-24608-7 C0093